# 戦争に行った父から、愛する息子たちへ

ティム・オブライエン
上岡伸雄　野村幸輝 訳

作品社

タッド、ティミー、そしてメレディス・オブライエンに捧ぐ

# 息子への手紙

親愛なるティミーへ

一年と少し前の二〇〇三年六月二十日、君はお母さんのお腹のなかからこの世に飛び出した。私の息子、私の初めての、そして唯一の子――君は嬉しい驚き、神様からの贈り物、電気コードを食べるやつ、やたらとウンチをするやつ、時にうっとうしくなるやつ、そして私の心を躍らせてくれるやつ。

本当のことを言うよ、ティミー。君のことを、めちゃくちゃ、愛している。そして、そう、これからの五十年、いや六十年かな、君の頬に唇をつけ、君のことを見つめながら心温まる日々を過ごすことができるのなら、どんなに素敵なことだろう。

だけど、君が一歳と四ヶ月になろうとしているいま、私はふと思う。歳を取った私はいずれこの世を去り、そして君は私のことをよく知らぬまま大人になってしまうのだろう。人間の寿命で考えれば、私の残り時間は少ない。いまでさえ、私はすでに「歳がいったお父さん」と呼ばれている。そして、十年後、運良くまだ生きていればの話だが、私は六十八歳になり、その頃には君のペースについていくのに苦労しているはずだ。バスケットボールはまず無理だろう。そして、二十年後はと言うと……。まあ、悲しいが、しかたないよな。

君が私のことをようやく知り始めようとするとき、君はすでに老人になっている私を目にするだろう。

悲しいことだが、それが考えられる最良のシナリオだ。人の一生は儚い。心臓はいつか止まる。だから念のために伝えておく。君の父親について。自分でこうだと思っている男について。君がわずかに覚えているであろう白髪の、ただの老いぼれ男についてだけではない。君の名前と君の血と君のＤＮＡの半分を共有している男。幼い頃は「ティミー」と呼ばれていた「ティム」についてだ。

大事なことから言おう。それはこういうことだ。私は君に恋をしている。頭がくらくらするような、目がくらむような、心がうずくような恋。ほかに何も知らなくても、君は父親に溺愛されていたということだけ、知っていてほしい。

多くの意味で、男というものは夢でできている。実現しないかもしれないが、私は君と二人並んでゴルフコースを歩いてみたい。八月の終わりの金色に光輝く午後に、君が難しい四メートルのパットを沈め、一打か二打の差で私を打ち負かすことを私は夢見る。私は感服して君と握手をし、「もう九ホール、どうだ？」と言ってみたい。

遠い戦地で兵士だった時代について、腹を割って、君に話してみたい。私が戦場で目にしたもの、私が戦場でしたことについて。「お父さん、もう大丈夫。すべて終わったことじゃないか」と君が言ってくれるのを聞いてみたい。

ほかにもやりたいことは山ほどある。いま、私は眠っている君を見つめながら、我が家のあちこち――バスルーム、キッチンのカウンター、君のベッドの脇の床の上――に君に読んでもらいたい名作をばらまいている自分の姿を想像し、そして君がそのうちの一冊を手に取り、最初の素敵なページを開いているところを想像している。そのページを読み、満面の笑みを浮かべている君の顔を見てみたい（いまの君はと言えば、本を口に入れ、食べているような状態だけどね）。

私は君から学びたい。もちろん、君の先生になりたいけど、君の生徒にもなりたい。私はたったいま自分が知ったばかりのことを、繰り返し君に教えてもらいたい。こんなに歳を取った男でさえ、はしゃいだときの君のキャーという歓声に、あるいは君がこちらに近づいて来るときのあの奇跡のような足音に、喜びを見出せるのだということを。

私は君が誰かに親切にしたり、寛大さを示したりしているところを見てみたい。君が初めて誰かのために勇気ある行動を取っているところを目にしたい。ぎこちなくてもいいから、「うん、わかってるよ、僕もお父さんのこと、愛してる」と君がつぶやいてくれるのを聞いてみたい。本気でそう言ってくれていると信じたい。

いまはとても愉快で、純真で、自分の死のことなど考えもしない君を見ていると、信じがたいことなのだが、ティミー、君は失望と苦悩と罪と疑念とフラストレーションと絶望に満ちた世界に乗り出すことになるだろう。つまり、君は人生を生きることに乗り出すのだ。君は善きことをするだろう。私にはそれがわかる。しかし、君は悪しきこともするだろう。なぜなら君は生身の人間なのだから。そんなときはいつも私が君のそばにいて、君に許しを与えられたとしたら、どんなにいいだろう。

しかし、それ以上に、君が私を許してくれる日が来ることを願う。ティミー、私は子どもを持つことをあまりに長く先延ばしにしてきた。二〇〇三年六月二十日の午後の遅い時間になるまで、良かれ悪しかれ、私は自分が書いた小説や物語によってのみ、自分の人生の価値を測ってきた。私は文章のなかに自分の居場所を見つけていた。自分が書いた章や場面や会話の断片を愛している限り、自分自身を愛することができた。自分の人生や自分の書いたものに価値がないと言っているわけではない。いつか、私の本や物語を読んでほしい。ページのなかに私の幽霊や理想の自分、君にとっての最高の父親であろうとした姿を見つけてくれることを願う。自慢と言われるかもしれない。過剰な愛と言われるかもしれない。それでも、私は自分が書いた一行か二行を、君が記憶にとどめてくれることを願う。単語の母音と子音の隙間に君の父親の声が存在するからだよ。幼かった頃の私の声が、大人になった私の声が、そしてもうすぐ老人になろうとしている私の声が。

そうは言っても、私はあと五年か十年、君と過ごすことができるのなら、私の本と人生の時間との交換レートがどれだけであれ、私がこれまで書いてきた本すべてと人生の時間を交換してもいいと思っている。父親が我が子にすべき最も大切な責務とは、何かを教えたり、躾けをしたりすることではない。父親がすべき最も大切な責務とは、我が子のそばにいてやることだ。そして、私は永遠に君と一緒にいたい、いつも君のすぐそばにいたいと心から願う。そんなことはできないし、起こらないことはわかっていても。

もちろん、私の年齢で父親になることに利点はある。今朝、君は私のところに這ってきて、私に強引に一日の最初のハグをした(ハグを待っていたことを君は知っていたんだろう?)。もし私が二十八歳、あるいは三十八歳だったとしたら、いま私が喜んでいるように、君のそのような行動を受け入れ、喜んでいたとは思えない。寝ているときの騒々しい君の泣き声、君の止まらない無謀さ、感電死しようとする君の勇気、玄関ホールに置いてある植物の鉢植えの土が詰めこまれた君の口元、あるいはこの手紙が終わりに近づいた三十分前に君が削除キーを押してしまったことに対して、もし自分が若い父親だったら、そんなに簡単に許し、怒りを我慢できたとは思えない。

そして、いま、君は長く、深い眠りから目覚めたばかり。君は私の膝の上で身をくねらせ、じっとしていない。君は私のパソコンのキーボードを叩き、私が汚い言葉をつぶやくと、キャーという歓声をあげた。

しかたがないので、私は思い出せるものをもう一度書いてみる。私の膝の上にいる君は見事なまでに最高の、私の愛しいティミー。いま、君の指を使ってこれらの単語を打っているんだよ。

君を愛しているお父さんより

THE
BASEBALL
CARLTON

# メイビー・ブック

そして、今日は二〇一八年十一月二十二日。

息子のティミーはいまでは背の高い、バスケットボールを愛する十五歳に成長している。彼には十三歳の弟のタッドがいる。二人には七十二歳の父親がおり、その父親は子どもたちへのラブレターとエピソードと助言が詰まったこの本を完成させつつある。

私は二〇〇三年にこの本の執筆を開始し、少し休み、そして二〇〇四年の終わり頃に再開した。私の意図するところはティミー、そしてまだお母さんのお腹のなかで待機中の弟のタッドに、小さな言葉の贈り物を遺すことであった。書きなぐった短いメッセージを本という瓶のなかに詰め、そして息子たちが埃(ほこり)だらけの戸棚に隠されたその瓶を発見し、瓶のなかに詰まったメッセージを読んでくれる。それがこの本に託したことだった。当時、私は五十八歳。老人とは言えないが、人生の残された時間を考えると暗い気持ちになった。二人の息子が中学校に入学する頃には、その父親が彼らのおじいさん、あるいはおじいさんの兄と勘違いされることは、ほぼ間違いないだろうと私は思っていた。そして、その予想は正しかった。二〇〇五年から二〇一九年にかけてこんなことがあった。ウォルマート〔大手スーパーマーケット〕のレジ係やアイホップ〔レストラン・チェーン〕のウェイトレスが、二人の息子を私の孫だと勘違いしたのだ。私はムカついた顔で頷きながら、違う、彼らは私自身の子だと伝えた。彼らは笑みを浮かべたが、こちらは笑えない。可笑(おか)しいところなどまるでなかった。

しかし、それが現実なのだ。

ということで、二〇〇四年の終わり頃、十月下旬のことだが、私は自分が父親から与えてもらいたかったもの――「愛を込めて、お父さんより」というサインが入った何枚かの紙の切れ端のようなもの――を、ティミーとタッドに与えてやることに決めた。いくつかの助言も。大昔のクリスマス・イブについてのいくつかの文章も。私の父親は謎のような存在だったので、私は父親についてはほとんど何も知らず、その父親はいまでは亡き人となってしまったので、いまだに謎のままである。私はティミーとタッドにそうなってほしくないと思っていた。私という彼らの父親について、近い将来に歳を取って亡くなり、本当には出会えなかったかもしれない男の横顔について、少し紹介したいと思ったのだ。文学的な欲望はそこにはなかった。それを本にして出版するという考えもなかった。私にとっての読者は――もし私に読者がいるとすればの話だが――二人の幼い少年であり、他には誰もいなかった。

二〇〇四年、ティミーはよちよち歩きがやっとの幼児であり、弟のタッドは蛋白質(たんぱくしつ)でできた小さな点にすぎなかった。それでも、私はそのあとの十五年間、彼らに向けて紙の上で語りかけ続けた。この世界にはもう存在していない父親から、彼らがどんな話を聞きたいのかを想像しながら、あるいは二人が大人であるかのように。私は彼らが過ごす青春時代のことや私自身の青春時代のことについて語った。私が愛した本、私が敬愛した作家、私が戦った戦争、そしてメレディスという名の彼らの母親について語った。途中、私はさまざまなことについての助言を彼らに与えた。他人の意見に惑わされずに自分の意見を持つよう忠告し、偽善に注意するよう警告し、自分の信条に縛られすぎる絶対主義の危険性についての講義をおこなった。私は「ホームスクール」と題した在宅学習の章をいくつか書いた。レキシントン・コンコードの戦い〔アメリカ独立戦争の発端となった、イギリス本国軍とアメリカ植民地軍との戦い〕に対する私の強い関心、そして——説明が詳細すぎたのは間違いないが——多くの点でその戦いがベトナムで私自身が戦った戦争と不気味なくらいよく似ているという事実に、私が驚かされていることについて彼らに語った。ルービックキューブを完成させる彼らのスピードの速さ、彼らのフラフープの技術、彼らの通知表、彼らの一輪車の技術、そして人に親切にすることができ、また品位ある行動を取ることができる彼らを、私がどれほど誇りに思っているか、何度も私はこの本のなかで語った。彼らに思い出してもらうために、彼らが口にしたり、おこなったりした可笑しなことについて語った。悲しいことについても触れた——一度の脳震盪（のうしんとう）のこと、二度の足の骨折のこと、私の母が亡くなったときのこと。赤ん坊のときに彼らが初めてはっきり発音した単語について褒めた。私はアーネスト・ヘミングウェイの物語をこの本に登場させたのだが、五十年以上ものあいだ私を夢中にさせてきたもの——文章や物語を創作する方法——を、息子たちにかいま見てもらうための窓として彼の物語を扱った。生涯をとおして愛してきた手品についても私は語った。趣味である手品の技は、のちに本のなかで幻想を作り出すことへとつながった。そのほかにもいろいろなことに触れた。

文章を書かないときもしばしばあった。一文の最初の単語と最後の単語を書くのに、数ヶ月かかることさえあった（丸一年書かない年が二度あった）。そうこうしているうちに、二〇一四年の終わり頃、二男のタッドがこの『メイビー・ブック』というアイディアを提案してくれた。妻のメレディスがそれを小耳にはさんだ。「実際に本にするとまでは考えなくても」と彼女は私に言った。「ただの『本になるかもしれない本』でいいのよ。父親業についてあなたが書いたものは、もしかするとほかの親にとって意味のあることかもしれないわ」

「その子どもたちにとってもね」とタッドは言う。

こうして、本のタイトルはタッドの命名による『メイビー・ブック』となった〔本書の原題は*Dad's Maybe Book*〕。

私が生きてきた人生がそうであるように、そしておそらくどの人の人生もそうであるように、この本のページはどこも修復が難しい不統一感を持っている。この本のなかでは時間がいろいろなところへ飛ぶ。それは時間が私のまわりで飛んでいたからである。話題も飛ぶ。いろいろな話題が私のまわりを飛んでいたからだ――恐怖、悲しみ、怒り、壊れた愛、絶望、興奮したこと、そして夜中におこなった永遠との対話。小説や物語のなかでは、統一感のようなものを人間の人生に当てはめることができる。しかし、我が息子たちへのラブレターを集めたこの本では、統一感の強制は人為的な不道徳となり、さらに言えば、それは欺瞞的であるとも言える。私の子どもたちは実在する子どもたちであり、私は実在する父親である。混沌は私たちが共に過ごしてきた人生の時間の隠れたテーマのようなものなのだ。

タッド、君がつけてくれた本のタイトルに感謝する。

ティミー、私の誤った記憶に対する君の厳しい修正主義者的な見解に感謝する。「お父さん、実際にはそんな感じには起こってないよ」

「どんな感じだったんだ？」

「覚えてない。だけど、そんな感じではなかったよ」

# こげ、こげ

ティミーは生後二ヶ月を過ぎたところである。正確には九週間。そして、泣きやもうとしない。このまったく新しい世界と、そこにあるすべてのものを嫌っているかのようだ。それには自分のサークルベッドやガラガラ、そして母親や私も含まれる。

疝痛（せんつう）です、と医者たちは言う。しかし、この子は食べることをいやがり、食べないこともいやがる。眠ることをいやがり、眠らないこともいやがる。抱っこされることをいやがり、抱っこされないこともいやがる。灯りをいやがり、暗闇もいやがる。暑いのをいやがり、寒いのをいやがり、そのあいだのすべての温度をいやがる。全身全霊で怒る。

私は切り裂きジャックの父となったようだ。

ちょうどいま、二〇〇三年八月二十八日の早朝の時間、私は休みを取り、メレディスが洗濯室で赤ん坊の面倒を見ている。我々の小さないやがり坊主は相変わらず泣き叫んでいる。彼を籠（かご）に入れ、衣類乾燥機の上に置いたらどうかと言ったのは小児科医だった。機械の温かさと単調なモーター音は、確かに魔法のような効き目があった——ただし、それが効いたのは私の消耗した妻に対してであり、私がついさっき彼女を見たとき、ほぼ意識を失っていた。

ティミーはただひたすら泣き続けている。

いま三室隔てたところにいる彼の泣き声が聞こえてくる。赤ん坊の泣き声ではない。世界がいやだという叫び声だ。血なまぐさい殺人者の叫び。どこかがおかしい。これが正常なはずがない。

赤ん坊のこととなると、メレディスと私はすべてに関して初心者だ。ルーキーのカップル。そして私たちは、どうしていいかわからないだけでなく、恐ろしくなってきている。数分後には、私はコンピュータの電源を切り、子守の仕事を引き受けることになる。とはいえ、自分の仕事が本当のところ何なのかの手がかりすらない。この子をサークルベッドに置いたまま、眠るまで叫ばせておけばいいのか？　クークーという声で静めようとすべきなのか？　このあとの三時間、洗濯室で彼と一緒に座っているべきなのか？　いまは午前一時十分で、ティミーが泣き始めたのは……まあ、生まれたときからだ。何も彼を止められない――長いあいだ静かにさせておくことはできない。私たちは彼を抱っこし、頬ずりし、家のまわりを歩く。そうすると、少しのあいだ彼は落ち着くかもしれないし、落ち着かないかもしれない。しかし、そのあとで彼は身をこわばらせ、むずかり、もがき、最後には全身をぶるぶると激しく震わせる。まるで骨に電気が流れたかのようだ。それから彼の顔は憎悪で皺だらけになり、フランケンシュタインなみの金切り声をあげる。リビアの遊牧民をも起こしてしまいそうな大声だ。私たちは警察が来るのではないかと恐れている。近所の人たちから爆弾の脅しを受けるのではないか。自分たちの子どもが文字どおり生きるのをいやがっているのではないか。こうした恐れを抱いている。

私たちの神経はくたくただ。疲れ果てている。近所に家族はいないし、賢くて経験のある親戚もいない。ほんの数時間だけでも子守を代わってくれる者もいない。さらに悪いことに、小児科医と看護師たちは私たちがパニックになってかける電話にうんざりしているようだ。彼らは何度も「疝痛」という言葉を使う。あるいは、「大騒ぎ」といった単語を。まるで私たちの知的能力が低すぎて、数週間前からひっきりなしに聞かされている言葉を覚えられないかのようではないか。彼らは囁き声で気休めを言う。辛抱するように諭す。赤ん坊はすべて違うのだと言う。ティミーはある「一段階」をくぐり抜けているところだとも言う。メレディスも私も、自分たちがオーバーに反応しすぎているし、もしかしたら誇張しているという印象を与えられる。もっと元気を出し、口をつぐみ、自分たち用の薬を呑めばいいのだ、と。

もちろん、私たちは自分を責める。今朝、私は机に向かって赤ん坊の叫び声を聞きながら、泣きたい気持ちになっていた。そしてほんの数分前、自分の短気な性格、ときどき怒りに駆られるところが、幼い息子に遺伝したのではないかと考えて恐ろしくなった。さらに恐ろしいのは、ティミーが子宮にいるあいだ、あることを何らかの形で知ってしまったのではないかという思いだ。彼の命が宿る前の数年間、私は子どもを欲しがっていなかった。そのことを彼は生物の本能で気づいたのだろうか？　メレディスと私はつき合っている期間、この問題をめぐって言い争い、ほとんど別れかけたのである。ティミーのDNAのシトシンは、あるいは彼の脳幹の蛋白質は、父親に対する怒りと嫌悪を何らかの形でプログラミングしたのではないか？　父親の身勝手さに対する一種の有機的な反応として、ひたすら怒るようになっているのか？　こうして自分をあれこれ責めるのは、少なくとも一つの意味では無理があるのだが、別の意味では痛々しいほどリアルである。メレディスと私は責任を感じる。責任以上だ。罪の意識を抱く。私たちはほとんどすべての新米の親たちよりも年上だ。どちらもそうは言わないが、自分たちの老いて干からびた染色体が一緒になったことで、ティミーの惨めな状態が作り出されたのではないかとくよくよ考えてきた（切り裂きジャックが切り裂きジャックになったのは、その母親と父親が遺伝子の通り道で交差したからではないか？）。メレディスの場合はもっと現実的に、自分の1型糖尿病が母乳を汚染したのではという心配を口にしている。あるいは、この病気がティミーの膵臓に毒を盛ったのではないか、そうでなければ救いようのない不幸をもたらしたのではないか、と。また、1型糖尿病の患者であるために、メレディスは陣痛を誘発しなければならなかった。「たぶんティミーはもっとなかにいる必要があったのよ」と彼女は昨日考えこんでいた。「無理やり起こされるなんて――誰だって動転するでしょう？」（私はこれを彼女の早産理論と呼んでいる）。いずれにせよ、白責は延々と続く。私たちは記憶のページを逆にめくっていき、自分の健康歴をたどる。家系に苦悩の種となるものがなかったかどうか考える。八ヶ月前に少しだけ飲んだワインや、大学時代に食べたマッシュルームのスフレのことで、自分を責める。メレディスは動物からできた食品は食べないと誓う。ブロッコリー、アスパラガス、豆、ポップコーン、カリフラワー、プルーン、人工甘味料、ソーダ水、柑橘系の果物、スパイス、チョコレート、イチゴ、パイナップル、それにカフェインを食事から削る。そして泣き声はさらにひどくなる。

昨晩、私が午前二時からティミーの面倒を見ていたとき、奇跡と思えることが起きた。不完全な奇跡であり、微調整が必要だったが、それでも天からの賜り物であることは間違いない。それは

〝こげ、こげ、こぶね〟という歌だ。これを闇のなかで歌い、揺り椅子に座って歌い、充分に長い時間歌えば――たぶん四十五分か一時間――ティミーは泣きやむ。そして眠る。その寝顔に憎悪はまったくない。

今朝、この発見をメレディスに話したところ、彼女は疑わしそうに私を見つめた。「じゃあ、彼をサークルベッドに入れたの？」

「いや、違う」と私は言った。「入れようとしたけど、ティミーは――」

「目を覚まして泣いたのよね？」

「うん、そこに微調整が入るんだ。でも、少なくとも彼はしばらく落ち着いた。緊張が緩んでいくのがわかるんだ。こわばっていたところから力が抜けていく」

「それで、これからどうするの？」とメレディスは言った。

「これから完成させる。どうやってサークルベッドに入れるかを考える」

「頑張ってね」

私は頷いた。彼女の言うとおり。歌があろうとなかろうと、サークルベッドに対する彼の嫌悪が問題なのだ。また、彼が十五分か二十分しかまとまって眠らない事実もあった。その上、歌自体にも気になる点がある。「頭がおかしくなりそうなんだ」と私はメレディスに認めた。「昨晩はほとんどおかしくなった。短い歌で――たったの四行だ――バカみたいにぐるぐる回る感じ。〝楽し、楽し、楽し、楽し〟って、一時間歌い続けるんだからね」

彼女は肩をすくめた。「ほかの歌を試してみたら？」

「試してみたよ。でもティミーは〝ロッカバイ・ベイビー〟は嫌いだし、〝キラキラ星〟もいやがる。〝ジングルベル〟も大嫌い。クリスマスになったらどうしたらいいんだろう」

メレディスの目に涙がたまった。

「ごめん」と私は言った。

数日かかったが、私はかなり進歩した。部分的には省略によって、部分的には書き換えによってである。

なによりも、私はタイトルを短くした。この曲をいまは〝こげ、こげ〟と呼んでいる。〝楽し〟のところはすべて削除。「こぶね」と「こぐ」の部分も削除。「川を」も削除。実のところ、メロディー以外のほぼすべてを削除した。そしてティミーと一緒に闇のなかで揺り椅子に座り、父と息子とで揺れながら、私は自分の正気を保つために、猥褻（わいせつ）な歌詞を作り出した。正直、〝人生は夢にすぎない〟という最後の行は大好きなのだが、これも削らねばならない。発情した鳩のカップルの歌をうたっているのに、〝人生は夢にすぎない〟で締めくくるわけにはいかないのだ。これは合うはずがない、鳩には。

今夜はまた別の方向に広げてみよう。

男色のネズミはどうだろう。

ティミーが生まれてからあまり執筆をしていなかったのだが、私はいま暗闇に座って、ここ数年で最高の作品を生み出しつつある。出版しなければならないというプレッシャーはない。いまのところ悪い書評もない。私はついに自分の主題を見つけたのだ。

ピーッ、ピーッ、ピーッ、ネズミのように
ゆっくりと、ピーッをのぼっていく
とても、とても、とても、とても
しっかりとピーッをピーッ〔「ピーッ」は放送禁止用語を打ち消す音〕。

前にも触れたように、メレディスと私は子どもを持つかどうかで意見が一致せず、もう少しで別れるところだった。彼女はとても子どもを欲しがった。私はとても欲しくなかった。そのため数年前の夜遅く、この問題をめぐって熱のこもった議論を交わすことになり、それぞれが一歩も引かず、ついにメレディスがこう宣言した――疲れ切って、しかしあからさまに――あなたと私には未来はないわ、と。私はこれに傷ついた。彼女に出ていってくれと言い、彼女は出ていった。そして二週間ほど、私たちはまったく会わなかった。

いま〝こげ、こげ〟を闇のなかで歌いながら、私はこの別れと沈黙の時期のことをほんの一部だけ思い出している――主に「冷血動物」という言葉が私の頭のなかをぬめぬめと歩きまわっている。メレディスが存在していないものを私よりも愛せるということに私は仰天したのだ。実のところ、存在していないものの概念にすぎないのに。これは私には血も涙もないことのように思えた。冷酷なほど繁殖に重きを置いていると感じられた。

最終的に、私たちは中立の場で酒を飲むことにした。マサチューセッツ州ケンブリッジの酒場だった。そして数時間で私たちは互いについて多くのことを学んだ。感情的なことだけでなく、互いの個人史も詳しく知ることになった。それは、私たちをこの酒場に、そしてこの行き詰まりに追い込んだ伝記的な事実である。メレディスは母親が死にかけている話をした。父親の話もした――いい人なのだが、ときどき遠くにいるように感じられ、彼女の人生にはほとんど関わってこなかった。姉妹の話もした。一人はひどい統合失調症で、もう何十年も施設に入っている。もう一人は二度自殺を試みた（そして、この対話のあとで自殺に成功することになる）。彼女は少女時代からずっと抱いてきた夢について話した。幸福な普通の家庭生活を営む夢だ。「幻想にすぎないんでしょうね」と彼女は言った。「でも、私だって何かしらの望みを持ちたいじゃない？」

私の側は、かなり似た話から始めた。アルコール依存症の父。私はしょっちゅう彼を恐れていた。彼に好かれているように思えないときもあった。私は家が張りつめていた話をした。夜遅く、母親と父親が怒鳴り合っていた。残酷な言葉を投げ合い、そのあと冷淡な沈黙が何週間も続いた。私はできる限り自分の疑念も言い表わそうとした。理想の父親にはほど遠いのではないかという思いである。自分は我慢強くない、と私はメレディスに言った。頑固者だ。ボーッとしていることがある。そして自分の時間を守りたがる。作家として――途方もなく遅筆の作家として――子どもの世話をしている時間に対して怒りを覚えるようになるのではないかという恐れがあった。おむつを換えたり、おバカな子守唄を歌って寝かしつける時間や日々に憤りを感じてしまうのではないか。

メレディスと私は何とか折り合いをつけた。

あのケンブリッジの居酒屋で、そしてその後の数週間で、私は徐々に気づいていった。私自身も、幸福な普通の家庭生活を夢見ているのだ――たとえ、失敗することに恐れを抱き続けていても。正確には、保証などどこにもない。しかし、やれる見込みはある。三年が過ぎ、メレディスと私は結婚し、息子の命が宿った。そして、いまこうして私は闇のなかで揺り椅子に座っている。大事なティミー、人生を憎んでいるティミーを抱え、揺らして眠らせようとしている。〝こげ、こげ〟の印刷に適さない新バージョンを歌いながら。

奇跡は起きなかった。状況はいくつかの点で、これまで以上に絶望的に思える。〝こげ、こげ〟を聞きながら最終的に眠りに就いても、ティミーは三十分かそこらで――しばしばほんの数分で――目を覚まして叫び出すのを繰り返しているのだ。サークルベッドに我慢できない。顔は青白く、怒りに震えている。しばしば食べながら泣き、食べた直後に必ず泣く。泣くのは伝染し始めた。メレディスも泣いている――かなり。私も泣いた。三人とも疲労でボロボロだ。これが普通だとしたら、普通は普通ではない。

アン・ドーランというとても親切で大切な友人がパリから飛行機に乗り、助けに来てくれた。子守を少し代わってくれ、そのあいだに私たちがボロボロになった精神を元どおりにするというわけだ。三日と二晩のあいだ、アンはまさに私たちが耐えてきたことを耐え忍んだ。しかし三晩目に――これは一昨日の夜だが――彼女はメレディスを揺り起こし、自分にはもうどうしようもない、これ以上は我慢できないと言った。ティミーは泣きやまないし、泣きやむことができないし、おそらくこれからも絶対に泣きやまないだろう。

そこで私たちはもう一度医者のオフィスに電話する。そして恐れていた「疝痛」という言葉をまた聞くことになる。「赤ん坊は泣くものです」という驚くべきニュースをまた聞かされる。そしてアドバイスをまた受ける――赤ん坊は抱っこしてあげないといけません。それから正反対のアドバイスも――サークルベッドに赤ん坊を入れなさい、ドアを閉めなさい、眠るまで泣かせておきなさい。ここでもまた、私たちはおむつかぶれがないかどうかを見て、ぬるいお湯で体を洗うようにと指示される。そして——千兆回目くらいだが——籠にティミーを寝かせ、衣類乾燥機の上に置きなさいと言われる。

　ああ、〝こげ、こげ〟に逆戻りだ。

　私は消耗を超えるほど消耗しているが、それだけではない。猥褻な押韻の組み合わせのあらゆる可能性を消費し尽くしていた。私は政治に目を向けた。明るいうちに、だいたいは頭のなかで、しやれた歌詞を作り出し、それで暗くなってからの数時間を乗り切る。最初のうちは効果的な押韻のパターンを探すことから始め、それから全般的に高度な技法へと向かっていく。ブッシュとタッシュ〔「チェッ」という舌打ちの音であるとともに、「尻」や「白黒混血児」などの意味もある〕。ライス〔ブッシュ政権の国務長官だったコンドリーザ・ライスのこと〕とアドバイス。ラムズフェルド〔ブッシュ政権の国防長官ドナルド・ラムズフェルド〕と「見た（ビヘルド）」。チェイニー〔ブッシュ政権の副大統領ディック・チェイニー〕と「雨の（レイニー）」。ファーストネームはもっと簡単だということがわかった。ジョージとドンはいろいろと楽しめる。ディックとなるともっと面白い。コンドリーザは難しいが、詩心のある友人たちと同様、私は韻に近いものでごまかすことにやましさをまったく感じない。しばしば面白さを保つために、そして詩的な豊かさのために、私は得意な二つのジャンルを合体させる。政治的な歌詞を猥褻なものと混ぜ、その混合物が不道徳な新しいジャンルとなる。私の傑作は、昨晩ティミーに歌ってやった〝こげ、こげ〟の新しいバージョンで、これは一語を除いてすべてピーッの音で消されなければならない。こんな感じだ。

　　ピーッ、ピーッ、ピーッ、ピーッ、ディックのピーッ、ピーッ、
　　ピーッとピーッ、ピーッをピーッ

ピーッと、ピーッと、ピーッと、ピーッと、

ピーッと、ディックのピーッをピーッ。


もちろん、私は頭がおかしくなりかけている。しかし、ティミーは気がつかない。

ありがたいことに数分間だけ彼は眠ってくれる。

そしていつの日か、この〝人生は悪夢にすぎない〟幼少期を生き抜いたら、息子は父に感謝してくれるだろう。現代の口汚い政治的言説の基盤を、父がしっかりと築いてくれたことに対して。


二週間半が経過する。状況は変わったが、よい方向へではない。友人のアン・ドーランは先週の木曜日、パリに帰ってしまった。ティミーの体重は四分の一ポンド減った。食べながら、涙が溢れそうな目をしばたたかせる。吸うというよりも嚙む。そして吐く。私たちに向かってシューッと言う。シューッと言うのと金切り声をあげるのを同時にやる。

一昨日、私たちは小児科の看護師から新しいアドバイスを受けた。息子を車の座席に固定し、「ゆったりと、でも寒くないように」毛布でくるんで、彼が落ち着くまで車を走らせたらどうか。

私たちは昼も夜もドライブした。走行距離は百六十八マイルに達した。

このうちの九マイルを除き、ティミーはシューッと言い、金切り声をあげ続けた。

シューッという音は、特に金切り声と一緒になると、野生動物の鳴き声のように響く。ほかにたとえようのない本質的な野獣性に私はゾッとする。メレディスもゾッとする。私たちはときどき目配せし合い、言葉は発しないが、その眼差しに互いの恐怖を読み取る。まず間違いないと私は思う

のだが、きっとメレディスは横になっても眠れず、考えているのだろう。私たちの愛する赤ん坊は、心を病んだ姉妹の血を受け継いでしまったのだろうか、と。シューッという音と金切り声は、コネティカット州の精神病棟の騒々しい音を再現している——メレディスが十年生〔アメリカの学制では小学校一年生から通し番号で学年を表わし、「十年生」は高校一年生に当たる〕のとき以来、彼女の姉が収容されている施設である。

当然ながら、遺伝について知識があるだけに、この自責の念は高まってしまう。罪悪感が激しくなる。

私はティミーの心配だけをしているのではない。同じくらいメレディスのことも心配だ。

彼女はこれ以上あまり持ちこたえられないのではないかと思う。

表に出さないようにしていたのだが、私は自分自身の我慢の限界についても心配している。〝こげ、こげ〟を闇のなかで歌いながら、私の思考は内容もなく——客観的かつ現実的な内容もなく——漂い続けているように思う。ときにはいろいろと空想する。こうしたことのすべてが起きていないふりをする。ジョン・ウィルクス・ブースが楽しく川を下っていくという歌をうたいながら、息子に歴史を教えているふりをする〔ブースはリンカーン大統領を暗殺した犯人で、ポトマック川を渡って逃走した〕。

今朝、私がティミーの寝室に向かうと、メレディスが部屋の外に座って震えていた……どうして震えていたのかはわからない。これまで起きてきたこと、そしていまだに起きていることすべてに関して、震えていたのだろう。

彼女が泣いているのは前にも見たことがあった。しかし、これほどひどいことはなかった。

閉じられた寝室のドアの向こうで、ティミーは叫んでいた。

私は何かを決めたわけではなかった。ただ行動した——我々三人を車に乗せ、救急病院へと車を走らせた。

七時間後、私たちは三人分の処方箋を渡されて家路についた——メレディスにはザナックス〔精神安定剤〕、私にもザナックス、そしてティミーにはプリロセックという薬。息子は胃酸の逆流という病に苦しんでいることがわかったのだ。彼の症状は重かった。胃酸の逆流の診断は難しい場合があると私たちは教わった。特に幼児の場合、どこが痛むとか、どのように痛むか、なぜ痛むかをはっきりと言えない。痛むということさえ言えない場合がある。ただ泣くことしかできない。シューッという音と金切り声をあげるだけ。今日、私たちは、ほかのたくさんのことともに、不眠症が胃酸の逆流によくある兆候なのだと学んだ。この症状は食道括約筋（かつやくきん）の弛緩（しかん）によって引き起こされ、そのために胃酸が食道に流れ込む。そして、この胃酸が、特に乳児の敏感な細胞組織に対して、激しい痛みを生み出すこともある。また、「疝痛」という（ときには「乳幼児疝痛」と呼ばれる）言葉は、ある症候群（頻繁に泣く、長時間泣き続けるなど）を言い表わすものであるが、臓器の不調を特定するものではないということも学んだ。そして、私たちは自分たちを責める必要がないということ、ティミーは世界をいやがっているのではなく、激しい痛みをいやがっているだけだということも学んだ。

これがすべて今日のことだった。

いまは午後十一時十七分、家は気味が悪いほど静かだ。プリロセックは魔法のような効き目があった——すぐにではなかったが、ほとんどそれに近かった。

ザナックスも効き目があった。メレディスは夕方からずっと眠っている。私の気分もすこぶるいい。

二時間前まで、私は闇のなかティミーと一緒に座っていた。とはいえ、彼はもはや私を必要としない。彼も気分がよさそうだ。サークルベッドに収まり、平和に眠っている。数分後には私も眠ることにするが、いまはこうした文章を書きながら、とても満足した気分である。私たちのベビーモニターは「すべて順調」という電子音を発しており、そのブーンという心安らぐ音は、どこか遠くにある誰もいない星雲から届いているかのようだ。私はザナックスのジェット気流に心地よく乗っているが、同時にノスタルジアのようなものも感じている。痛む歯が抜かれたあと、そこを舌で探ってしまい、何もないことに驚きを覚えるような感覚。もちろん、あの恐怖のすべてが懐かしいわけではない。しかし、あの恐怖を生き抜いていたことが懐かしい。揺り椅子が懐かしいし、ティミーを闇のなかで抱いていたことも懐かしい。〝こげ、こげ〟も懐かしい——いま欠けているものを強烈に感じてしまう。この感覚は、それが何であれ、かつて私がベトナムで経験したことの一部を思い出させる。銃撃戦のあと、それまで強烈に存在していたものが衝撃的なほどなくなっていることに気づく感覚だ。

私は息子が死ぬのではないかと恐れていた。

いまでも恐れている。これからもずっと恐れるだろう。

ふと思う。いつの日か、私は彼がこの危険な世界に出ていくのを見守ることになるだろう。それは、彼が大学の四年生になる頃、あるいはスタンフォード大学から博士号を受ける頃かもしれない。そうなったとき——もしかしたら、彼が大統領に再選されてからかもしれないが——私はおそらく彼が運転免許証の申請をするのを許すことになるだろう。そして（ものすごく慎重に運転するのなら）家族の車を使い、最初の危険なデートに出かけてもいいと言う。ただし、私は後部座席に座って、〝こげ、こげ、こげ〟を歌っていることだろう。

# 物語を信じること

ティミーが生まれて最初の十五ヶ月間は、私にとって消失した。いま思い出すことがあるとすれば、おむつとミルク瓶とベビーカーとチャイルドシート、それに生命の心配をした二度か三度の経験、こうしたものがごたまぜに頭に残っているだけだ。電気の通っているコードを食べる、あるいは食べようとするティミー。デザートに泥を楽しむティミー。先月、私は彼の唇からゴキブリを弾き飛ばした。冗談を言っているわけではない。

しかし、それからティミーのために、ここで記しておくべき出来事が起きる。彼が地球で生活するようになった最初の頃のささやかな記録として残すべきこと。私は起きたことを思い出してクスッと笑ったり、怒りを感じたりする。

今年の七月、ティミーの一歳の誕生日からあまり経っていない頃、我々家族はテネシーの山岳地帯でシウォーニー作家会議に出席した。よりよい書き手になりたいと思っている人々にアドバイスをしてほしいと、私が依頼されたためだ。こういう状況でよくあるのは、何も言いたいことを思いつかないということ。たくさん読みなさい、精神を鍛えなさい、酒は控えめにしなさい、そして少

しずつでも書くのを忘れないように。もちろん、助けにはなりたいのだが、どうしたらいいのかわからない。自分が詐欺師のように感じてしまう。ときどき勇ましい気分になって、あるいは気まぐれから、学生たちにおずおずと示唆してみることもある。小説の書き手は自分の物語を信じたほうがいい、といった話だ。何よりも、物語を信じることはそれを語ることだ、と私はぼそぼそと言う。物語にこっそりと忍び寄ることではないし、「よい」部分をあとにとっておこうとするのでも、仄（ほの）めかしたり巧みに伏線を張っておいたりすることとも違う。素晴らしい物語がこのあとにありますよと、読者にときどき約束することでもない。物語を信じるとは恐れを克服し、人間であるという驚きと矛盾に真っ逆さまに飛び込むことである。

　そこでその夏のある午後、私は飛び込んだ。講演をするように依頼されたときのことだ。メレディスとティミーも聴衆のなかにいたので、私の緊張は高まった。そこで数秒ほど、ここから逃げ出すための口実をいろいろと考えた。脳炎に罹（かか）ったとか、ゴキブリを食べてしまったとか。しかし、結局は講演をした――飛び込んだのだ。私は、息子が最初に言葉を発するのをメレディスも私も心待ちにしていたという話をした。我々のうちの一人は「マミー」と言うほうに賭け、もう一人は「ダディ」に賭けた、と。

　そして昨日の朝ついに――と私は聴衆に語りかけた――ティミーは言葉を発した。

　息子はおもちゃのガラガラヘビ（我々はテキサスに住んでいるので）から顔を上げ、身の毛のよだつほどの正確さで、こう言ったのだ。「これは愚か者によって語られた物語」〔シェイクスピアの『マクベス』第五幕第五場におけるマクベスの有名なセリフより〕。

　メレディスと私は仰天した。恐ろしくなった。すぐに息子に服を着せ、シウォーニー診療所に連れていった。親切な若い看護師が勤務中で、ティミーを診察台に座らせてこう訊いた。「オーケー、どこが悪いの、坊や？」ティミーは彼女をじっと見つめ――疑い深くだと私は思った――こう言った。「これは愚か者によって語られた物語」。看護師はメレディスや私と同様にあっけにとられた。息子の体温や脈拍をチェックしてから、彼女は失礼と言って、電話をかけに行った。相手は医師のようだ。次の数分間、電話で話している看護師の声が断片的に聞こえてきた。まとまった言葉がときどき拾え、全体としては驚きの口調で会話が続いた。看護師が「あの忌々しい作家会議ですよ」と囁いたのは、まず間違いないと私は思っている。それからわずか数分後、間違いなく好奇心に駆られて、医師その人が現われた。白髪で、礼儀正しく、陽気な紳士。ゴルフウェアを身につけていた。医師はにっこりと笑い、手を叩いてから言った。「で、どうしたのかな？」ティミーはつぶやいた。「これは愚か者によって語られた物語」。息子は楽しくてたまらない様子だった。

続いて医療的な処置が施された。腫れ物に触るように耳と舌が検査される。しかし最終的に、医師は我々と同じように困惑した様子だった。彼は頭を掻き、ようやく説明を始めた。あなた方の息子さんはどこも悪くありません。よく知られていることですが、一歳児が最初に理解可能な言葉を発するとき、それは「ダディ」のような一単語だけとは限りません。「ハイ、ゼア、ダディ」とか「バイバイ、ダディ」といった二、三単語、あるいは、それに似たシンプルな構造のものを口にします。

「息子さんはそれに何語か付け足しただけでしょう」と医師は言った。

「まあ、そうですね」とメレディスは言った。「でも、これは有名な言葉です。ちゃんと意味を成しています」

医師はこれを鼻であしらった。この異常な行動は——そう呼びたいならだが——生命を脅かすものではまったくない。癌ではないし、ポリオでもない。ということで、メレディスと私は鎮静剤を処方してもらって、診療所をあとにした。

その夜、親なら誰でも想像がつくだろうが、メレディスと私は息子を横目でちらちら見続けた。鼻高々に、ではあるが、ある程度の不安も感じつつ。この時点から、我々が言葉遣いに気をつけるようになったのは明らかだ。息子がシェイクスピアの一節を記憶できるのなら、「コックサッカー」という言葉だって絶対にしゃべれるはずだ。それに加え、私は自分の性格の子どもっぽい部分も認めねばならない。夜が更けるにつれ、がっかりする気持ちが強くなり、それがやがて苛立ちへと変わった。息子の最初の言葉がライバルの作家の想像力から生まれたものだったことへの苛立ちだ。そこでメレディスがビデオカメラをセットし、私が幼いティミーのそばにひざまずいて、こう囁いてみた。「ジミー・クロス中尉はマーサという名前の娘から来た手紙を持っていた。マーサはニュー・ジャージー州マウント・セバスチャン大学の三年生だった」〔オブライエンの『本当の戦争の話をしよう』の冒頭。村上春樹訳〕

シウォーニーでの講演がここまで進んだとき、私はティミーのほうにちらりと目をやった。息子はメレディスの腕のなかでもじもじし、落ち着かない様子だった。聴衆は彼のことを見つめたり、笑ったりしていた。息子は一歳になったばかりだし、ゆえにボキャブラリーは極めて限られていたが、それでも自分のプライベートな生活が公共の場で公開されることに対して、戸惑っているように見えた。そして、私にはフンッと聞こえるような音を発した。

二十分かそこら、どぎまぎはしながらも、私は最善を尽くして——間違いなく、無様な試みだったが——話を続けた。自分のささやかな物語の文学的価値を主張しようとしているわけではない、と指摘した。事実、豊かさや深さという意味においては。物語ですらないと認めねばならない。これは些細な挿話で、それ以上のものではない。しかし、それでも、思いやりのある書き手が――おそらくドナルド・バーセルミかウディ・アレンか、誰であれグロテスクな喜劇に合った感性の持ち主が――それなりの時間と想像力のエネルギーを注ぎ込めば、面白い散文が現われ出ないとも限らない。実際、私自身がいつの日かこの話を取り上げ、付け足したり削ったりして、単なるスケッチにすぎないものを短篇小説の域へと引き上げるかもしれない。私がやめておこうと思うのは、シェイクスピアにこだわり続けることだ。この物語をどこか違う方向にもっていく――ほとんど、どんな方向でもいい。自分自身が驚くことをしようとする。新しい次元の物語を求める。そして、ある程度のユーモアが残るように努力しつつ、真面目な問題から目を離さないようにする――テーマの重要性や道義的な重みだ。そして、この話が奇矯なもの、娯楽的だが些細なものの域を超えるように願う。こうした最初の数段落が私を次の次元へと連れていってくれることを信じる。

もしも……同じ夜のもっと遅くに、ティミーが寝ながらこう叫んだらどうだろう？「ああ、バビロンよ！」〔新約聖書の「ヨハネの黙示録」より〕

あるいは、翌朝になって、ベビーチェアに鎮座したティミーが突然こう吠えたらどうだろう？

「俺はハウンド・ドッグだぜ」〔エルヴィス・プレスリーの「ハウンド・ドッグ」の冒頭部分のパロディ〕

もしくは一ヶ月後、もしくは一年後、大海に面した日の当たるビーチで「バイバイ、ダディ」と囁き、よちよちと海のなかへと入っていって、波の折り重なる下に永遠に消えていってしまったら？

物語を信じるとは、ほかの誰かの物語ではなく、自分自身の物語を信じることだ。物語を信じるとは、予測可能なものを避けること。見慣れたもの、完璧に論理的なもの、すでに書かれたもの、先週観た映画、先月読んだベストセラー、あるいは大学のときにもう少しで読み終えそうになった古典でさえ、避けることである。物語を信じるとは、ある文学的先達の想像力ではなく、自分自身の想像力を信じることなのだ。

　また、私がティミーの物語を書き進めるのなら――そして、考えてみれば、書き進めていいのではないか？――すぐに技巧の問題について思い悩むことになるだろう。たとえば、作家について書く作家という大きなテーマがある。私にとってこれは、自己満足の悪臭を放つものだ。私なら、『本当の戦争の話をしよう』についての部分は省くことになるだろう。といっても、この挿話のもっと可笑しな部分を削除するのはつらく感じられるはずだ（どことは言わないが、ともかく私にとって可笑しな部分のことだ）。間違いなく、私は自分の作品に言及している部分をどう書き直すか、あるいはどう和（やわ）らげるかで、何時間も呻吟（しんぎん）することになるだろう。だが、それでも一日が終わる頃には、ほぼ確実に、その部分は消えているだろう。

　何よりも私は、一歳児がいかに『マクベス』の有名な一節を朗誦することになったかについて、説明しようとはしないだろう。あの発話は単純に起こったのだ――グレゴール・ザムザ〔フランツ・カフカの小説『変身』の主人公〕が単純に虫になったのと同じように、あるいは〝おこりんぼ〟が単純に七人の小人の一人であるのと同じように。確かに、赤ん坊がシェイクスピアの一節を朗誦するというのは、それだけ見ればとても無理があり、不思議である。しかし私にとってそれは、たとえば太陽系の存在や人間の愛以上に――あるいは、モハメド・アタがマンハッタンの高層ビルに飛行機を突っ込ませたこと以上に――無理があり、不思議であるとは思えない。

この時点で、私が講演を締めくくったとき、ティミーは母親の腕のなかで寝息を立てていた。しかし、それでさえも――私が息子を退屈させ、意識を失わせたという事実は――強い叱責を受けているように感じられ、その日の残りの時間、私はもやもやとした罪悪感につきまとわれて、落ち着かない気持ちだった。つまらない文学的な意見を言うために、息子を利用したという罪悪感だ。

その夜、屋外のカクテルパーティーの真ん中で、中年の紳士が私に近づいてきた。ボウタイにカラフルなサスペンダー、ギャツビーが好みそうなビンテージ物の麦わら製カンカン帽という出で立ちの男だ。

「あんたのクソガキだけどさ」と男は言った。「シェイクスピアの引用なんてしなかったよね」

「しなかったよ」と私は答えた。

「じゃあ、どうして嘘をつかなきゃいけなかったんだ？」

「つかなきゃいけなかったわけじゃない」と私は彼に言った。「つきたかったんだ」

このコメントは（全面的に筋が通っているのだが）相手を怒らせた。彼が酔っ払っていることに私は気づいたが、明らかに彼の怒りは純粋だった。

その後かなり長い時間、私は彼の不満を聞かされ、その骨子を理解した。それは、私が自分の言ったことは嘘であると認めなかった点に関わっていた。ティミーが口にしたと私が主張する言葉を、ティミーはどんな形であれ話していない。それがこの男にしてみれば、意図的ではなはだしい欺瞞になると言うのである。それは聴衆に対してアンフェアだ。「あんたは我々を笑わせた」と彼は言った。「完璧な嘘を言ってね。我々を馬鹿者のように感じさせたんだ」

「そんな意図はなかったよ」

「でもな、友人」と彼は言った。「俺はあんたに腹が立ったと言いに来たんだよ。いまでも腹が立ってる」

普通なら、私はここで丸く収めようとしただろう。しかし、彼はティミーを「あんたのクソガキ」と呼んだ。私のことは「友人」と呼んだ。

私は彼のことを怪物だと言った。

いつの日か、君について書こうと言った。

「そうくるんだったら」と男は言った（ここで私は二つのとても下品な言葉を省き、彼が言ったことを言い換えている）。「シェイクスピアを引用して言えば、愚か者によって語られた物語になるな――嘘つきの愚か者、つまりあんたのことだ」

私は彼を殴りはしなかった。

実のところ、因業（カルマ）の点でかなり誇れるはずだが、私は息を吸いこみ、一歩下がった。小説家っていうのはいつでも嘘をつくんだ、と私は言った――ものすごく穏やかに。小説家は生活費を得るために嘘をつく。金のために嘘をつく。楽しいから嘘をつく。エピソードを作り上げ、それが本当に起きたと読者に信じ込ませようとする――それが仕事なんだし、楽しいんだ。第一、子どもの最初の言葉って、いつでも奇跡的じゃないかい？　いつでも信じられないようなものじゃない？

「たぶんそうだろうな」と男は言った。「だが、どうして我々に本物の奇跡を話さないんだ？　あんなでっち上げのクソではなく？　あんたの子どもが本当に言った最初の言葉について話せばいいじゃないか？」

「それじゃあ、退屈なんだよ――君は何も感じなかっただろう」

「それしか言えないのか?」

「いや、そんなことはない」と私は彼に言った。「誰も私を信じなかったろうと思うんだ――ティミーが本当に言った最初の言葉の話はね。だから、ちょっと面白いことをでっちあげてもいいじゃないか?」

「あれはちっとも面白くなかった」と彼はブツブツ言った。「ごまかされたって感じだ」

「君は笑わなかったの?」

「もちろん、笑ったさ。だからこそ、ごまかされたように感じるんだ。ところで、あんたが知らないようなら言っておくが、あんたの本についても、うちの学生たちはまったく同じように感じるんだ。完全に騙されたってな」

　私は頷いた。「じゃあ、君は教えてるんだ?」

「もちろんさ、とても有名な大学でね」

「それで、小説も書くのかな?」

「そのとおり。素晴らしい小説をね」

　私はそこで止めるべきだったのだが、そうしなかった。

「じゃあ、聞いてくれ」と私は言った。「君はこれまでノンフィクションを手がけようと思ったことはないのかな? たとえば、自動車修理についての本とか?」

　男は目を剝いた。「いまのは見下した態度で人に加えた個人攻撃だ。あんたはそういうやつだって言いふらしてやるからな――見ているがいい。それに、あんたは息子が本当は何て言ったのかを言えないくらい嘘つきのようだな」

「それって重要かな？」

「ハッ！」と彼は言った。「あんたは真実が重要かって訊ねてるのか？」

「でも、我々は物語について話していたんじゃないか？　これって、明らかじゃない？　すべてが――」

「でっち上げってことか！」と彼はとげとげしく言った。

私は援軍を求めてあたりを見回した。まわりの人々は我々を見つめないようにして見つめていた。

「いいだろう」と私は言った。「君に真実を話すよ。でも、これは可笑しくないからね。基本的に、ほとんどすべては僕が話したように起きた。もちろん、ティミーの言葉は変えたけど。でも、おもちゃのガラガラヘビ、あの部分は本当だ」

「それはわかったよ」と男は鋭い声で言った。

「看護師も本物だ。ティミーは耳の感染症を患ったんだ」

「そんなところだろうと思ったよ」

「それから医者だ――彼は本物の本物。礼儀正しくて、陽気で、ゴルフウェアを身につけていた」

「どうだっていいだろう？　すべては明らかだよ。あんたの息子が本当に何て言ったのかを話してくれ」

怖くなってきたことは認めよう。しかし、私は興奮してもいた。いつの日か（それはつまり今だ）、この字義どおりにしか物事を捉えられない俗物に対して、必ずや復讐してやろうと思っていたのだ。

「オーケー」と私は言った。「ティミーの最初の言葉は――君は信じないだろうけど――完璧な文章だった。文法も完璧で、非常に明快だった。息子はおもちゃのガラガラヘビから顔を上げてこう言ったんだ。〝ダディ、麦わら帽の男を見つけ、縛り上げて殺そう〟。一語一句このとおりだった。本当に最初の発話だ。君には可笑しくないって警告しておいたよね」

男は私をじっと見つめた。

「それって脅しかい？」

「いや、奇跡だよ」

男は帽子を脱ぎ、背筋をぴんと伸ばして、とても静かな声で言った。「あんたの息子は本当にひどい父親を持ったもんだ」

MAR 21 2006

# 父の幻影

二〇〇七年十一月九日。ティミーは四歳、弟のタッドは二歳。いま、私たちはバハマで休暇を過ごしている。午前三時四十分。外はまだ暗い。妻のメレディスと子どもたちは、うっとりするようなバハマの夜に静かに眠っている。私はホテルの部屋の狭いバルコニーの椅子に座り、首都ナッソー市街の灯りを眺めている。私の父はかつてこの街のロイヤル・ヴィクトリアという名のホテルで働いていた。父が亡くなって存在していないように、いまではホテルもなくなってしまったのだが、このバルコニーからはかつて港の向こう側に存在していたそのホテルの敷地を眺めることができる。一九三〇年代、その場所には世界が誇る壮大な社交場としてのロイヤル・ヴィクトリアが君臨していた。父は彼の人生のなかで最も幸せな日々をその場所で過ごしていた。まだアルコール依存症にはなっていなかった。子どもの父親にもなっていなかった。若くて独身だった父は観光客たちを温かくもてなしてくれる、この美しい島のファッショナブルなホテルに従業員として思うままに動きまわり、人生を満喫していた。いま、こうして暗闇のなかに座っていると、父の人生にいろいろな変化が起こったように、私の人生にも若い頃から劇的な変化が起こってきたことに気づく。一つの楽しみは別の楽しみに取って代わった。以前の私は自分の幸せに喜びを見出していたが、いまではティミーとタッドの幸せにずっと大きな喜びを見出すようになった。

面白い例を紹介しよう。息子たちはいま、コスチュームに夢中になっている。ここバハマでのバカンスのあいだじゅう、メレディスと私はバットマンやスパイダーマン、あるいは宇宙から来たさまざまな生き物を追いかけ回しながら、時間を過ごしている。昨日、彼らはそれぞれのコスチューム――ティミーはスーパーマン、タッドはウサギのバニー――に身を包み、ボディーサーフィンへと向かった。そして、コスチューム姿の二人がまるでコミックのなかの難破船から脱出してきた生存者であるかのように大西洋の海原から浜辺に引き上げてくると、浜辺にいた人たちは二人に驚き、目を白黒させていた。家族でレストラン「ノブ」で食事をしていたときも、ウォータースライダーの斜面を滑り降りていたときも、ボルダリングで岩壁に登っていたときも、カジノを散策していたときも、そして困惑顔のライフガードたちにハイタッチを求めたときも、彼らはコスチュームを身にまとっていた。息子たちはいまでは洋品店で買った普通の服では満足できない。メレディスは丸めた靴下とコーヒーフィルターを使い、創意工夫を凝らしながら、ユニコーンの角を二つ作ることにバカンスの初日を費やした。恥ずかしい話だが、私もときどき手製の超人ハルクのコスチュームを身にまとい、空想の世界を走りまわるコスチューム姿の息子たちに加わって、バハマの浜辺をうろつくことになった。

コスチュームを身にまとうことへの息子たちの執着には驚かされる。空想上の見せかけの世界に没頭し、妥協することを知らない彼らのその真剣さに。彼らにとっては見せかけの世界が現実の世界であり、現実の世界が見せかけの世界なのだ。とはいえ、方法や程度に差はあるが、これは私自身が六十余年かけて生きてきた生き方である。私はアルマーニのスーツに身を包み、金持ちの有名人の集団に属しているふりをしてきた。リネン生地の白のスーツに身を包み、『君に読む物語』という映画にちょい役で出演した。俳優のライアン・ゴズリングとレイチェル・マクアダムスの前でリラックスしているふりをしていた。ヘルメットをかぶり、リュックサックを背負い、有能な兵士のふりをしていた。手品が趣味の私はマジシャンのシルクハットをかぶり、奇跡を起こしているふりをしていた。ジーンズをはいて野球帽をかぶり、ハッピーな男のふりをしてきた。

二日前の午後、カジノのブラックジャックのテーブルで百ドルをすったあと、私たちはタクシーでナッソーの市街へと向かった。ロイヤル・ヴィクトリア・ホテルの建物が立っていた場所を訪れ、そこで数分間過ごした。父が人生で唯一の、曇りのない喜びを味わったと、私に語ってくれた場所である。ホテルの前でメレディスが写真を数枚撮っていた。ティミーとタッドは建物のそばで少し飽き気味に立ち、通りすがりの歩行者にバットマンのマントをはためかせていた。その数分間は私にとって大切なものだった。私は何かを期待していた。何を期待していたのだろう？ 啓示的な何かでも、派手な何かでもない。過去からの囁きのようなもの。あるいは、父が木のぼりをしたかもしれない木。父がハイボール片手に、若い女性と真夜中の散歩に繰り出したかもしれない花の咲く小道。しかし、時は確実に流れた。ほとんどすべてが消え去った。歩道沿いのコンクリートのブロックには記念のための小さな標示板がはめ込まれており、その場所にロイヤル・ヴィクトリアが建っていたことを通行人に示していた。しかし、もうそこに建物はない。標示板にはビル・オブライエンの名前も刻まれていない。ロマンチックな夏の夜、宙に舞い上がるシャンパンのコルク、タキシード、その演奏に合わせて人々が絡(から)み合い、寄り添い、踊っていた十四人編成のオーケストラは、時の流れと共に、みすぼらしく朽ち果てたような侘しさに取って代わった。その場所はいまではすべて駐車場になっている。ホテルは一九七一年に閉店、しばらくは空き家の状態が続き、そして一九九〇年代半ばに起こった火事によって倒壊した。壊れたおもちゃがそうなるように、物悲しく、気の滅入るような何かがロイヤル・ヴィクトリアだけでなく、父が未来の世界に見出していた幾多の希望をも滅ぼした――生涯続くはずの魅惑的なカクテルパーティーは、時の経過と共にとても醜いものになった。夢は堅く冷たいコンクリートと化した。そして、父はミネソタ州南部の小さくて、決してかっこいいとは言えない我が家の地下室に、ウォッカのボトルを隠すことになった。

いま、涙が溢れそうになるのを感じながら、ロイヤル・ヴィクトリアの小さな標示板に手をのばし、表面を撫でてみる。何かがそこで起こったという幻想以外、大したことはそこでは何も起きなかった。

しばらくして、ティミーがバットマンのコスチューム姿で私の前に現われた。

彼は私の手を握った。なぜ泣いているのかと私に訊ねた。泣いているのではないと私は彼に言った――私は思い出していたのだ。

「泣いているみたいに見えるけど」とティミーは言った。

「そうかもな」と私は言った。「君こそ、バットマンみたいに見えるぞ」

「どういうこと?」

「うん、たぶん」とそこで私は話をやめ、気持ちを落ち着かせて、ティミーの顔からバットマンのマスクを取り、こう言った。「たぶん、いつかは君も、バットマンではなくなる日が来る。たぶん、いつかはスーパーヒーローではなくなるんだよ」

「まさか」とティミーは言った。「そんなこと、あり得ない」

「本当？」

「絶対に」と彼は言った。「僕には起こらないよ」

# ホームスクール1――二つの頭

二日前の朝、私はタッドがゴミ箱におしっこをしている場に出くわした。単なるゴミ箱ではなく、白い金網のゴミ箱だ。しかも単なる白い金網のゴミ箱ではなく、浴室の床に置いてある白い金網のゴミ箱であり、その下に新しいカーペットを敷いたばかりだったのである。

タッドのトイレの躾けはできている。やってはいけないことはわかっているはずだ。

私は息子に厳しく話しかけた――誠実に、と言ってもよい。タッドは身をこわばらせた。彼の爆撃の角度はぐらつき、照準はもはやゴミ箱ではなく、もちろん便器でもなく、両者の中間地点となった。私は激怒した――それだけの理由はあったはずだ。ほんの一ヶ月前、私は毛がふさふさしているのと栗色っぽい色合いが気に入って、このカーペットを選んだのである（「あなた、後悔するわよ」とそのときメレディスは言った）。

タッドが用を足し終えたところで、私は彼にひざまずかせ、トイレットペーパーを幾重かに畳んだもので尿を拭き取るように言った。

「どうしてこんなことをしたんだ？」と私は訊ねた。

私は興奮して訊ねた——何度も何度も——が、息子は顔を上げようとせず、しゃべらなかった。間違いなく私の口調に怯（おび）え、私が口にした数語の不適切な言葉に怯えていたのだ。最後には、タッドが泣き始めたのと同時にメレディスが浴室に入ってきた。妻は怖い顔をして私に向かって首を振った——その動作は「ここから出ていって」と訴えていた。そして息子を慰めるためにひざまずき、掃除を引き継いだ。私は仕事場に退却し、そこでしばらくのあいだブツブツと独り言を言っていた。

　おそらく三十分くらい経ってからだろう、タッドがよちよちと私の仕事場に入ってきた。息子の下唇は震えていた。そして異常なほどピリピリし、悔恨と恐怖の入り混じった表情で私を見つめた。

「本当にごめんなさい」と彼は言った。「でもね、僕は頭が二つあるんだ」

「何だって？」と私は言った。

「頭が二つ」とタッドは言った。

「何だって？」

「どうしてやったのかって訊いたでしょ」とタッドは言った。「それは、僕には頭が二つあるからなんだ。一つの頭はこう言うんだよ。〝こんなことしたらお父さんはいやがる〟って。でも、もう一つがこう言うんだ。〝これは面白そうだぞ〟」

　途端にいくつもの考えがどっと私の心に浮かんだ。息子は私が数分前に思い描いたような斧を使う殺人鬼の卵ではない。息子は賢い。息子は道徳的な選択の多義性をよくわかっている。フォックスチャンネルに出てくるコメンテーターたちよりもずっとましだ。息子はいつの日か詩人になるだろう。あるいは精神科医になるか、精神科医を必要とするか、どちらかだろう。

　その夜、いつもの読み聞かせのために息子たちの寝室に向かう私には、新たな尊敬の念が芽生えていた。作家として、子どもたちの寝室でお話をするとき、私は新たな物語を作るのが自分の責任だと考えている。彼らを眠りへと誘う十分ほどのちょっとしたお話だ。その夜、私はお話を次のように始めた。「昔々、お父さんは頭が二つある男を本当に知っていたんだ」

「ほんと？」とタッドが言った。

「もちろん」と私は言った。

「なんて名前の人？」

「その人の名前はね」と私は言った。「お父さんなんだよ」

　タッドと兄のティミーは黙り込んだ。子どもたちが闇のなかでもぞもぞ動いているのが感じられた。私の首や肩がどうなっているか確かめている様子だ。

「本当の頭が二つ？」とティミーが言った。

「少なくとも二つ。ときにはもっと多かった」

「それ、痛くないの？」

「うん、そうだね。痛いっていうのは違う。でも、そのために世界がとても複雑になったんだよ」

　タッドは闇のなかで私のほうに身を乗り出してきた。おそらく少し怯えており、おそらく頭がついていた痕跡を探していたのだろう。「じゃあ、どうやってしゃべったの？」と彼は静かな声で訊ねた。「そもそもどうやって考えていたの？」

「いい指摘だね」と私は言った。「考えるのは容易じゃなかった。お父さんが複雑って言ったのはそういうことだよ」

「うん、そうだろうな」とティミーが言った。

それから二十分かそこら、私は子どもたちに、一九六八年の夏、自分に何が起きたかを話して聞かせた。私が徴兵された夏、兵士になった夏である。私の頭の一つは――右肩の上についていた頭としておこう――ものすごく従順で、自分の国を愛し、政府を尊敬し、伝統を尊敬し、そして義務、犠牲、奉仕といったものを信じていた。もう一つの頭も――左肩の上に危なっかしく載っていた頭も――こうしたものを信じていたのだが、同時にベトナムでの戦争に反対していた。この戦争にはいっさい関わりたくなかったし、まして人を殺したり、それ以上に自分が死んだりなど、絶対にいやだった。私は二十一歳だった。怯えていた。そして一九六八年の夏のあいだじゅう、この二つの頭が絶え間なく対決していたのだ。互いを挑発し、嘲り、論争し、からかい、罵り、まくしたて、相矛盾する祈りを唱えた。リンドン・ジョンソンとリチャード・ニクソン、ジェーン・フォンダとアビー・ホフマン〔一九六〇年代に若者の公民権運動とベトナム反戦運動を主導した人物〕、パトリック・ヘンリー〔アメリカ独立革命の指導者〕とドナルド・ダックに呼びかけた。二つの頭は冷静に、穏やかな声で話をすることもあった。と同時に、頭同士が憎しみをぶつけ合い、異様な罵り言葉を怒鳴り合うこともあった。あの灼熱の夏、我々の共和国じゅうの街路で人々が怒鳴り合っていたのとまさに同じように。

　このあたりで、タッドもティミーも眠っていた。しかし、それでも、私は長いこと闇のなかに横たわっていた。二人の大事な息子たちにはさまれ、まだ物語を語り、語り直していた――もちろん、声に出してではないが――私の心のなかで、みぞおちのあたりで語っていた――四十数年間語り続けてきたのとちょうど同じように、そして私が逝ってしまい、語れなくなるまで何度でも語り続けるのと同じように――この二つの頭は数十年の歳月を超えてペチャクチャとしゃべり続け、決して口を閉じることなく、決して落ち着かず、いまだに苦々しい思いを抱え、いまだに赦しも忘却も得られていない。ときには第一の頭が不毛な修辞上の勝利を収める。ときには第二の頭が一時的な勝利を収める。あるときは一つの頭が「戦争に行くなんておまえはなんて臆病者なんだ」と言い、もう一つの頭が首を振って「おまえは国に求められたことをやったんだ」と言う。すると最初の頭が辛辣な笑い声を上げて言う。「ああ、そうだよな。じゃあ、国が明日トロントを爆撃しろって言ったらどうするんだ？　俺はやらなくちゃいけないのか？　武器を抱えてカナダ人を殺し始めるのか？」すると、私の右肩にある頭が言う。「おい、おまえ、そいつは完全にいかれてるぞ。おまえは立派な国に住んでるんだ。この国がそんな命令をするはずがない」。そうするともう一つの頭が言う。「メキシコ戦争はどうなんだ？　西部への容赦ない領土拡張は？　アメリカン・インディアンたちの運命は？　ベトナム戦争における三百万人ものベトナム人の死者は？　イラクで見つからなかった大量破壊兵器は？」すると最初の頭が言う。「誰だって間違いは犯すさ」。するともう一つの頭が言う。「それこそ俺の言いたいことだよ」。といった調子で延々と続き、最後には一つの頭がもう一つの頭に言う。「オーケー、でも、俺はあのひどい戦争に行っちゃいけなかったんだ。ノーと言うべきだった」。するともう一つの頭が言う。「おまえは若かったし、怯えていたしな」。それでまた彼らの議論は続く。明け方までペチャクチャとしゃべり続ける。何度でも堂々巡りを繰り返す。

タッドとティミーとともに闇のなかで横たわっていると――二日前の夜だけでなく、毎晩なのだが――私は二つの頭が繰り広げる際限のない混乱状態にはまり込む。ものすごく無力に感じ、ものすごく不幸に感じる。正しいことと間違っていることは、自ら正しいとも間違いとも私に対して名乗り出ない。名乗り出ることがあったとしても、私には――どちらかが正しいにしろ――どちらを信じたらいいのかわからない。ブロッコリーを食べなさい、と子どもたちに言うと、すぐに自分がブロッコリー暴君になったのではないかと心配になる。ビタミンは腹を立てるほどの価値があるものなのだろうか？　誰にわかる？　確信できる人などいるのか？　二つの頭は呪いかもしれない。二つの頭のために、深夜にいろいろと悩むかもしれないし、未明に自責の念に苛まれたり、果てしない思索に耽ったりするかもしれない――祈られなかった祈りについて、実行しなかった行動について、発することのなかった同情の言葉、愛の言葉、理解の言葉について。そしてある日、私はほぼ（と言っても、完全にではないが）確信する。ティミーとタッドもまた不確実なものたちの恐ろしい不確実さに自分がはまってしまったと気づくことがあるだろう。自分はジェインと結婚すべきなのか、ジルと結婚すべきなのか？　二人とも捨てて、フィルと結婚すべきなのか？　自分はこの不愉快な仕事をこつこつと続けるべきなのか、フィジー島でまっさらな未来を追求すべきなのか？　戦争に向かって行進していくべきなのか、そうすべきではないのか？　人間であることの一部分は――たとえば、ガラガラヘビの場合とは対照的に――肩にいくつもの頭を背負うという厄介な重荷を意味する。頭はときに二つであるが、しばしばもっと多い。そして荷は重いかもしれないが、私はそれでもティミーとタッドの持つ道徳の意識が初めて揺さぶられたのを目撃し、浮き浮きするような、ほとんど爆発しそうな幸福を感じる。生きているあいだじゅう一つか二つの余計な頭を抱えることは、どれだけ厄介であっても、どれだけ混乱や意気消沈を招こうとも、ちょっとした鎧をまとうことでもある。それは魂を殺し、人々を殺す絶対主義の恐怖から身を守ってくれるのだ。

　数年前、航空機をハイジャックし、ワールドトレードセンターに激突させた犯人たちのリーダー、モハメド・アタには、頭が一つしかなかった――それも頑固で愚かな頭である。最も完璧かつ恐ろしい類(たぐい)の絶対主義者。どうして人間がここまで確信できてしまうのか、私は驚かざるを得ない。カスター〔十九世紀後半、アメリカ先住民に対する容赦ない討伐で名をはせたが、リトルビッグホーンで戦死した将軍〕しかり、ジョン・ウィルクス・ブースしかり、ブルータスしかり、ジョナサン・エドワーズ〔植民地時代のアメリカで、信仰復興運動を推進した清教徒牧師〕しかり、そしてフードをかぶって有色人種を処刑する者たちや学校のいじめっ子、ヨーゼフ・ゲッベルス〔ナチスドイツの最高指導者の一人で、宣伝相〕などもしかり。お腹をすかせた黒人とそのお腹をすかせた子どもたちにフレンチフライを届けることを拒(こば)んだ、タスカルーサのウェイトレスもそうだ。強烈な確信を抱く者の不気味な自惚(うぬぼ)れが私を怯えさせる。そして眠っている子どもたちを見ていると、私はティミーとタッドがいつの日か一つしか頭のない者の犠牲になるのではないかと恐れずにいられなくなる。熱狂的で独りよがりで、「俺は正しい、おまえは間違っている」と信じている者によって、血を流すことになるのではないかと。そしてまた、彼らが加害者側になることも心配だ。私自身の子育ての失敗により――唇から間違った言葉を発してしまったとか、不適切なときに不適切な笑い声を上げてしまったとかで――子どもたちの心のなかにある不寛容と偽善の導火線に火がともり、それが決して消えないものだったらどうしよう、という危惧を抱く。私はティミーやタッドにこんな言葉を発してほしくないし、考えるだけでもしてほしくない――「俺はすごく正しいし、おまえはすごく間違っている。だから俺はおまえを殺してやる」

　近年の諸々の出来事のあと、私は我々の国が、ほかのどの国とも同様に、絶対主義的な独りよがりのレトリックによって危機にさらされるのではないかと心配するようになった。我々の栄光を祝福しながら、我々の欠点を忘れ去ろうとし、我々の倫理的かつ道義的な失敗――たとえば拷問――を一笑に付そうというレトリックである。

私は自分の子どもたちを愛している。私は彼らがすることをすべて愛するわけではない。私は自分の国を愛している。私は国がすることをすべて愛するわけではない。

我々は愛と道義的な義務とのあいだで、果てしなく判断を迫られている。どんな親でも、どんな理性的な愛国者でも、こうした二つの頭による判断のせめぎ合いを理解できるはずだ。

我々はいま戦争をしている。そして再び、別の戦争の真っただ中にあった四十年前と同様、我々の宇宙の矛盾や混乱が「黒白はっきりした」スローガンや陳腐な決まり文句に還元されてしまった。こうした哀れなほど古びた言葉はどれも完璧に真実ではないのだが、それぞれが自信過剰なほどの確信に満ちた言語で表現されている。それに制限を加えるものはなく、歴史による修正もなく、教育的な機能もなく、謙虚さもなく、懐疑主義もない。疑いやありふれた遠慮によって調整されることもない。「自分は正しいと思う」とか「自分が正しいことを望む」とか「たぶん自分は正しい」などと言う者はいない。ここでもまた、戦争のレトリックは絶対主義的な単音を騒々しく響かせる。「疑いはない」とジョージ・W・ブッシュはイラクと戦争をする自己の決断について語った。「私に疑いはない」

同様にディック・チェイニーは言う。「簡単に言って、サダム・フセインが大量破壊兵器を所持していることには疑いの余地がない。彼がこうした兵器を蓄積し、我々の友好国や同盟国に対し、そして我々自身に対しても、使おうとしていることには疑いの余地がない」

疑いの余地がない？

そのとき存在していなかったし、いまも存在していない理由によって人々を殺すことに疑いの余地がないのか？

私が言いたいのは個人の問題であり、党派の問題ではない。多くの民主党員も、多くのリベラルも、このチェイニーの「疑いの余地がない」絶対主義的な虚言（真っ赤な嘘ではないかもしれないが、明らかに虚偽である）を黙認してしまった。そして私は、さらにこう考えてやるせない気持ちになる。十年後か二十年後、我々がいまだ中東から脱け出せずにいるときに、私の大事な息子たちが、そしてあなた方の子どもたちが、頭を撃たれたり爆弾で粉々にされたりするのではないか。それは傲慢で頭が一つしかなく、自分は正しくておまえは間違っていると確信し、恐怖を煽り立てるデマの結果なのだ。

いいかい、ティミー、いいかい、タッド。

自分の価値観や意見に忠実であることは重要だが、自分の意見は意見にすぎないということを覚えていてほしい。そして自分の価値観は時が経つにつれて再構成されていくかもしれないということも覚えていてほしい。

特に人を殺すことに関わる意見には気をつけよう。なぜなら、君たちはいつの日か気を変えるかもしれない。その日が来たとき、私にその日が来たときのような思いを味わってほしくないのだ。午前二時なっても眠れず、神に祈っている――クアンガイ省の小道に手足を広げて横たわっていた若い男を目覚めさせてください、と。痩せていて上品な顔つきの男、彼はこのまま永久に目を覚ますことがない。二つの頭を持つことは重い。しかし、どちらの頭も堂々と持ち運びなさい。そして、どちらも使いなさい。

# マジックショー1

子どもの頃、小学生から高校生までの時代、私の趣味はマジックだった。奇跡を起こすのが好きだった。いつも地下室の姿見の前で練習し、母のスカーフの色を変えることに挑戦した。ハサミを使って父の最高のネクタイを半分に切り、切り離したものを見せた上で、また元どおりにした、一セント硬貨を手のひらに載せ、ギュッと握って、硬貨をネズミに変えた。これは本当の魔術(マジック)ではなかった。タネのある手品だ。しかし、私はときどきそうではないふりをしていた。まだ子どもだったし、ふりをすることもマジックの心躍らせる部分であり、起きたように見えるのが実際に起きたことになるからだった。私は夢見る子どもだった。自分の手を鏡で見ながら、いつの日かもっとすごいマジックをすることを想像した。トラをキリンに変え、美しい娘を天使のように浮遊させる。高いところから黄色いスポットライトを浴びて、娘はワイヤや糸などにまったくつながれていないのに、ただ浮かんでいるのだ。

これはもちろん幻想だった——輝かしく新しい現実の創造だ。白いネズミが飛び、空中からドル札をつまみ出すことができ、少年の父親は「愛してるよ、ティム」と言うようになる。

この奇妙な趣味に関して私が楽しんでいたのは――少なくとも部分的には――その技だった。マジックのテクニックを覚え、地下室に一人でこもり、何時間も何日も、そのテクニックの練習をすること。マジックに夢中になった理由の一つはここにある。私は一人ぼっちが好きだった。神や、それ以外の奇跡を起こす人々もまた、そうに違いない。寂しいわけではなく、一人ぼっちというだけ。私は自分の周囲に宇宙を形作るのが好きだった。その当時、我が家の状況は必ずしも幸福ではなかった――特に、父が酒を飲んでいるときは。だから、地下室は少年時代の私にささやかな平和をもたらしてくれる場所だった。私はそこで悲しみや恐怖を消すことができたのだ。

うまくいったとき、マジックは別個の技の連続以上のものとなる。八歳の私はもちろんマジックの名人ではなかったが、個々の幻想を統合して一貫したものを作り上げようと、全力で取り組んだ。魔法をかけたいと思った。それによって統一感のある、途切れることのないマジックの世界を作り出す。たとえば、シャッフルしたトランプから観客の誰かが一枚のカードを選ぶ――ダイヤのエース。そのカードを消してしまい、次に帽子のなかからウサギを引っ張り出し、その帽子をつぶして扇にし、その扇を使ってウサギを扇ぐ。すると、ウサギが白いネズミに変わり、その白いネズミから羽が生えてきて、スポットライトのなかに飛び立つ。そしてしばらくしてから、口にトランプのカードをくわえて帰ってくる――ダイヤのエースだ。

ほかにもマジックの楽しみはあった。私は秘密を持つことや、力を持つことが好きだった。手に何も持っていないわけではないのに、何も持っていないように見せるのが好きだった。私のマジックのギロチンに頭を入れてみてくれと頼んだときの、父の表情が好きだった。

少年時代の私がマジックに魅了されたのは、何よりも宇宙全体の神秘に関わっているという感覚のためだった。七歳か八歳で、最初のトリックをいくつか学んだとき、周囲のほとんどすべてがまだ大きな神秘だった――月も、数学も、蝶も、自分の父親も。宇宙のすべてが説明不可能に思われた。どうして大人たちは面白くもないことで笑うのだろう？　どうして自分の父親は酔っ払うのだろう？　どうして誰もが死ななければならず、自然の法則は一つ二つの例外さえも許そうとしないのだろう？　すべてのことが不思議だった。すべてのことが可能に思われた。真っ二つになった父のネクタイが元どおりになるのなら、いつの日か私の魔法の杖によって、死者がよみがえってもいいではないか？

　高校を出たあと、私はマジックをしなくなった――少なくとも、この種のマジックは。物語を書くという、新しい趣味を始めたからだ。しかし、さほど無理なこじつけではなく、その基本はかなり同じだと言うことができる。物語を書くのは孤独な作業だ。あなたは一人で自分の宇宙を作り出す。幻想で勝負する。成否の決め手は不信感を自分で抑えつけること。四六時中練習し、さらに練習する。技に注意を払う。何も持っていないわけではない手を、持っていないように示す術（すべ）を学ぶ。緊張や不安へと導いていく。ベティという名の登場人物が、相手を愛しておらず、決して愛せるようにならないとわかっていながら、結婚指輪に指を通そうとするときのように。あなたは美を作り出そうとする。完全性を目指し、統一感と流れを志向する。ストーリーの個々の動きが、過去とも未来ともつながるようにする。そして、人生の大いなる幻影を作り出し、再現したいと常に願っている。「アブラカダブラ」とマジシャンが言うと、シルクのスカーフの色が変わる。ハックルベリー・フィンが「しばらくして」と言うと、あなたは彼と一緒にあの時空を超えた筏（いかだ）に乗っている。「赦してくれ」とあなたの父親が、実際に口に出すわけではなく言うと、あなたは赦してしまう。

何十年もの中断のあとで、私はまたマジックをかなり真剣にやるようになった。ティミーとタッドは、鳥かご、山高帽、魔法の杖、爆破装置、浮遊する鉄の環(わ)、スポットライト、踊るステッキ、数知れぬトランプの札などがそこらじゅうに散らばる家に暮らしている。

八ヶ月前から、ルーレットのテーブルが玄関のかなりの部分を占めるようになった。これは、引退したアトランティックシティのマジシャンから買った中古品の幻想だ——我が家の玄関のドアからリビングルームまでの通路を完全にブロックする小道具である。訪問客はたじろぐ。ピザの配達員は違法な賭博がおこなわれているのではないかと疑いの目を向ける。しかし、ティミーとタッドはこれにすぐ慣れた。まるで地球上のすべての父親が、自分の父親と同じだと思っているかのように——目覚めている時間はずっと、指の先端にうまく出てこない蠟燭(ろうそく)に向かって罵っているような父親なのだが(このトリックは簡単ではない。蠟燭は六本で、手には何も持たないのだ)。子どもたちはいやがりもせず、ルーレットテーブルの上に載せた椅子から順番に消えてくれる。体をねじ曲げて黒い箱のなかに入るといった、数々の苦痛にも耐えてくれる。アレチネズミに変身する時間になったよと私が言えば、目を丸くする。残念ながら、子どもたちはマジックに退屈する。「本当に魔術(マジック)なんだったら、どうしてお父さんがお母さんを消してしまうとき、お父さんの後ろに立ってはいけないの?」とタッドは数日前に言った。「僕に何かを見られるのがいやなの?」こうした無関心さ、少し敵意さえある態度に、私はときどき苛つく以上の反応をしてしまう。腹を立ててしまうのだ。こいつらは子どもだ。子どもはマジックが好きなはずなのだ、と。とはいえ、ティミーとタッドが育った環境のせいでもあると私は気づく。彼らの家ではホットドッグがどこからともなく

O'Brie
O'BRIEN

現われたり、インコが消えたりする。奇跡に慣れてしまったのだ。そして、私が練習している姿を長年見てきて、奇跡を奇跡らしく見せるというつまらない現実を知ってしまった。彼らは手の甲にものを隠す技を知っている。扇状に広げたカードを出す芸の背後にあるテクニックもだ。そして彼らの経験から、玄関にあるルーレットテーブルがルーレットテーブル以上のものであることもわかっている。カードをもう一枚――あるいは、一枚たりとも――選びたがらなかったからといって、誰が彼らを責められるだろう？　実際にはシャッフルしたことにならないシャッフルを彼らがいやがったからと言って、誰が彼らを責められるだろう？

だいたいにおいて、子どもたちは善意の沈黙をもって我慢してくれている。マジックが私の内部にある空っぽな場所を満たしているのだと、理解している――少なくとも直感で悟っている――ようだ。いまから何年も何年も経ち、私が彼らの人生から消えたずっとあとになっても、タッドとティミーは浴室の鏡の前に立つ父親の姿をぼんやりと覚えているかもしれない。父親は空中からトランプのカードをつまみ出そうとし、たいてい失敗するのだが、何度も何度も試みている。それは私がちょうどいま、空中からこの『メイビー・ブック』をつまみ出そうとしているのと同じなのだ。

メレディスと私は、ティミーとタッド、そして数人の無理強いされた友人たちとともに、我が家のリビングルームで二年に一度、マジックのショーを催している。私たちはアマチュアだ――大してうまくないが、よくなってはいる。テーブルや子どもたちを家のなかで浮遊させている。自分たちも現われたり消えたりし、それは火の玉のなかだったり、大きな箱のなかだったり、ときには観客の目の前だったりする。私たちは踊り、歌う。剃刀（かみそり）の刃を呑み込む。数年前は、ティミーを剣の刃先に載せ、くるくる回し、さらに剣が彼の細い体のなかに入っていくように見せた。一度などリハーサルで失敗し、本当に虫垂切除をしてしまいそうになった。ほかにも、仲間の女性マジシャンの一人を窒息させそうになったり、一人の首を切りそうになったり、家を焼失させそうになるといった、危険な事態が起きた。ああ、ショービジネス。

新しいショーを準備するごとに、私たちアマチュアの一座は六ヶ月前から練習を始める。二週間ごとに集まり、一回に三時間から七時間、猛練習する。退屈な時間も多いし、失敗も多く、うまくいかずにイライラする(これもまた、物語を書くのととても似ている)。小道具がうまく働かなかったり、糸が切れてしまったり、秘密のドアが開かなかったりする。ティミーとタッドが舞台裏で眠ってしまったので、静かに揺り起こし、浮遊する時間だよと教えてやったこともある。

全般的に、私たちの一座のメンバーたちはいやな顔一つせず、長時間の練習と麻痺しそうな反復に耐えてきた。そのうちの何人かは、それほどマジックが好きではないと私は確信している。しかし、彼らはマジックが私にとって大切なものだということをよくわかっていて、ものすごく寛大にも、これに身を投じてくれている——ほかの人ならくだらないとか、子どもっぽいとか、ちょっとどころでなく変だと思うようなことに取り組んでくれているのだ。実人生で教師の人がショーガールのコスチュームを身にまとう。看護師の人がカジノにいるセクシーな女の扮装をする。数ヶ月かけ、大きな犠牲を払って、私たちの一座のメンバーは各自の奇跡を仕上げようと勇敢に頑張る。そして、ある程度の優雅さと上品さをもってそれを演じようとする。これは簡単ではない。どの角度から見られるかを考慮する必要がある。姿勢——肩を水平に保たなければならない——が成否を決める。照明が強すぎるか弱すぎるかで、拍手喝采と陰気な沈黙との差が生じる。こうしたストレス

があり、膨大な時間が生活から奪われるにもかかわらず、一座のメンバーたちは私がマジックにおいて美しいと感じる瞬間を味わってくれるようになった。それは、六本ほどのカラフルなパラソルがどこからともなく次々と現われる瞬間や、ボージョレのグラスがシルクのテーブルクロスの下に消える瞬間、あるいは飛び出しナイフの刃先にダイヤのエースが現われる瞬間である。

ショーの夜、リビングルームが九十人かそこらの招待客でいっぱいになると、私たちの小さな一座は張りつめた緊張を感じるようになる。それは、プロのマジシャンが感じるものと同じだろう。私たちは舞台裏で歩きまわったり、独り言をブツブツ言ったりする。頭のなかで動きを復習する。浮き浮きした気分が恐怖によって掻き立てられているように感じる。たかがリビングルームでのマジックショーでも、私たちにとっては、ブロードウェイやカーネギーホール、あるいはラスヴェガス中心部の金ぴかの劇場でオープニングを迎えているようなものなのだ。

こうしてショーが始まる。音楽が鳴り始め、私たちは幻想の世界へと入っていく。ここは砂漠の果てにあるカジノだ。ブラックジャックのカードを配り、自分では決して負けない者たちがいる。札束を空中からつまみ出す者たちもいる。元締めはルーレットのホイールから火を放つ。恋は実ったり実らなかったりし、カクテルを運ぶウェイトレスはロープの手品をするカウボーイと一緒に歌う。バーテンは何も持っていない手からワインのボトルを取り出し、銀色のボールが天井に向かって浮かんでいく。幸運の女神は西テキサスの砂漠で、ずっと昔の大みそかに放たれた運命の爆弾を爆破させる。少なくとも、これはみんな現実に感じられる。マジックは起きているのだ。

六十八のトリックのあと、ショーは終わる。私たちは目をしばたたかせ、夢から覚める。

ティミーとタッド、君たちが何年も経ってからこれを読むのなら、私のここでの主題がマジックではないということを理解してほしい。物語を語ることでもない。主題は我々が奇跡に焦がれるということだ。人間の旅は——君の旅だよ、ティミー、そして君の旅だよ、タッド——未知のことすべてに没入し、不可知なものすべてに没入していくことだ。刻一刻と未知の時間へと入っていき、永遠という未知の空間へと向かっていく。私は死んだあとも生きるのだろうか？ 私の子どもたちは幸せな人生を生きるだろうか？ 人類は太陽が燃えつきても生き残るだろうか？ アリスは不思議の国から脱出できるだろうか？ 私たちに小説のページのみならず、人生のページをめくらせるものは、少なくとも部分的には、未来の謎である。動物と違って、私たちは明日を心に描く——明日が自分にとって重要である——そして、自分の時間のかなりの部分を費やして、望む未来を形作るために現在を調整する。ヨーロッパで休暇を過ごすために貯金し、天国の門番である聖ペテロから貴重な入場券をもらうために、毎週教会に通う。ハッピーエンディングという奇跡を私たちは望んでいるのだ。みんな人間なので、それはどうしようもない。同様に、規模としてはずっと控えめだが、私たちはときどきこんな質問を発する。たとえば、リジー・ボーデンは斧を手に取って母親を四十回も打ち据えたのか〔リジー・ボーデンは十九世紀末、実父と継母を斧で殺したとして逮捕され、無罪となった女性で、真犯人は見つかっていない〕？ アメリア・エアハート〔大西洋横断に成功した最初の女性パイロットで、一九三七年、太平洋上で行方不明になった〕が南太平洋上で飛行中に消息を絶ったとき、何が起きたのか？ カスターがリトルビッグホーンで最後に考えたことは何だろうか？ リー・ハーヴェイ・オズワルド〔ケネディ大統領暗殺の実行犯とされる人物〕は一九六三年十一月のあの日、一人で行動していたのか？ そして、夜遅くになると、こうした思考がとても個人的なものとなる。自分の人生はどこでまずい方向に行ったのだろう？ 自分はどうしてこんなところで寝ることになったのだ？ こんなに不安で、衝撃的なほど一人ぼっちで？　どうして自分は泣いているのだ？

　結局のところ、タッドとティミーよ、私たちは自分自身にとっても謎なのだ。もちろん推測するだろうし、もつれた歴史と良心と動機の極細の糸をほどこうとするだろうが、私たちのうちの誰がその理由や動機を本当に知っているだろう？　自分がどうしてああいうことをしたのか、ああいうことを考えたのか、わかっているだろうか？　すべては当て推量にすぎないのではないか？　そしてそれ以上に、周囲にいる人々の謎についてはどうだろう？　父、母、子ども、恋人、友人たちは？　それぞれが頑丈な頭骨をかぶせられているのではないか？　みんなが独房に閉じこもっているようなものではないか？『タッチストーン』という中篇小説で、イーディス・ウォートン〔『エイジ・オブ・イノセンス』などで知られる、二十世紀前半に活躍したアメリカの女性作家〕はこう書いている。「私たちは自分の魂のなかで生きており、それは地図に記されていない数エーカーの土地のようなものである。私たちは自分が住むためにその土地を切り開いたのだ。一方で、すぐ近くに住む者たちの性質については、私たちの土地と接している境界のこと以外は何も知らない」。私は君の心を読めないのだ、ティミー、そして君は私の心を読めない、タッド。しばしば君たちは私を混乱させる。しばしば私は君たちの頭のなかにもぐりこみ、捉えにくい根源にたどり着けたらと思う。根源などないとわかっているし、我々がみな刻一刻と絶え間なく変化していることもわかっているのだけれども。五年前に真実であったこと、五分前に真実であったことでさえ、おそらくもはや真実ではない。まず間違いなく、同じ形で真実ではなくなっている。しかし、それでも私は奇跡を求め続ける。君たちのなかに入りこみたい。君たちの思考のなかを泳ぎ、君たちの夢のなかで眠りたい。そうなったら、何というマジックショーだろう。

# 寿司

目まぐるしいテンポで進む父親業にくたびれ、記憶力が衰えてきた。いま、ここ数年間の出来事について振り返ってみても、頭のなかに残っているものと言えば、ティミーとタッドと過ごす日々のなかで起こった、つながりのない小さな記憶の断片だけである。断片はそれぞれ独自の次元に存在しており、その前にも後ろにも続きが見当たらない。断片は暗闇のなかで点滅するフラッシュのようなものであり、太古の昔の広大な虚無に瞬きのごとく発火しては消えるとても小さな閃光。閃光同士にもつながりが見当たらない。擦り切れた記憶のなかに形や統一感のようなものを見つけられればいいのだが、記憶——少なくとも私の記憶——は一本の映画というよりはむしろ、古くて不明瞭な画像の数々と意味不明の音声の細切れが収められたスクラップブックのようなものである。残念だが、私はその悲しい事実を受け入れるほかない。

今日は二〇一三年八月十三日、時刻は午前二時三十七分。断片のなかの一つを紹介しよう。

時は少し戻り、二〇一〇年。幼いティミーと私がベルギーの古城へ見学に出かけたときのこと。

私たちは中世の騎士が身につけていた全身の鎧を目にしていた。博物館から外へ出ると、ティミーが、「すげぇ、あの男。じっと立つのが上手だねぇ」と言った。

タッドが小学校一年生のときのこと。先生がクラスの生徒たちにエッセイを書くよう伝えると、タッドは白い紙に注意深く、次の文字を書いた。「S・A（エス・エイ）」

時は二〇〇九年、あるいは二〇一〇年。家の近くの公園で幼いタッドが「一時停止の標識」と自分で名付けた遊びをしていたときのこと。彼は一時停止の標識のまねをして両腕で頭上に丸を描きながら、前方でけんけん遊びをしていた五歳か六歳の女の子に駆け寄り、女の子の行く手をふさいだ。すると、少女はタッドの標識を無視して、けんけんで彼を通り過ぎた。タッドは振り返り、少女のことをじっと見つめると、すかさず、「君、来週まで運転は禁止」と叫んだ。

さて、記憶の宇宙の彼方では、星がもう一つ輝いている。三歳か四歳のティミーが足を引きずりながら、私のところまで歩いてくるのが見える。彼が発した正確な言葉を思い出せない――「痛い」というようなものだっただろうか。彼は泣いてはいない。ただ、困惑している。足が折れていたのだ。

時が経ち、そのティミーは五歳か六歳になる。骨折した経緯について妻のメレディスと私が彼に質問したときのこと。「スピンしたんだ」とティミーは言う。「スピン？　どこで？　どうやって？」とメレディス。すると、ティミーは骨折なんてたいしたことではないと言わんばかりに肩を

すくめ、「床の上で、キッチンの。お母さんは皿洗いをしていて、僕は回転してたんだ」と言う。人生で初めて持った子どもが足を骨折し、どのようにしてそんな事態に立ち至ったのか把握できていなかった親としての我々の罪悪感は、それを聞いて少しは軽くなり、少しは安心した。しかしそれはあくまでも少しだけのことだった。というのも、病院に連れていったときの一件が思い出されるからだ。我々はなぜ骨折したのかわからない、とても不可解だ、と病院にいた親切なソーシャルワーカーとの話し合いのなかで何度も説明したのだが、その人物の不審そうな表情は決して変わることはなかった。「なるほどねぇ」とその人物は言った。何度も。

そして、この話も歴史の深い霧のなかにぼんやりと存在している。ずいぶん前のこと。タッドが睡眠中に夢にうなされて叫んだことがあった。「叩かないで！　叩かないで！」という叫び声が、二部屋離れたところで横になって本を読んでいた私のところまで聞こえてきた。叩いているのは彼の父親だという恐ろしい確信が、私の頭に浮かんだ。

ある日の午後、裏庭での出来事。タッドが毎週芝刈りに来てくれているジェフ・ピアスの手伝いをしていた。タッドは薪（まき）を拾い集め、ジェフの芝刈り機が来ると、集めた薪を機械の前に置いた。そのたびにジェフは機械を止めて薪を脇によけ、芝（グラス）を刈り続けた。同じことが何度か繰り返され、ジェフはついに口を開いた。「おいおい、頼むよ。水をグラスに一杯、持ってきてくれないかい？」タッドは彼のことをじっと見つめ、こう言った。「グ、ラ、スを刈りたいって言うの？」

そして一瞬の閃光が走り、八歳か九歳――おそらく八歳――のティミーが彼の型破りの新しい趣味である寿司作りに精を出している。何種類かのコースの寿司。ゼロから作る寿司。念入りに飾られた寿司。何とか食べられそうな寿司。彼はシェフの帽子と白いエプロンを身につけている。表情は厳しく、両手は粘(ねば)り気のあるご飯の奥深くに突っ込まれている。床を見れば、カニにアボカド、海苔にキュウリ、そして息子お手製のスパイシー・マヨネーズが散乱している。巻き寿司の巻き簾(す)がキッチンテーブルの上に丁寧に平らに広げられている。高価なガラス製の箸が布ナプキンに包まれている。この一連の作業をうちの子がしたのか？　うちの子は天才寿司職人？（私は寿司は好きではない。好きな人に拍手を送りたい）。ある日、ティミーがまたしても生魚のご馳走を準備したいと言い出したので、私は外に出てキャッチボールをしたり、サッカーボールを蹴ったり、あるいは全米の小さな男の子がするようなことをしないかと提案した。「いいよ。たぶん、明日ね」とティミーは言った。「それで、お母さんは海苔を買ってきてくれたのかな？」

このような単純でありふれた記憶の断片が、父親としての私の年月を作り上げてきた。いかに私が息子たちの関心事に影響を与えていないか。いかに彼らが勇敢に彼ら自身の関心事に飛び込もうとするのか。そして、私はティミーの寿司のように愉快なその事実を、口のなかでもぐもぐ味わうのであった。

# 父親のプライド1——十五丁目通りの男

父親としての誇りを作り上げている要素の一つに単純な驚きというものがある。私たちは子どもに何かを教えることを望まれる。ところが、私たちが子どもから何かを教わり、驚かされることがあるのだ。

たとえば、こんなことがあった。

数年前のこと。長男のティミーはそのとき八歳だった。学校から車で家に帰る途中ティミーは、私たちが住んでいるテキサス州オースティンの中心部にある十五丁目通りの歩道に佇(たたず)んで泣いている男がいることに気づいた。その男はおそらくホームレスだった。いや、はっきりはわからない。彼の外見や物腰には路上生活に見受けられるような極貧の形跡がなかったからだ。服はきれいに見えた。ヒゲもきちんと剃られていた。新しそうな帽子もかぶっていた。ただ、その帽子には「ベトナム帰還兵」という言葉が印刷されていた。

ティミーは妻のメレディスに車を止めるよう叫んだが、ラッシュアワーだったために妻は車を止めることができなかった。泣いている男から遠ざかるにつれて、ティミーは振り返りつつ肩越しに男のことを見つめていた。そして、ティミーは泣き始めた。家に着くまでずっと泣いていた。ティミーは夕食の席で再び泣き始めた。それは泣くということを超えたものだった――誰にも止められないような、全身を震わせる、いままさに誰かが死んでしまったかのような悲嘆だった。彼は椅子から崩れ落ち、床に倒れ伏して、大声で泣き叫んだ。

翌朝の早い時間、太陽が昇る前のことだが、ティミーがキッチンのカウンターに座っているのが見えた。彼は十五丁目通りで泣いていた男のために、茶色の紙袋に小さな贈り物を詰め終えたところだった。ティミーは紙袋のなかにヨーヨー、サンドイッチ、グラノーラバー、自分の写真、釣り糸、リンゴ、そして私の本を一冊入れた。その日から数週間、学校への登下校の途中、彼はその茶色の袋をプレゼントするために、男を探しにオースティンの通りや歩道を見て回った。しかし、誰もが想像できるだろうが、結局、ティミーは十五丁目通りで、あの日泣いていた男に二度と会うことはなかった。サンドイッチにはカビが生えた。リンゴは腐った。グラノーラバーは弟に食べられてしまった。

このエピソードについては家族の誰もが忘れていなかった。とりわけ、ティミーは。

その出来事から一年ほど過ぎたあと、彼は英語の授業で、「父親のプライド４」で紹介する「十五丁目通りの僕の友だち」という題の詩を書き始めた。九歳の子どもが書いたものにしては悪い出来栄えではなかったが、息子を新しい目で見るようになったのは文学上の長所や短所のためではなかった。それよりも、息子が一年以上ものあいだ、心のなかにそのときのショックを抱えていたことに私は驚かされた――感心さえさせられた。さらには、詩にしなければならないほど、まだそのショックを引きずり気にしていたこと、そして私自身が我が子のことをかなり過小評価していたことにも驚かされた。英語の課題となれば息子は、ゲームの「マインクラフト」について書いたり、バスケットボールについて書いたり、あるいは日々熱中しているそのほかのさまざまな関心事について書いたりするだろうと私は想像していた。そもそも、あの日以来、十五丁目通りで泣いている男について、彼は一度も口にしなかっただけでなく、実際に彼の人生におけるすべてのことが、長続きしない一瞬の出来事なのだと私には思えていた。ティミーは何かに関心を持ったかと思えば、すぐに飽きる。ルービックキューブをガチャガチャ回したかと思えば、次の瞬間にはＮＢＡのハイライト番組を見たり、また次の瞬間には弟と取っ組み合いをしていたりする。彼がその詩を書き始める日まで、彼の他者への思いやりは私のそれと同じくらい一時的で儀礼的なものだと私は決め込んでいたのだ。

　大人になった私は自分の失敗や欠点によって謙虚になるあまり、自分に対してほとんどいつも最大限ではなく、最小限にしか期待してこなかった。そして、苦しむ他者へのティミーの慈悲深さは、パッとしない哀れな自分の姿を知らしめた。私はユナイテッド・ウェイ〔慈善福祉団体〕に小額を寄付するわりには、ホームレスからは目をそらしてきた。彼らに対して悲しみは感じる。しかし、泣くまでには至らない。きっと私以外の多くの人もそうだろう。あなただって泣きはしないだろう。

　そして、いま、あの出来事から数年が経ち、私は八歳の自分の子どもが自分よりも善き人間になっていたことに気づき、驚かされている。私が感じ取れないことも、彼には感じ取ることができる。過去において私はこのようなことに対し、首を絞めつけられるほどの苦しみを感じられた。だが、いまではその苦しみはこちらをそわそわさせる気恥ずかしさでしかなくなった。かつて私が持っていた他者への共感は、いまではカフカが呼ぶところの人の心の「凍った海」に取って代わった。もし人間性を感情の質で測れるものだとするなら、私の内なる感情の海は何マイルにもわたって深く凍りついていたのだ。心が凍ってしまうのは大人になる過程の一部、あるいは不完全な世界で生きることの一部なのかもしれない。だが、それは気が滅入ることであり、卑劣なことだ。

ティミーの詩、そしてその詩を生み出すことになったこの出来事により、私はカフカの斧を手に取り、私のなかの凍った海に斧を振り上げ、分厚く張った氷を割り砕きたくなった。そもそも、この『メイビー・ブック』が書かれることになった理由の一つは、そこにあるのかもしれない。私は内なる感情の氷を叩き割ってしまいたい。そして、キーボードを打鍵するたびに、〝君を愛してるよ〟、〝君を愛してるよ〟と叫びたい。

# 子どもの幸せ

数日前、妻のメレディスと私は毎週おこなわれるタッドのサッカーの試合を観戦した。試合は彼が所属する、決して上手とは言えない六歳の集団による珍しい勝利で幕を閉じた。タッドは得点しなかった。彼は得点をすることが大事だとは思っていない。実際、試合の途中、メレディスと私は彼が意図的に敵のチームにボールを出している、あるいは、少なくとも敵のいる方向に向かって蹴っていることに気づかざるを得なかった。ハーフタイムに私はそのことについて彼に訊ねてみた。

「まあ、そうかもね」とタッドは言ったが、明らかに困惑していた。「だけど、かなりまっすぐにボールを蹴っていたんじゃない?」

「とてもまっすぐだった」と私は言った。「だけど、そのまっすぐなボールは敵のチームの方向だったよね」

「それは悪いこと?」

「いいことではないんだ。試合全体の目的は……」

タッドはいまにも泣きそうな顔で私を見上げた。

「彼らがかわいそうだと思ったんだよ」と彼は言った。「だって、僕たちはすごく、すごく、彼らをやっつけていたじゃないか」。彼の目は左右に行ったり来たりしていた。「分け合うことはいいことだって、お父さんは僕に言っているじゃないか」

ティミーはラクロスをしている。上手ではない。彼はフィールドの中央で動かずにじっと立っている。右手の中指でラクロスのスティックのバランスを取り、そのスティックは真っ青なテキサスの空に対して美しく垂直に立っている。彼はサーカスのオーディションに参加しているかのように見える。

私はこのことについても訊ねてみた。

「簡単じゃないんだ」とティミーはきっぱり言った。「お父さんもやってみなよ」

どちらの息子にも運動における攻撃性はまったく見当たらない。競争本能が具わる代わりに、とても理性的に痛みを回避する本能、あるいはメレディスが楽観的に呼ぶところの優しすぎる傾向というものが存在している。それ自体はそんなにひどいものではない。

とはいえ、ラクロスの試合中には足を動かしなさいと私はティミーに忠告してきた。タッドには試しにサッカーボールを自分のチームメートと共有してみてはどうかとアドバイスした。

残念ながら、効果なし。

それで、しばらく考えた末、私は自分の考えを子どもに押しつけることを基本的にあきらめた。父親としてすべきこと、つまりそれが運動であれ何であれ、やりたいことを彼ら自身に決めさせることにした。しかし、放棄とも言うべきこの方針は、私にとってはあまりにも受け入れがたいものである。サッカーやラクロスのフィールドのサイドラインで黙って口を閉じているのは、私にはとても困難なことなのだ。子どもたちに大声をあげて鋭い指示を飛ばさずにいられない。フィールドの中央でスティックのバランスを取る行為に対して、ただ明るく励ます気にもなれない。息子たちは確かにまだ幼い。しかし、とにかく私は彼らにとっていいもの、彼らがハッピーになれるものを彼らの人生に望んでおり、何より、男の子はスポーツで達成感を得ることで、ストレスを解消することができるのだと知っている。十代においては特にそうだし、スポーツ熱の高いここテキサス州では、よりいっそう当てはまる。スクラブル〔単語を作成して得点を競うボードゲーム〕の達人は、このあたりではプロム王〔高校行事のダンスパーティーであるプロムで一番人気の男子〕には選出されない。

　私がとりとめもなくこのようなことを話すと、妻のメレディスはもちろん表情を変え、攻撃を開始する。「冗談でしょう？」と彼女は言う。「私たちは二人のプロム王を育てているとでも言うの？」

「いや、そんな、でも……」

「プロム王、ですって？」

　私は素早く自分の話題を引っ込め、たとえが悪かったことを認めた。しかし、それでも、私は頭のなかで自分の高校時代を振り返らざるを得なかった。私はプロム王になるためなら何でもした。サンショウウオの内臓だって食べただろう。

「わかったよ」と私は言う。「じゃあ、ホームカミング〔学校が卒業生と旧教職員を招待しておこなう交流会〕王ではどう？」

今日は二〇一二年二月五日、日曜日。ティミーと私は自宅の向かいにある道路の袋小路で一輪車の練習をし、ちょうどいま、自宅に戻ったところだ。ティミーは自分にぴったりのスポーツを見つけた。何ヶ月にもわたる失敗の連続のあと、本日、ティミーは一輪車に乗り、初めて自力で円を描くことができるようになったのだ。彼の顔には喜びが溢れ、私の顔にも喜びが溢れた。ついに一輪車に乗れたぜ！

そして、驚くなかれ！　タッドだってものすごいアスリートとして花を咲かせている。フラフープのプロとして！

何ヶ月ものあいだ、二人の息子はこれらマイナースポーツの腕を磨いてきた。彼らの偉業は『スポーツ・イラストレイテッド』誌〔アメリカの有名スポーツ雑誌〕のページを飾ることは決してない。しかし、これらはやってみると大変だ。たとえば、アメフトでラインバッカーのポジションにいる運動神経のいい高校生に、ストリップをしながら同時に二つのフラフープを回してみてもらいたい。シャキール・オニール〔身体の大きさで知られたNBAの元選手〕に、一輪車に乗ってみてもらいたい。できないはずだ。

数十年前、私は初めての本を出版したあと、父と母に電話をし、大学院を中退して小説を書くことに専念したいと伝えた。彼らがそのことについてどう思うか訊ねてみたのだ。

「後悔するわよ」と母は言った。「間違いなく」

「おいおい、何を言ってるんだ。ハーヴァードだぞ。おまえはいま、ハーヴァードの博士課程を辞めようとしてるんだぞ」と父は言った。あたかも私が自殺や銀行強盗、あるいはその両方を同時にやろうとしているかのごとく、父の声は珍しく荒々しく、少し切羽詰まったような感じさえあった。

「よく聞け。作家になれると思っている人間はこの世界に山ほどいる。俺もその一人だった。そして、その俺はいま、このざまだ。やめとけ」

「わかったよ、ありがとう」と言い、私はそのあと中退した。

いや、すぐにではない。中退したのは数年待ってからのことだ。しかし、電話での会話の途中のような感覚があった。私は電話を切ったことを覚えている。未来が全重量をかけて扉を閉ざしたか――「よく聞け」と「やめとけ」のあいだのどこか――で、自分の手を見つめていたことを覚えている。いかに自分が自由で、体も軽く、幸せな気分であったのかを覚えている。しかし、少し時が経つにつれて、頭がくらくらするような、紛れもない恐怖のうねりみたいなものが私を襲ってきた。これから何が起こるのかを私は理解していた。私は「上級不安定人生学」という学問の学位のために、ハーヴァード大学大学院博士課程の学位を手放そうとしていた。保証された未来を得る代わりに、危険な賭けに出ようとしていたのだ。大学院を中退したことが将来において吉と出ようが凶と出ようが、その結果は私にずっとつきまとうだろう。

父と母が私に望んだものはおそらく世の中のすべての親が子に望むもの、つまり彼らが何よりも大事だと思っている将来への保証であった。大学院の学歴は将来への保証だった。小説や物語を書くことは将来への保証にはならなかった。そして、いま、私自身が親になることで、子どもを守ろうとする親の本能の残忍さを理解できるようになった。赤ん坊だったティミーに〝こげ、こげ〟の歌を歌っていたあの時代、そしてそのあとのわんぱく盛りで怪我が多かった時代、私はティミーとタッドの安全について毎日へとへとになるまで考えていた。私は生物学者ではないので専門知識はまったくないのだが、我々人間のＤＮＡのなかには、子孫の幸せのことになると神経が過敏になってしまう遺伝子があるのではないかと考える。ほぼ間違いないと思うのだが、この保護者としての防衛本能がティミーのラクロスのスティックやタッドのサッカーボールについて私を心配させている——それは息子たちが冷酷な競争の世界で危険にさらされるのではないかという、世の中の親なら誰しもが持ってきた、太古の昔からある背筋も凍るような恐怖である。物理的な危険だけではない。精神的な危険もだ。自分の子どもに不幸になってほしいと誰が望むだろう。

このような考え方に問題があるのは明らかだ。それは強い者だけが生き残ればいいという生半可な決定論にすぎないように聞こえるし、柔和さや繊細さを強調している現代の心理学とは相容れないものである。私の耳にもこのような考え方は反自由主義的でダーウィン主義的に聞こえる。テキサス流のマッチョイズムに聞こえるのは言うまでもない。私はタッドのフラフープに満足すべきなのだ。私はそれぞれの特別な才能に応じて自分の個性を発見するという作業を、子どもたち自身にやらせるべきなのだ。そして、もちろん、サッカーボールを敵のチームと分け合うタッド、ラクロスのフィールドの中央でバランスを取り、不思議なバレエを踊っているティミーを褒めてやるべきなのだ。そんなことはすべて承知している。しかしながら、私は講演をするためによく全国を旅するのだが、訪れた高校の廊下を歩いているときなど、スポーツの重要性について認識せずにはいられない。運動部の名前やロゴが入ったジャンパー、運動部を応援するポスター、父母応援団、金のかかった体育館やスタジアムやロッカールーム。そして、好むと好まざるとにかかわらず、無視するかしないかにかかわらず、たいていの場合、高校における階層社会というものは誠実さよりも人気の高さ、慈善の心よりも人を惹きつける魅力、そして頭脳よりも勇敢さによって統治されているのである。

男の子にとって――そして最近では女の子にとっても――運動能力は依然として若者の王国に入るための重要な通行証であり、私の両親がそうであったように、私も時としてタッドとティミーに自分の憧れを押しつけてしまうことがある。得点することを息子たちに望むのをどうしたらやめられるだろう？　彼らに巧妙さ、スピード、強さ、競争心を望むのをどうしたらやめられるだろう？彼らに昔から尊ばれている能力を望むのをどうしたらやめられるだろう？

　私はスポーツに関心があると言っているのではない――そうではない。私が気にかけていること、あるいは気にしすぎていることは、息子たちの幸せと安全である。いま、ここに座ってこの文章を書きながら、私はこれからの彼らの十代の日々、そして積み重なれば最終的には苦しみとなるストレスの数々について想像している。攻撃性のない彼らの滑稽な仕草はいまのところは愛らしい。見ている人はクスッと笑って頭を振るが、いまのところは笑われても大丈夫だと思う――あるいは、ほぼ大丈夫だ。しかし、数年後、ティミーとタッドのその頑固な平和主義は、彼らのコーチやチームメートには愛らしいとは映らないだろう。クスッと笑われることに傷つくだろう。失敗するとさらに傷つくだろう。一つのことが別のことを引き起こし、悪い結果をもたらすかもしれない。自尊心の問題、疎外感、屈辱、嘲笑、二級市民になること、そして十代の若者のなかで繰り広げられる階級闘争での惨めな敗北。

　これらの心配はすべて一人の父親による強迫的な懸念として、あっさりはねつけられるかもしれないことを私はわかっている。しかし、排他的な派閥は存在する。子どもは残酷になり得る。この国ではいじめによって十六万人の子たちが不登校になっている。周囲からの人気は重要だとする考えは、いまでは誰も話題にしない陳腐な決まり文句であり、笑いを誘う話でもある。しかし、もしあなた自身が野球のボールを打てなかったり、アメフトのボールをキャッチできなかったりするような不人気で間抜けなやつだったとすれば、この決まり文句は陳腐どころか真実になる。あなたはその決まり文句の意味を理解し、不愉快な気持ちになるはずだ。

タッドとティミーはまだその段階に達していない。彼らは幼い。まだ自分たちの進路を見つけている段階だ。彼らには時間が充分あるので、私にできるのは彼らの健闘を祈ることである。そして、ひょっとしたらひょっとするかもしれない。子どもたちはさまざまな速度でさまざまな方向に成長する。彼らは素晴らしいアスリートに変身するかもしれない。プロム王になってしまうかもしれない。金曜日の夜のヒーローにだって。はたまた、十年か二十年もすると、綱渡りをする一輪車乗り、あるいはフラフープを回すストリッパーとして、シルク・ドゥ・ソレイユのサーカス団でスパンコールのついた衣装をまとうスーパースターとなり、メディアの見出しを飾っているかもしれない。

電話での父と母との会話から数十年ものあいだ、私はよく頭のなかで別の可能性についても思いをめぐらせてきた。「もちろん、自分が正しいと思うことは何でもやりなさい」と母が言ってくれるのを想像してみたりした。そのあとに父が電話に出て、しばらく私に耳を傾け、最後にこう言う。「まあ、俺は自分の夢を叶えられなかった。俺は怠けていたし、恐怖を感じていたし、ほかにも理由はいろいろあった。おまえには俺のようになってほしくない。ハーヴァードなんて響きのよい言葉でしかない。本を書きなさい。おまえが俺の人生を生きてくれる、そう思うようにするよ」

実際にはそうはならなかった。しかし、時が経つにつれて、そんなことがもう少しで起こったかもしれない、あるいは起こり得たかもしれないと思うようになった。私の両親はきちんとした思いやりのある人々だったからだ。彼らは私を失敗という結果から守りたいと思っていた。しかし、私は間違っていないと思うのだが、思考の表面に近いところで彼らにはわかっていたのだと思う。私が求めていたものは親の許可ではなく、親からの解放のようなものだったことを。親たちの喜びの叫びではなく、リスクを自分自身で背負う準備ができていた私への、彼らからのやむを得ない容認だったということを。そして、もちろん彼らは正しかった。リスクは本当にあったのだ。私は多くのものを捨てようとしていた。私はその時点までにハーヴァード大学大学院の科目履修を終え、口頭試験にも合格し、博士号へは一年たらずというところにいた。それでも、大学院はベトナム戦争から戻ったあとに頭のなかを整理するための便利な隠れ場所にすぎないことを、私は初めからわかっていた。私の思いや野心は決して学術や研究にはなかったのだ。三年以上ものあいだ私は少しぼんやりしながら、自分が生きていることに少し驚きながら、大学院のクラスからクラスへと歩兵のように進んでいた。正確には、私は不幸ではなかった。自分がどのように感じていたのかがあまりよくわからない。おそらく、呆然としていたのだと思う。周囲からも孤立していた。私が駐留していたベトナムのクアンガイ省の田舎(いなか)と比べ、大学のキャンパスやそこにいるすべての人々がとても文明的で、平和で、抽象的で、上品で、奇妙に理論的に見えたことを覚えている。戦争が私に及ぼした影響をなかったことにはできないのも、私にはわかっていた。私は怒りに満ちていた。罪の意識もあった、山ほどの。自分が間違いだと思っていた戦争に出征することで、自分の良心――自分の心と自分の信念――に対する裏切りを犯してしまった。私は戦争という人殺しに加わったが、それは臆病な心からだった。それ以外に呼び方はない。私は嘲りを浴びたり恥をかくことが怖かった。両親や故郷や祖国など、周囲をがっかりさせることが怖かった。それをしなかったときの恐怖のために間違いだと信じていることをしてしまったとき、ほかの呼び方はない。正しい言葉は「臆病な心」だ。私はこのことに向き合わなければならなかった。昼間は元気だった。夜はそうではなかった。だいたいいつも眠ることができなかったが、そんなとき、私はベッドから起き上がって机に向かって座り、恐ろしい戦場の記憶の断片を紙に書いて吐き出した――私のすぐそばで爆発した迫砲のこと、乾いた水田で死んで横たわっていた少女のこと、彼女の顔が半分なくなっていたこと、その子を哀れむのはやめて兵士としての振る舞いをしろ、死んだベトナム人のガキについてめそめそするのはやめろ、と隊の仲間の一人が私に言ったこと。

私はそのようなことを書き留めてベッドに戻り、翌朝、九時の統計学のクラスに向かったりしていた。

そうしたことを父と母はまったく知らなかった。彼らにとってベトナム戦争は過去のものだった。私は生き残り、帰還した。いまこそ前進するときだった。彼らは戦争について――私が見たことやおこなったことに関して――決して訊ねなかったし、私も決して多くを語らなかった。私たちはそのような物事について話をすることはかさぶたをはがし、痛みを悪化させ、治癒を遅らせるものだと考え、沈黙を保ってお互いを守ろうとしていたのだと思う。このような考え方は愚かであり、古臭く、冷淡で、あまりに中西部的で、心理学には無知で、感情的には洗練されていないように思える。しかし、彼らは私を愛し、私は彼らを愛していた。少なくとも私たち家族にとっては話さないことが会話のようなものであり、時にはそれは実際の会話よりも力を持っていた。

そうは言っても、彼らは私が大学院中退を考えるに至っていたことを知り、何が私を苦しめているのか悩まずにいられなかった。間違いなく、父も母も将来の見通しに不安を抱いていたのだ。ティミーとタッドが私の望むものから彼らの望むものへと向かい始めたいま、私が感じているのとまったく同じ無力感と恐怖混じりのプライドを父と母も感じていたのである。

ほぼ二年前、ティミーが小学校二年生だったときのことだが、彼は午後に週三、四回、学校の体育館でおこなわれる一輪車クラブに入っていた。このクラブは先進的な考えを持った講師のジミー・〝ペダル〟・アグニューによって設立された。彼の夢は習得がとても難しいために根気が必要な、しかし、他と競争することのまったくないこの種目に子どもたちを挑戦させ、彼らに自信を与えることであった。この種目には勝者も敗者もいない。スコアも、制限時間を示す時計もない。チーム内で一軍と二軍に分けられることもない。全チームをレベルによって一部から六部のリーグに分けたりもしない。チームから外されることもない。給水係も、チアリーダーもいない。大会前に開催される壮行会もない。体格の差で除外されることもない。背の高さ、身体の強さ、スピード、またはその他の身体能力によって特別に目をかけられることもない。しかし、その代わりに必要なことをジミーはやさしく小学校二年生に説明した。一輪車をマスターするためには、フラストレーションがたまる長時間の単純な繰り返しのレッスンと忍耐強さが必要であるということを。つまり、乗っている途中で何度も一輪車から落車してしまうため、一輪車から落ちてはまたがり、また落ちてはまたがりの日々が続くということだった。

「フラストレーション」という言葉はそのとおりだ。「繰り返し」という言葉も。

ティミーが一輪車に多少なりとも乗れるようになるまでには十四ヶ月以上かかった。多少なりとも乗れるようになっても、そのあいだ、メレディスと私は彼の脇を走り回り、バランスをとるためにどちらかが彼の片方の手を取ったりしていた。途中、私は何度もあきらめていた。ほかの子どもたちは体育館のまわりを乗り回し始め――そのうちの何人かは一輪車をこぎながら、同時にバスケットボールをドリブルしたりしている――そのあいだティミーはといえば、床に寝そべったり、走行できずに体育館の壁に手をつけ、じっとしたりして時間を過ごしていた。ティミーに運動機能障害があるように私には思え、心配だった。てんかんについても心配した。しかしながら、一輪車という存在はどういうわけかティミーの心をつかんだ。それは彼が望んでいたものであり、私が望んでいたものではない。彼はあきらめなかった。膝のすり傷とバンドエイドと消毒剤のひりひりする痛みを受け入れた。最初はゆっくりと、そしてそのあとまるで雷に打たれたかのように目覚めた。我が息子のなかに小説家が呼ぶところの「性格」というものが現われていることに、メレディスと私は気づいた。ほんの少し前まで、私たちは未熟で気ままで平均的な幼い少年の親だった。しかし、いま、新たに生まれたティミーらしさ、つまりこれからの彼の姿を予見させる存在――真面目で、決断力があり、一つのことにしっかり集中できる人間――の核のようなものがそこにあることがわかった。彼には野心というものがあった。その目にはこちらを不安にさせるほどの厳しさがあった。彼は独り言を言っては立ち上がり、再び取り組んだ。メレディスと私はいま、見たことのない未来のティミーを目の前にしていることに気づいた。ティミーはいつの日か現在の愛称を卒業し、少年期を卒業し、親を卒業し、私たちなしで前に進んで行くのであろう。

「手品をしているときのあなたみたいよ」とメレディスは言った。「才能にはあまり恵まれていないのは間違いないようね。けれど、石のように頑固なところがそっくり」

「そのとおりだな」と私は言った。

「頑固すぎるのかも」

「そこは気をつけないと」

そして今日、袋小路で、私はティミーの手を放した。ティミーは一輪車に乗って円を描いていた。すべて自力で。

もちろん、この話が意味深いものではないことはわかっている。意味深いか否かはポイントではない。私の目的は、いつの日かティミーが机の抽斗(ひきだし)の底にあるこの文章を見つけてくれることである。二〇一二年の二月五日、いろいろなことがあった冬のこの日曜日について、私は彼に知ってほしい。彼は私の助けを借りずに自力で一輪車のペダルをこぎ、私から離れていった。その瞬間、彼の父親が喜びでめまいを覚え、歓声を上げたということを彼に知ってほしい。驚きと幸福感から歓声を上げ、声高に笑っているあいだ、同時に彼が巣立ってしまうことに、無慈悲で冷酷な寂しさを感じていたのを彼に知ってほしい。なぜ世界は私たちにこんなことをするのだろう。なぜ私たちはずっと一緒にいられないのだろう。思慮深い男は立派な答えを持っているのだろうが、私の愛はそういうふうに思慮深いわけではない。私の愛に英知はない。知性もない。私の愛は二月の肌寒い夜に降り積もる雪のように、ただ深いだけである。

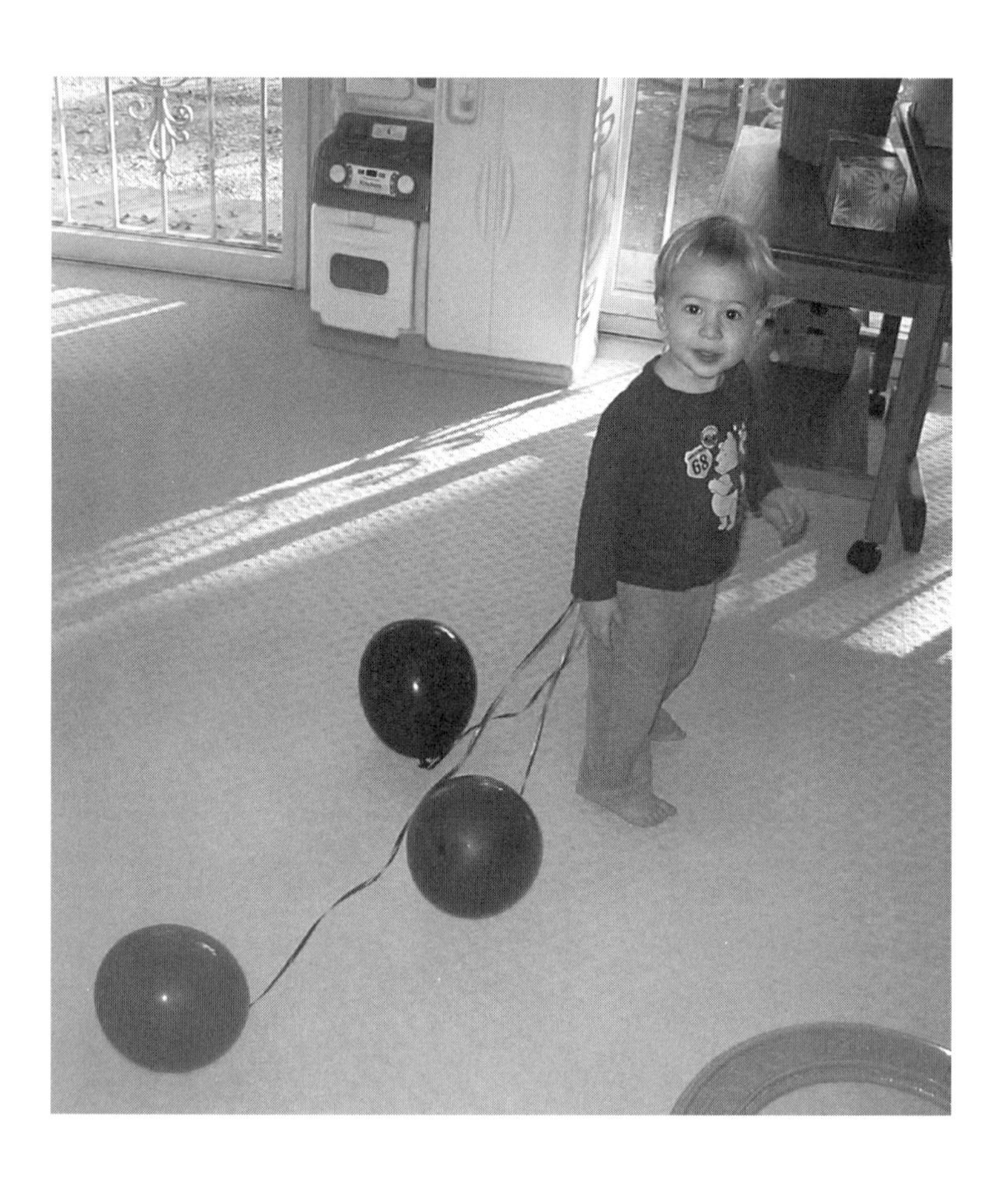

# 父親のプライド2——母の死とティミーの言葉

ティミーとタッド、君たちのためにもう一つお話を作ってみたよ。それはこんな感じ。

君は料理が一皿五百ドルの資金調達ディナーに出席している。黒の蝶ネクタイをつけ、赤い顔をした人々がいる。会場の隅にはマティーニのボトルを手荒に扱っているカール・ローブ〔ジョージ・W・ブッシュ政権の次席補佐官〕の姿が見え、ドン・ラムズフェルドは誰かの元妻に、なぜ戦争批判はアメリカ合衆国憲法修正第一条で保護されないかについて説明している。もちろん、そうしてしまうと戦意喪失につながるからで、戦争がなかったらどんな戦意も持ちようがないからだ。それは楽しい夕食会ではない。トランス脂肪酸がこの面々によって摂取されることは確かだ。しばらくすると、特別な理由はないが、単調なムードを取り除くために、とんでもない間抜けが自分の子どもについて話し始める——何げない発言で、深い意味などない。おそらく水責めの拷問や盗聴、戦争をするための正当そうな理由に潜む危険性などについての会話を和らげるための発言だ。あるいは、テロリストがテロリストであることは明らかなので、彼らがテロリストか否かを判断するための裁判など必要ない、そうでなければ彼らがグアンタナモ刑務所で拷問を受ける必要はない、といった会話を和らげるための発言。そのとき——子どもについての話題になったとき——君は自分がそれまでしていたことを中断する。君は財布に手を突っ込んで写真の束を取り出し、パーティーのテーブルに広げて、こう言う。「これはタッド。うちの五歳の野生児」。そして、少し褒められたあとに、「こっちはティミー。うちの心優しいやつ」。そして、賞賛を待つ。君はラムズフェルドとローブが子どもたちを羨(うらや)ましそうに見下ろしているところを見つめる。そのうちの一人が首を振り、こう言う。「おいおい、お宅の子どもたちのせいで、うちの子どもがスライムに見えてしまうじゃないか」。君は礼儀正しくそれに同意する。そうなることを期待していたのだ。実はこの三十分間、君は遅かれ早かれ、おそらくは数秒後に、あるいはおそらくシャンパンで乾杯したあとに、ローラ・ブッシュ〔ジョージ・W・ブッシュ大統領の妻〕のような誰かが君に歩み寄り、「ねえ、交換なんてどうかしら？　対等な。私の子どもとあなたの子どもの」と囁いてくれるのをずっと期待していた。君はブッシュ夫人のこの提案に驚かない。君の子どもたちがほかの誰の子どもたちよりも可愛くて賢いからだ。だから当然、タッドとティミーが自由勲章の受章者に選ばれたというニュースを、大統領が自ら持って現われることを期待している。たったいま、バーのカウンターではジョージ・W・ブッシュとチェイニーが、ベトナム戦争における自分たちの経験の比べ合いをしているところだが、その話題が尽きるまでにはあと一、二秒しかかからないことを君はわかっている。だから、待つ。そして案の定、少しして、彼らはニヤニヤしながら手を叩き、君に会いたいことがわかる歩調で歩み寄ってくる。「お子さんのことを聞いたよ」とチェイニーが口を開く。「考えたのだが、率直に言うとね……。何回かティミー君に一輪車のレッスンをしてもらえないだろうかと僕らは考えていてね。ジョージと僕は大量破壊兵器の報告会の合間に、何時間も死に物狂いで練習してきたんだ——だけど、うーん、もちろん、私は何、一つ認めたくはないのだが、とにかくコツがつかめない。フラフープも同じ。腰の動き、あれがなかなかできないんだな」

　アメリカ合衆国大統領はいぶかしげに顔をしかめる。「ああ、そうそう。特にストリップをしながらはねぇ」と言う。

　君はこのすべてを期待していた。君の息子は賞賛を得て当然だからだ。

　作り話の部分があることは確かだが、それはさておき、ティミーやタッドに対するこうした高慢な思いは、おそらくほかの少なからぬ親たちにも理解できるはずである。我が子の六月の卒業式には、ほとんどの父親が胸をときめかせてしまうのではないだろうか？　愛する息子が九回にホームランを打ったとき、あるいは愛する娘がバレーボールをスパイクしたとき、ほとんどの父親は息を呑むのではないだろうか？

　高慢（プライド）はもちろん七つの大罪のリストのなかに入っている。プライドがすべての大罪のなかの王として君臨しており、それは大罪のなかの支配者だ。ほかのいくつかの大罪が神なき人間のなかに根づくことを許してしまうような罪である。だから、そう、私も罪の意識を感じている。自分はなんて卑劣で野蛮な父親になってしまったのかと思う。私はティミーとタッドのための、こだわりが強すぎる、反省の色のない、喜びに満ち溢れる祝賀者になってしまった――傲慢すぎるので、自分の傲慢さを誇りに思うこともしばしばだ。我が家の子どもたちは十回のうちの九回は何かに失敗するのだが、私はそのたった一回の成功例について、歯医者の待合室で運悪く私の隣に座った人にしゃべってしまう（二人とも歯は完璧だ、虫歯は一本もないなどとも、うっかりしゃべる）。

例をもう一つ。

先日、友人たちと集まったとき、成績表のことが話題にのぼった。私は自分の息子たちの最近の成績がオールAだったことについて、どのように一言二言、口をはさもうか想像しながら、しばらく黙って座っていた。二分、三分と話が弾んでいったのだが、誰も私の顔を見ようとはせず、誰も私の意見を聞こうとはしなかった。私は苛立ち、そのあと不機嫌になった。結局、ある若い母親が「成績表がすべてではないでしょう」と言い出したので、私は自分の壊れやすい自尊心を捨て、けっこう強気に、「成績表がすべてではないかもしれませんが、何か意味はあるはずですよ。そうでなければ、そもそも、成績表の話をする必要はありますか？　なぜわざわざ成績表を配るのでしょう？　なぜわざわざ成績をつけるのでしょう？」とコメントした。

「あーら」とその若い母親は言った。「お宅の子どもたちがオールAだからといって……」

「そんなことは誰も言ってない」

彼女は笑った。「今日は言ってないかもしれないけど、一週間前には言ってたじゃない。その前の週も」

「私が？」

「そして、その前の前の週もね」

友人たちは黙ってしまった。何人かはニヤニヤしていた。ほとんどの面々は私のほうを見ないよう気をつけていた。

私のような年齢で父親をしていていっそう顕著になるのは、自慢することを含め、やることなすことすべてが過剰になってしまうという事実である。確かに、私たちの誰もが必滅の運命にあると言えるのだが、しかし六十五歳になったいま、私は急速に減り続ける割り当てられた時間のなかに、できることのすべてを詰め込もうとしている自分がいると気がついた。若い父親が生涯で六万回「愛してる」の言葉を我が子に伝えるとしたら、私は自分の割り当てを達成するために、その六万回の「愛してる」を十年かそれぐらいの間に詰め込まなければというプレッシャーを感じている。若い父親なら「愛してる」を一日に二、三回、口にするかもしれない。私は一日十回を目標に頑張る。こうした行動——過剰にならずにいられないこと——がティミーとタッドとの生活のほぼすべての隙間に波及している。私が彼らのバスケの試合を見逃さないようにしているのは、いつの日か、次の試合のためにそこに行けなくなってしまうからだ。子どもたちの唇にキスをするのは、いつの日か、キスをする私の唇がなくなってしまうからだ。矛盾しているかのように思えるが、年配の父親による過剰さへの衝動は世間からの離脱、冷酷なまでの偏狭さ、取るに足らないことや気を散らすものからの遮断を引き起こす。私はますます、スーツケースに荷物を詰める手間がいやになっている。家のチャイムや電話に出ることもいやだ。車で銀行へ行くのも、講演の依頼も、車にガソリンを入れるのも、ディナーパーティーの服に着替えるのもいやだ（私は着替えそのものがいやだ。以上）。ティミーとタッドから注意を逸らすものはすべて、つまり物事のほとんどすべてが時間と機会の浪費という代償を払うことを意味している。

息子たちに対するまばゆいプライドも含め、老いぼれオヤジ的なこれらの行き過ぎた行為に、みすぼらしいところがあることは自覚している。若い頃ならこのような行動に戸惑い、嫌気がさして首を振っていただろうと思ってしまうほど、最近の私は過剰になっている。かつては我が子の自慢をする父親に対してクスッと笑ったものだ。我が子の自慢をする私以外の父親に対しては、いまだに笑ってしまう。しかし、私は――おそらく、己のふがいなさを擁護するために――父親のプライドというものは無意識的な、あるいはもしかすると生物学的な存在のあり方であり、聖書の時代の人々が原罪と呼んだ人間の条件に似たものなのかもしれないと思うようになった。プライドは二重らせんにコード化されているようで、我々が酸素を必要とするのと同じようにそれは修復不可能なものである。父親のプライドは抑えることはできても、意志を行使して消し去ることはできないものなのではないか。私は子どもの自慢をしないために舌を噛むようにしてきた。実際に舌を噛むのだ。しかし、噛んだときの痛みは一瞬にして消え去ってしまう。

　プライドと愛情の違いは何だろう？

　一つには、必ずしも誇るという経験を持たなくても、誰かを、何かを、愛することはできるはずである。しかし、その一方で、プライドに伴う愛情を感じることなしに、プライドを感じることは想像しがたい。たとえば、仕事にプライドを持つということは仕事そのものへの愛情、あるいは仕事の結果として得られたものへの愛情、あるいは特定の仕事を丹念におこなう過程で得られる挑戦や満足への愛情を、多少なりとも含んでいるように思われる。同様に、自分の子どもを誇りに思うこと――誇りを感じること――は愛情と呼ばれる複雑な感情と密接に関係するものである。レブロン・ジェームズや自分の知らない誰かが試合を決定づけるフリースローを決めたとき、私たちは誇らしさが湧き出てくるような興奮を味わうだろうか？　ほぼそれはないだろう。自分の娘や息子が同じことをしたとき、私たちは誇らしさを感じるだろうか？　ほぼ間違いなく感じるだろう。一方には愛情があり、他方には愛情がない。

それを考慮に入れて、最近あったことのなかから一例を紹介しよう。そのことについて思い出すと、夜も眠れなくなる。あるときには誇らしく、またあるときには愛しく、しかし、ほとんどいつもその両方が同時に湧き上がってくるような出来事だ。

二〇〇九年七月十八日、私たち家族はフランス南東部のサン＝ジャン＝カップ＝フェラという、美しいが物価がとても高い町で休暇を過ごしていた。七月の晴れたその日の正午頃、メレディスと私は贅沢すぎるホテルの敷地内の屋外バーで、飲み物を注文しているところだった。二人とも見せかけながら上流階級の一員になったような気分になり、ティミーとタッドが広大な芝生の向こう側で卓球をするのを見ていた。そのホテルは私たちの身の丈をはるかに超えた見当違いに贅沢な場所であり、私たち家族はそこで二日間、まるで昔のグレース・ケリーかケーリー・グラントの映画にミスキャストされてしまったような、異様な、「自分たちはここに相応しくない」というような自意識に陥っていた。ホテルの客層は例外なく誰もが宝石で飾られ、上品で裕福、そして見事に日焼けしている。敷地内にバーガーキングはなかった。ホテルのピザは一スライス十八ドルもし、アヒルの肝臓のような味がした。数ヶ月前、私たちは愚かにも、イギリス皇太子がヨット・パーティーへの出席を私たちに求めてくるかもしれない、あるいはジョニー・デップが、町の上の青みがかった丘の彼の別荘でクロッケーをやろうと誘ってくれるかもしれないという、見当違いのロマンチシズムによる妄想から、その部屋を予約した。妄想したようなことは何も起こらなかった。飲み物のお代わりを勧めたり、男性トイレへの道案内をしたりすることさえ嫌がっているようなホテルの従業員を含め、私たちに話しかけてくる者はほとんどいなかった。一部はお金を節約するために、そして一部は私たちが「鼻持ちならないカップ＝フェラ」と呼んでいるものとの衝突を避けるために、私たちはどこへ行くにも徒歩で行った。

それでも、私たちは我慢をし、無表情で感情を隠して過ごしていた。二〇〇九年七月十八日の時点でもそうしていたのだが、ホテルの屋外バーで十二ドルもする気の抜けたコカコーラを飲んでいたとき、私の携帯電話が鳴った。テキサスにいる妹がかけてきたのだ。母が亡くなった。

そのひどい知らせを受け取ったときでさえ、私は青く輝く地中海、そこで泳ぐ人たちや水上飛行機、ベルベット生地のような緑色の芝生の上で卓球をする子どもたち、手のなかの気の抜けたコカコーラ、威圧的で役立たずのウェイターへの苛立ちに気を取られていた。また、私はフランスという国にいることを意識し、そして母の死についての詳細をこんなにも遠く離れた、親しみのない場所で聞いていることを不思議に感じていた。私はティミーと同じくらいの六歳か七歳の頃から少年時代を通じて、母の死の瞬間をひどく恐れていて、どうしたら正気を保てるだろうと思いをめぐらせていた。そしていま、私はサン＝ジャン＝カップ＝フェラの屋外バーで、気の抜けたコカコーラを片手に座っていた。地球の裏側で母は死んでおり、子どもたちは馬鹿みたいに高価なフランスの日差しのなかで卓球をしているのだ。寒々として、胸の悪くなるようなその瞬間、私はいかに自分がミネソタ出身の人間であるかを痛感させられた。

電話のあと、メレディスと私は芝生を横切り、卓球台のところまで歩いた。

私は子どもたちに母の死について告げた。

彼らはまだ幼く、言葉少なだった。私も多くを語らなかった――ほとんど何も。

その日の午後、長い時間、私はティミーとタッドと卓球をした。もはやフランスにいるわけではなく、どこにいるわけでもなかった。そしてそのあと、日が暮れると、私たち四人はサン＝ジャン＝カップ＝フェラの町での夕食へ向かうために、長く、なだらかな坂道を下って湾のほうへ歩を進めた。

私は手を伸ばし、ティミーの手を握った。

私たちは押し黙っていた。

空は赤紫色に染まっていた。

グレース・ケリーがケーリー・グラントと腕を組み、南国の影のなかを歩いている。まもなく星も見えるだろう。母は死んだ。

「おばあちゃんのことを考えているのかい？」と私はティミーに訊ねた。

「いや」とティミーは言った。「お父さんがおばあちゃんのことを考えているところを想像しているんだよ」

# もしも

タッドとティミーの二人とも、ベトナムでの戦争体験について私に質問してきたことがない。一度も。この一、二年、そのことは私を悩ませてきた。私は彼らにとってはつまらない存在なのだろうか？　少しでも知りたいと思わないのだろうか？

じっくり考えたあと、ある晩、私は遠回しに戦争について話題にしてみた。第二次世界大戦での私の父親の戦争体験についての短い話を息子たちに語ってみたのだ。父は駆逐艦の任務に当たっていたのだが、あるとき、船は父が乗船しないうちに出港してしまった。ほどなくして、その船は沈没し、乗組員全員が犠牲となってしまった。以上が父の証言だ。その話は本当なのか？　それとも嘘なのか？　一部は本当なのか？　私には知り得ない。私からするとこの逸話は完成され過ぎていて、いかにも映画っぽいので、事実としては疑わしい感じがする。現実の世界で起こった話というよりも、不吉なたとえ話のように聞こえる。

ティミーとタッドも懐疑的ではあったが、話が事実か虚偽かはここでは重要ではない。

「この話って、またお父さんのいつもの、道徳のレッスン？」とティミーは私に聞いた。「僕たちは海軍に入隊すべきではないとか、そんな話？」

「違う、そうじゃない」と私は言った。「これはおじいちゃんが私に語ってくれた話、それだけだ」

少しして、タッドが言った。「面白い話だけど、おじいちゃんはお父さんを怖がらせようとしていたんじゃないかな」

「どうしてそう思う？」

「もし」とタッドは言った。「もし、おじいちゃんがその船に乗っていたら、お父さんはここにいなかったでしょう。僕だって」

「それは確かに怖い」

「そして、お兄ちゃんだって、ここにいなかった。僕たち、みんな、ゼロなんだ。自分たちがゼロだということさえ知らない」

「そうだな」と私は言った。

会話はすぐにほかの話題になった。十分か十五分が経過し、ティミーがこう口にした。「もっと怖いこと、思いついたよ」

「どんな？」と私は言った。

「もし、お父さんとお母さんが高校生のときに結婚していたとしたら。いま、僕は五十歳」

「本当だ」

「僕は年寄りで、そろそろ死ぬ頃かも」

メレディスと私は顔を見合わせた。誰も笑っていなかった。

そのあとの数日間、妻のメレディスと私は頭のなかから一つのイメージを消せずにいた。二つの時間が頭のなかで融合してしまったのだ。つまり、ティミーは五十歳なのだが、同時に彼はまだ八年生で、一輪車乗りで、ルービックキューブの愛好家で、夢想家で、しかし、入れ歯をした太鼓腹の恥ずかしがり屋の十二歳。

「それは」とメレディスは言った。「考えたくないわね」

# 父のヘミングウェイ1

私の父はまた酒を飲み続けていた。そして疑いの余地なく、そのことに恥ずかしさを感じていた。ある暑い夏の午後、彼は分厚くて重そうに見える本を抱えて、私の寝室に入ってきた。思うに、父は父親になろうと決意したのだろう。「この本を読んでみな」と彼は言った。「物語がいっぱい入っている。このなかから五つ選んで読み、それについて父さんに話してほしい」。一九五七年か五八年のことだったはずだ。私はほぼ——といっても、まだ完全にではないが——ティーンエージャーだった。父のことはとても愛していたが、怖くもあった。ウォッカで赤くなった顔やくぐもった声、用心深く正確であろうとする発話などに困惑した。彼が口にした「ほしい」は「ほしい」を意味していなかった。それは、おまえはこれをやれ、つべこべ言わずに、という意味だった。

数時間後、私は読み終わった。そしてさまざまなことを感じつつ、父を探した。おもに感じていたのは不安だ。自分が選んだ五つの短篇小説について、ほとんど何も言うべきことがなかったからである。

私は「殺し屋」を読んだ。十一歳か十二歳の男の子にとって、このタイトルがスリルを約束していたからだ。「清潔で、とても明るいところ」と「雨のなかの猫」は、どちらも短いという理由で読んだ。それから「兵士の故郷」を読んだ。ゴルフコースで兵士の真似(まね)をし、日本人やドイツ人を殺すのが好きだったからだ。それに、「兵士の故郷」と呼ばれる短篇小説なら、血なまぐさいことがたくさん出てくるだろう、とも期待した。五番目がどれだったかは覚えていない。まず間違いなく、短いやつだろう。

　私は父を探して家のすべての部屋をめぐった。それから外に出て、父が車を洗っていたり、芝生を刈っていないかどうか確かめた。彼のターコイズ色とクリーム色のオールズモビルは車寄せに停まっていなかった。

　しばらく私は裏の踏み段に座り、泣くまいと頑張った。その日はまず間違いなく土曜日で、世界は時計が止まったような空っぽの雰囲気を醸(かも)し出していた。一九五〇年代の小さな町特有のものだ。この時代、まだ私の国も私も皮肉というものをほとんど知らなかった。私はアーネスト・ヘミングウェイの語彙や文の構造、中西部独特の構文を把握できるだけの年齢には達していたが、自分の道徳的欠陥による裏切りや失望、罠にかかったような感覚を経験するにはまだ若すぎた。

　しばらくして室内に戻った。父がどこに行ったのかはわからなかった。いまでもわからない。七月か八月だったはずだ。当時はエアコンがなく室内はとても暑かったから間違いない。そして私は、「雨のなかの猫」について覚えているほんのわずかなことでさえ忘れてしまうのではないかという恐怖で、じとじとと不快な気分だった。婦人がホテルの窓から外を見る。雨のなかに猫がいるのに気づく。彼女は猫を連れ帰ろうと考えて外に出るが、猫はいなくなっている。あとになって、ホテルのメイドが別の猫を婦人のもとに届ける。それとも、同じ猫なのか？　そこはまったくわからない。

私は馬鹿になった気分だった。

どうしてこんな話を書いて、書くに値する話だと思う人がいるのだろう？　私はそう考えた。もちろん、父は答えを知っているのだろうし、そのこともまた私を怯えさせた。私は父に愛されたかったし、父が私を誇りに思ってくれたらと願っていた。しかし、「雨のなかの猫」については、並外れてリアルで並外れて退屈だということ以外、何も言えなかった。同じことは、だいたいにおいて、その午後に読んだほかの四つの短篇小説についても言えた。エキサイティングでドラマチックな部分が省かれているのだ。猫が溺れ死んだのでないのは実に残念だ、と私は思った。戦争から故郷に戻った男が何も語ろうとしないのも実に残念だ——きっと、エキサイティングなことを目撃し、自分でもやってきたはずなのに。スウェーデン人のボクサーがベッドから出て、自分を殺しに来た二人のギャングをさんざん殴ってやらないのも実に残念だ。そして、年老いたウェイターが主への祈りの本当の言葉を思い出せないのも実に残念だ。

父はその夜、とても遅くなってから家に帰ってきたに違いない。そのときに、あるいは次の朝に何が起きたか、私は思い出せない。しかし、その後の日々、そして何十年後になっても、父は私に課した夏の読書のことを二度と口にしなかった。おそらくあの分厚い本を私に与えたことさえ忘れたのだろう。父親になろうと決意したことも忘れたのだろう。父はいい人だったし、彼のことは責められない。これは酒のせいなのだ。化学の作用と悲しさのせいなのだ。

それからほぼ六十年が経過した。いまは二〇一六年。父が死んでからずいぶん経った。

しかし、「殺し屋」について考えるとき、私はまず父のことを思う。本を私に手渡し、夏の午後へと消えていった父のことを。私にとって「殺し屋」はまず酒の話であり、続いてほかのことに関する話となる。「清潔で、とても明るいところ」について考えるときは、ミネソタ州ワージントンの海外従軍軍人会を思い出す。そこの大広間で父は友人たちと酒を飲み、バックギャモンをして、多くの昼や夜を過ごした。そして、七面鳥世界一の町、ミネソタ州ワージントンで生命保険を農民たちに売るのではなく、ナッソーかブルックリンで暮らしたいと思っていたはずだ。「兵士の故郷」について考えるときは、私はディナーの食卓でむっつりと黙り込む父のことを思い出す。彼の夢は腐ってしまい、第二次世界大戦で得た勲章は抽斗の奥底、靴下の下に無造作にしまわれてしまった。そして「雨のなかの猫」について考えるときは、自分が父にかっこいいことを言えたらと、どれだけ願ったかを思い出す。そうすれば彼は私を愛してくれ、ウォッカを飲むのをやめて、どうして作家はこんなひどい話を書くのか説明してくれるのではないか、と思ったことを。

忘れないでくれ、ティミー――それから君もだ、タッド――読者は自分の人生を他人の書いた本の中に持ち込む。そして、君たちのどちらかがいつの日か小説を書くのなら、物語のなかに余地を残すのが書き手の責任だということを覚えていてほしい。読者が自分の喜びや恐怖、失った父のことなどを持ち込める余地を。

平凡な物語にはそうした余地があまり残ってない。駄目な物語にはほとんど余地がない。平凡な物語や駄目な物語は説明しすぎる。どうして悪い魔女がこんなにも完璧な、そして更生のしようのない悪の権化になったのか――間違いなく、子どものときに虐待されたから、といったことだ。平凡な物語や駄目な物語は世界を整理してしまい、思わぬ発見をしたり、動機がもつれたりする人間としての混乱した部分を解決してしまう。自分の人生の筋(プロット)を本当に理解している者など、我々のなかにいるだろうか？　君はどうだ、タッド？　君は、ティミー？　君たちは自分の動機を――揺れ動き、半分しか固まらず、ときには矛盾する動機を――本当に理解しているだろうか？　自分の人生のほんの一部分以上のものを誰が覚えている？　たとえば、先週の火曜日のことを？　そして我々が自分の人生を思い出せないのだとすれば、どうやって我々の人生を説明するふりなどできるだろう？　それは当て推量でしかない。乏しい情報に基づいた当て推量ということになる。私はヘミングウェイの『武器よさらば』の一節を思い出す――「すべてに関していつでも説明があるわけではない」。あるいは、「三日吹く風」のこの一節だ――「我々が知っている以上のものが常にある」。あるいは、ロバート・グレイヴズの「ストーリーテラーへの悪魔のアドバイス」の一節――「事実と事実のあいだにある素敵な矛盾／そのおかげで読書は人間的になり、正確になる」

　小説の本質的な目的は説明することではない。説明は狭めてしまう。説明は固定してしまう。説明は不可思議なものを消滅させてしまう。説明は事実と事実のあいだにある人間的な矛盾に人工的で不遜な秩序を押しつける。小説の本質的な目的は、知られていないことや知り得ないこと――我々が何者で、なぜ存在しているのか――のすべてを受け入れ、広げ、深めることだ。そして夜遅く、我々が眠れずに考えているときのお供となること――産道から光のなかへと出ていき、墓に向かっていく普遍的な旅について考えているときのお供。

　物語において、説明は手品師の舞台裏に入っていくようなものだ。不思議なものが機械的なものに変わる。奇跡が陳腐なものとなる。喜びが消える。驚きが消える。かつてアッと驚いたもの、美しくさえあったものが、くたびれた因果関係に移行する。皿を洗っているようなものだ。

たとえば、こんな想像をしてみてほしい。フラナリー・オコナーが数ページを割(さ)いて、「不適応者(ミスフィット)」〔短篇小説「善人はなかなかいない」に登場する脱獄犯で、自らをミスフィットと呼び、五人家族を惨殺する〕がどうやって「不適応者(ミスフィット)」になり、悪がどうして悪になったかを説明したらどうなるだろう――「不適応者(ミスフィット)」は失読症で、そのために学校では成績が悪く、怒りを募らせていった、といった説明だ。心理学をたっぷり盛る。説明としても――そして、説明だからこそ――私から見てこの種のものには何やらうさん臭く、美的に醜いところがある。決定論の悪臭、偽の確信の悪臭、半分の――あるいは四分の一の――真実の悪臭、ごまかしの悪臭、人間の心の秘密を整理した悪臭がする。ティミーとタッド、説明は必ずしも説明していないということを、君たちには覚えておいてもらいたい。失読症だからといって老婦人を殺すことになる者はほとんど存在しない。悪は存在する。いまこの場にも悪はあり、我々がそれをどう説明しようとも、悪は常に純粋に存在する。ミライの村で死んだ者たち〔一九六八年にベトナムで起きたアメリカ軍による民間人虐殺事件を指す。日本では主にソンミ村事件として知られている〕に訊いてみるがいい。「不適応者(ミスフィット)」に訊いてみるがいい。「いや」と彼は言う。「俺は善人じゃない」。

「善人はなかなかいない」のなかで、フラナリー・オコナーはわざわざこうした説明を風刺し、あざ笑うことさえしている。ヘミングウェイにとっても、説明は彼の有名な氷山の水面下の部分にある。人生においてと同様に、優れた物語において、我々は生(なま)の存在に直面する。出来事はそれ自身に注釈をつけたりしない。悪夢はそれ自身を診断しない。チクロンB〔ナチスが強制収容所で毒ガスとして使用した化学物質〕を最初に吸い込んだ瞬間、別れの手紙の最初の言葉を読んだ瞬間、恐れていた電話の呼び鈴がチリンと鳴った瞬間、主治医である腫瘍専門医の緊張した表情を見た瞬間、純粋に存在するものが現われる。雨のなかに猫がいる。

「雨のなかの猫」と、私がほぼ六十年前に出会ったほかの短篇小説の二篇は、その後、私の大のお気に入りとなった。心から愛するこうした物語のそれぞれは、すべての素晴らしい芸術作品と同様、人生の曖昧性という贈り物、盲導犬抜きでの参加という贈り物、圧倒的な不確かさのなかで一瞬だけ訪れる明晰さという贈り物、我々の人生と同じくらい無秩序でぼやけていて呪われている人生との遭遇という贈り物を与えてくれる。「インディアンの村」から引き出せる教えがあるだろうか？　ない。教えが欲しければ『セックスの喜び』を読むといい。「季節はずれ」に気の利いた助言があるだろうか？　ない。助言が欲しければ『淡水魚の釣り方』を読むといい。

父が私の手にあの分厚い本を置いて以降の年月、私は何度も「雨のなかの猫」を読み直し、アーネスト・ヘミングウェイのほかのたくさんの短篇や長篇も読み返した。最近、私は六百五十ページに及ぶフィンカ・ヴィジア版でヘミングウェイの全短篇を再び読み直し、そのほとんどの短篇をいかに個人的に受け止めてきたかを知って再び驚いた。それはつまり、私には私自身のアーネスト・ヘミングウェイがいるということだ。ちょうど、ティミー、君には君自身のリック・リオーダン〔「パーシー・ジャクソン」シリーズで知られるアメリカの児童文学作家〕がいるように。あるいは、タッド、君には君自身のマーク・トウェインがいるように。言い換えれば、少なくともヘミングウェイの読者の数だけヘミングウェイがいるということだ。私の父には彼のヘミングウェイがいた。私が十一年生だったときの先生にも彼女のヘミングウェイがいた。ガートルード・スタインには彼女のヘミングウェイがいて、それはおそらく、たとえばマルコム・カウリーのヘミングウェイよりも生硬で未熟であろう〔スタインはヘミングウェイの先輩作家で、彼のデビュー前に面倒を見た。カウリーはヘミングウェイと同世代の評論家〕。ヘミングウェイの息子たちには彼らのヘミングウェイがいる。そしてもちろん、ヘミングウェイには自身のヘミングウェイがいて、ヘミングウェイのヘミングウェイはまず間違いなく、あなたのとも私のとも、そしてハロルド・ブルーム〔二十世紀を代表するアメリカの文芸評論家〕のヘミングウェイとも違うはずだ。
　よかれあしかれ――圧倒的に「よかれ」に傾くと信じるが――作家はある程度のところまでしか物語を制御できない。そのあとの物語は、消えた父親や暑い夏の日、愛を求める少年たちによって完成されるのだ。

　ティミーとタッドが将来、自分の父親の内面生活に興味を持つかもしれないので、私は個人的な例を通して伝えたいことを示しておきたい。

　私は小説家だ。戦争について書いてきた。そして、それほど前ではないあるとき、講堂での朗読会に招かれ、「私が殺した男」という短い小説を読んだ。これは、敵の兵士を手榴弾で永遠の眠りへと吹き飛ばした兵士が、その死体を見て、どのように反応しているかを描こうとしたものだった。物語の詳細は――感情的にも物理的な描写においても――おぞましかった。記憶がよみがえってきて、私の声は途切れがちになった。読み進めるのに苦労した。そのあと、講堂の外のロビーで、二十歳くらいの若い男が私に近づいてきた。「あなたにとってどんなにつらかったかはわかります」と彼は言った。「そして、あなたの正直さは素晴らしいと思います」。私は彼に感謝し、彼も私に感謝した。若者は立ち去ろうとし、それから立ち止まって言った。「実は、僕は海兵隊に入ることを考えていたんです。あなたの著作が助けになりました。おかげで自分が海兵隊に入るべきだと確信できたんです」

　これは一度しか起きていないことではない。三十年間で十二回くらいは起きてきた――どれもほぼ同じ会話があり、ときにはぎこちなく抱き合って締めくくることもあった。

私はいつでも激しい衝撃を受ける。

モーテルの部屋に戻り、ネクタイを外して鏡を見る。そして思う。この役立たずのバカ野郎め。私はどっと歳を取り、打ち負かされた気分になる。シャワーを浴び、煙草(たばこ)を吸い、CNNをじっと見つめる。それからついに――それ以外にどうしようもないので――読者と作家が見知らぬ者同士としてすれ違うその空間に屈服することにする。

一人の男の苦しみは、別の男にとっての責務となるのだ。

今日は二〇一六年四月十二日。私はあと数ヶ月で七十歳になる。ティミーは十二歳でタッドは十歳。バスケットボールは私にとって難しくなってきた。

私は胸苦しさを感じる。

今朝、コンピュータの前に座り、こうしたくたびれた文章やぴったり来ない文章と格闘しているとき、私は父の遺灰の壺に目を惹(ひ)かれた。壺は机から一・五メートル離れた棚に置かれている。それを見つめて考えた。父さんが試みたことを私も試みるべきかな？　答えはなかったし、これからも絶対にない。だが、それでも……いいじゃないか？

私は立ち上がり、リビングルームに行った。そしてティミーに「殺し屋」を読んでみる気はないかと訊ねた。

それは命令ではなかった――ほとんど要請でもなかった――が、ティミーはいい子だ。「いいよ、どんな話？」と言った。私は彼に、これはアーネスト・ヘミングウェイの短篇小説だと言った。数ヶ月前、彼の七年生の教師が「一日待って」を課題にしていたので、彼もすでに知っている作家だ。

ティミーは「一日待って」にそれほど感心しなかった。

「殺し屋」についてもあまり感心しなかった。

「わかんないな、悪くないと思うけど」と彼は報告した。

ティミーは、寝室のドアから「殺し屋」がもたらされたときの私と、ほぼ同じ年齢である。そして、「わかんない」とか「悪くない」とか「思うけど」といった言葉は、私があのとき父に言ったかもしれないことのすべてを言い表わしていた——もちろん、父があの六十年前の夏の午後、姿を消さなかったならば、の話だが。

私はティミーに、物語の出来事が理解できたかどうか訊ねた。彼は間違いなく理解していた。オーリはシカゴで誰かを裏切り、その誰かがオーリを殺すために二人のおっかない連中を送りこんだ。

「ボクサーはやられたふり（フォール）をしたんじゃないかな」と賢くて文学的なティミーは言った。「じゃなきゃ、やられたふりをすべきときにしなかったんだ」。その瞬間まで、私は息子がこのフォールという単語の珍しい使い方を知っているとはまったく思っていなかった。私はとても嬉しかった。息子はスリーポイント・シュートを成功させたのだ。

「じゃあ、オーリについてはどうだい？」と私は訊ねた。「つまり、最後のほうで、ニックが彼に警告しに行ったとき、どうして彼は逃げ回るのはうんざりだって言ったんだろう？」

「それは考えなかったな」とティミーが言った。「僕が考えていたのは別のことなんだ」

「何だい？」

「そもそも、どうしてボクサーになりたい人がいるんだろうってこと。ボクサーって、人を傷つけるよね？」

「そうだね」

「顔を殴られたりもするよね？」

「うん」

「じゃあ、どうしてボクサーになるの？」

ティミーにはティミーのヘミングウェイがいる。


もうすぐ七十歳、それは外見にも表われているが、私はそれでもまともな父親であろうと努力している。本を薦めるのも一つ、寝るときの読み聞かせも一つ。フットボールや野球のキャッチボールをし、卓球台でふらふらになる。数年前まで、午後は何度となく、息子たちと一緒にゴルフコースで過ごした。ティミーが生まれた日に、そうしたいと想像していたとおりだ。しかし、小さな白いボールを通して息子たちと絆を結ぶというロマンチックな考えは実現しなかった。タッドとティミーはゴルフが好きではない。ゴルフ場でカートに乗るのは好きで、池に近づいたときなどスリル満点なのだが、ゴルフ自体は面白さがわからない様子である（「これって、ボールをたくさん打っちゃいけないっていうの？」とタッドは言った）。どちらにしろ、私が思い出せる限り、誰も「もう九ホールやろう」と言ったことはない。

それでも、私は一緒に過ごしてきた。消えはしなかった。まだ。

十二年前、私自身の父と同様、私は父親になろうと決意した。長い時間コンピュータの前に座るのをやめ、文章を練るのをやめた。その結果、二〇〇二年というはるか昔に出版されたものが、私の最後の小説である。

この沈黙にはヒロイックなものは何もない。犠牲でも何でもない。二〇〇二年の初秋、ティミーが母親の胎内に生を享けたとき、私は十二時間かけて半ページのまともな文をひねり出すといった生活に腹立たしさを感じるようになっていた。一人ぼっちでいること、孤独であることにも腹立たしさを感じた。すべてが主観ばかりに傾いてしまう容赦なさにも腹が立った。私にとってかつて楽しみであったものが――退屈な楽しみ、苛立たしい楽しみであったにしろ――硬化し、憎悪に近いものになっていった。この瞬間にも、憎悪が沸き立つ。この「硬化し」という言葉を「発展し」に変えたほうがいいだろうか？　そうか？　違うか？　どうでもいい――書き続けよう。「目覚め」という言葉は詩的すぎるだろうか？　気取りすぎか？　うん、たぶんそうだ。いや、たぶん違う。一つの言葉を書くたびに、私は次の言葉を書こうとする自分を思いとどまらせようとする。そして私はここにいる、長い休暇のあとで戻ってきた。一日に五時間だ、十二時間ではない。宿題を見てやる時間はたっぷりある。サッカーや誕生会、ルービックキューブで競争をする時間もたっぷりある。

文章を練ることに対する私の嫌悪は大きな問題であり続けているが、少なくともときどき、かつての作家としての情熱の一部が戻ってくる。想像力のざわめきが午前三時に私をハッとさせ、目覚めさせる。私は転がってベッドから下りる。コーヒーを淹れる。夢の世界の言葉が途切れ途切れに現われ、消えていく。ときにはいくつかの断片がほかの断片とくっつく。まだ疲れ果て、キッチンのカウンターを片づけているときも、さまざまな考えが頭のなかで蜂のようにブーンと言い続ける。そして、この惑星で父親として過ごす時間に関し、ティミーとタッドに語りたいことすべてを思い出させる――子ども時代の手品のトリック、恋人を膝に乗せて永遠に別れたこと、ゴロのボールをファンブルしたこと、真夜中にタンバリンを打ち鳴らしたこと、戦争のこと、九歳にもなっていない女の子が亡くなったこと。

書くことの地獄が、これからの数時間、私の目の前に立ちはだかることになるだろうが、そこには午前三時の新鮮な興奮もある。かつてはこうだったのだ、二人の息子が生まれる前は。

子どものとき、私は「兵士の故郷」を作者の意図的で意地の悪い企みのように捉えていた。わざわざ考え出せる限り最も退屈な、何も事件のない物語を書こうとしたのだろう、と。それに匹敵する例は「雨のなかの猫」だ。マシンガンはどこにある？　スリルはどこに？　Soldier’s Homeというふうに「’s」を使った巧みさにはまったく気づかなかったし、そこに仕掛けられた二重の意味についても同じだった〔「兵士の故郷」という意味と、「兵士が故郷に戻った」という意味と、両方に取れる〕。しかし、あり得ないほどの早熟ぶりを発揮して、そのどれかに気づいたとしても、私は同じように大きな欠伸（あくび）をし、同じ評価を下したことだろう。

ディア・ジーザスと叫び、学ぶ。

私が若かったときの「兵士の故郷」は、私がいま心に抱えている「兵士の故郷」とはまったく違う。私自身、恐怖を言い表わす言葉が見つからないという経験をくぐり抜けてきた。「恐怖」はぴったりくる言葉ではない。何一つぴったりこない。意味を成すのは沈黙だ。（ティミーとタッドは私が突然黙りこむのを受け入れるようになった——そういう機会には、慎重に私を避けようとするけれども。彼らは目を逸らす。自分たちも黙りこむ。そして気分が変わるのを待つ。〝こわいときのお父さん〟とタッドは言う。）

ほかの人を殺したことのある人間、戦争の狂気の悪に別の形でどっぷり浸ってしまった人間には、そのあとで無言の無力感が激しく襲ってくる。ヴォネガットのビリー・ピルグリム〔『スローターハウス5』の主人公で、第二次世界大戦から帰還した兵士〕にはそれがあった。ヘミングウェイのハロルド・クレブズ〔「兵士の故郷」の主人公〕にもあった。ラリー・ハイネマンのパコ・サリヴァンにもあった〔ハイネマンはベトナム戦争帰還兵の作家で、パコ・サリヴァンを主人公とする『パコの物語』で全米図書賞を受賞した〕。ホメロスのオデュッセウスにもあった。オブライエンのオブライエンにもあった。「そしてそれから長い間、君は横になったまま頭の中でその話を映しだしてみる。君の女房の寝息に耳を澄ませる。戦争は終わったのだ。君は目を閉じる。君は微笑(ほほえ)んでこう思う。やれやれ、いったい何がポイントなんだっけな？」〔オブライエンの『本当の戦争の話をしよう』より。この本は作者の分身的なオブライエンという名の兵士の視点で描かれた短篇の集まりという形を取っている。村上春樹訳〕

ヘミングウェイの「兵士の故郷」の影響を受けたか？　はい、まず間違いなく。いいえ、まず間違いなく。私が「影響」という言葉に落ち着かないものを感じるのは、疑いの余地なく、ヘミングウェイのほうが私よりも先にそこにたどり着いたことを知っているからだ。実のところ、彼はたどり着いただけではなく、**正しく**たどり着いた――兵士の沈黙の下に隠れる氷山の深くて密な部分に。

しかし、それでも私は苛立ちでのたくりながら、ときには天井に向かって問いを発する。ヘミングウェイは、戦争に疲れたオデュッセウスが数世紀前に航行した領域を旅しているのだと考えたことがあっただろうか？　ヴォネガットはドスパソス〔ジョン・ドスパソス、一八九六～一九七〇、アメリカの作家で、第一次世界大戦の従軍体験に基づいた『三人の兵士』などの作品がある〕に苛立っただろうか？　レマルク〔エーリヒ・マリーア・レマルク、一八九八～一九七〇、『西部戦線異状なし』で知られるドイツ出身のアメリカの作家〕はクレイン〔スティーヴン・クレイン、一八七一～一九〇〇、南北戦争を扱った『赤い武功章』で知られるアメリカの作家〕に苛立っただろうか？

テキサス州オースティンのイベントで、私はノーマン・メイラー〔一九二三～二〇〇七、アメリカの作家。第二次世界大戦の従軍体験に基づいた『裸者と死者』で一九四八年にデビュー。その後も数々の小説とノンフィクションで物議を醸し続けた〕に紹介されたことがある。彼が亡くなるそれほど前のことではない。

彼は車椅子から私を見上げ、最初は当惑した表情だったが、それがだんだんわかってきたという顔に変わり、最後は攻撃的な眼差しを向けた。そして自分のほうから激しい口調で話しかけてきた。

「あのベトナム戦争の作家か？」

私は彼に頷いた。「ベトナム戦争の作家」という言葉が気に入らなかった。

メイラーは依然として攻撃的な眼差しを向けたまま言った。「まあ、俺たちは互いの肩にもたれ合ってるってわけだ」

もちろん、私にはわかった。彼は『裸者と死者』を書いたのだから。

しかし、その後の半時間、そしてそれ以降の数年間、私はメイラーの目がたたえていた非難の表情や、声の激しさの原因は何だろうと考えていた。私は人の心が読めるわけではない。おそらく彼のコメントは善意からなのだろう。しかし、我々は外に現われたものを読み取らずにいられない——姿勢、視線、声のトーンなど。そして、私はあのとき自分が抱いた印象を無視できなかったし、いまでもできない。自分が困惑している人間のすぐ近くにいて、その困惑が危険な領域に近づいているという印象だ。それは、所有権が侵害されたという困惑だったのではないかとときどき思う。侵害した者を目の当たりにしているという困惑。自分が文学上の所有権を確立したはずの領域に、ほかの者たちが踏み入ってきたとき、権利が奪われたように感じるのは作家として理解できる感覚だ。これは両方の方向に向かう。自分が影響を与えた側であれ、受けた側であれ、自分のものを守ろうとする本能がある。私自身もこうした苛立ちを何度も感じてきた。本を取り上げ、一、二ページ読んで、こう叫ぶ。「これは私のものだ！」

メイラーは正しかった。私たちは互いの肩にもたれ合っている。しかし、互いの肩にもたれ合いながらも、私たちは何か新しいもの、ユニークなものを世界に向けて高く掲げようとしている——

A&Wのルートビア・スタンド、糞溜め野原、短いズボンをはいた女、逃した銀星章（どれもオブライエンの『本当の戦争の話をしよう』のなかの短篇「勇敢であること」で使われている素材）。私たちは奪われた領土に真新しい家を建てるのだ。

私は「兵士の故郷」を愛読している。芸術として最高に完成された作品だ。そしてこの点において、「兵士の故郷」はどうしようもないほど強い影響力を持続的に発揮し続ける——制御された緊張、制御された痛み、制御された言語、制御された内面、制御されたアクション、制御されたムード、そしてとりわけ制御された——かろうじて制御された、必死の思いで制御された——主人公、ハロルド・クレブズ。形式と内容が、文体とテーマが、出来事と登場人物が、これ以上見事に統一されることなどあり得るだろうか？　美的な限界点がこれ以上高くなることなどあり得るだろうか？　それでも、少なくとも私にとって、「兵士の故郷」は影響の源であるのと同じくらい障害物であったことも事実である。その理由は、これが実に素晴らしい作品であったし、いまでもそうであるからで、私にもほかの者たちにもとても愛されていたし、いまでも愛されているからでもある。そして単純に、かつてこの物語が存在していたし、いまでも存在し続けているからなのだ。

作家は何をするのだろう？

過去の人生を取り消すことはできない。私は兵士だった。故郷に戻ってきた。ぐつぐつと沸き立つ沈黙について、私はこれ以上学びたくないと思うくらい学んだ。

私は屈強な肩にもたれかかっていながらも——そのなかでもアーネスト・ヘミングウェイとノーマン・メイラーという、よりによってボクサーでもある人たちの肩にもたれかかっているが——自分自身の思いを表現したいと切望してきた。記憶を目の前にした自己の無力感、愛国的な嘘を言ってしまうことへの恐れ、家族や友人たちと一緒にいるときに礼儀正しくありたいという願い、ずっとつきまとう罪悪感、眠りのなかで殺されそうになり、漏らしそうなほど怯えて「ディア・ジーザス」と叫び続ける金切り声、邪悪なシーンを再訪したくないという思い、自己の道徳的な失敗、自己の恥辱、自分が軽蔑する戦争にノーと言えなかったこと――これらを表現することは私の切なる願いであり、ヴォネガットの願いでもホメロスの願いでもアーネスト・ヘミングウェイの願いでもない。結局のところ、私の作品に最も強い影響を与えたのは文学ではなかった。それは忌々しい戦争だ。頭のなかで戦争が再現されてしまうこと。私が物語を書いたのは自己の悪夢を問いただすためであり、凍りついて不正確な記憶を問いただすためだった――メイラーとヴォネガットとヘミングウェイが先にそうしたからやるのではなく、彼らが先にやっていたにせよ、自分でもやらないわけにはいかなかったのである。

私が「兵士の故郷」について考えるとき、最もよく考えるのはとても文学的ではないことだ。私は自分の戦争からの帰還について考える。頭が空っぽで、ベトナムがかつてあったところに夢のような霞(かす)みがかかっていたこと。そしてしばらく思考をめぐらせてから、哀れで寡黙なハロルド・クレブズに戻る。彼がこうしたことすべてを表現できる言葉を見つけたであろうかと考える。平和を見出しただろうか、それとも頭に弾丸を受けて最期を迎えたのだろうか？　この手の思考は真夜中に無数の方向へと疾走する――どうしてこの戦争というやつは終わらないのだろう――どうして我々は互いに殺し合う理由に事欠かないのだろう、それも必ず素晴らしい理由ばかりで、悪い理由はまったくない――どうして兵士たちの終わりのない進軍のあとに残る惨殺死体には、娘たち、息子たち、母親たち、妻たち、恋人たちもまた含まれなければならないのだろう――どうして戦争は平和条約の署名で終わらず、夕食のテーブルでも海外従軍軍人会でもずっと続くのだろう、そしてどうしてオーランドでは、昨晩、老婦人がビクッと跳ね起きて、「私の赤ちゃんはどこ？　私の赤ちゃんはどこ？」と囁いたのだろう、彼女の赤ちゃんは四十年前にクアンガイ省で粉々に吹き飛ばされ、死体の破片が木にへばりついたというのに。私は南太平洋から帰ってきた自分の父親について考える。彼は勲章を抽斗のなかにしまい込み、そのあとの三十五年間、七面鳥世界一の町で生命保険を売って過ごした。私は影響という問題がいかに馬鹿らしいほど些細なものかとも思う。人間であるとすれば、我々は周囲のものすべてから影響を受け、そのなかには「兵士の故郷」という美しい話も含まれる。しかし、そこにはカート・ヴォネガットやホメロスの美しい物語も含まれる。そして――忘れるなかれ――無視されてきた雑多なものも含まれる。英語教師たちの話したことや、ほどけた靴紐、インターコムの声、かけ損ねた電話、トリポリで遭遇した腐りかけの牡蠣（かき）。そして、タッドという名の小さな男の子、私の息子。彼は少し前、私に書くのをやめて――お願い！――モノポリーをやろうよと言った。

論じ尽くされた話題だが、影響について最後にもう一考しよう。人生においてと同じように文学においても、最も強力な影響のなかには避けるべきモデルというのがある。学生の原稿はそうした影響だ。「アビーの人生相談」もそうだ。まともな文章への道にはたくさんの落とし穴が待っている。それらを思い出すことが大切だ。決まり文句、コンビニ的な言葉、予想どおりの言葉、センチメンタリズム、文法の間違い、品のなさ、冗長さ、陳腐な表現、機械的な仕掛け、不統一、済んだ問題を取り上げること。輝くような手本は一つのタイプの影響になり得る――これをやりなさい！

――が、つまらない例もまた影響となる――これはするな！　私がこれを語っているのは、あることを――とりわけ自分に――思い出させるためだ。それは、我々が文学的影響について語るとき、子ども時代の読書体験を見落としたり、本に感じた最初の愛を軽視したりしてはいけないということである。たとえばハーディ・ボーイズのシリーズ、あるいは『キャット・イン・ザ・ハット』や『ボックスカー・チルドレン』、あるいは『リトルリーグのラリー』など。私は心の底から、誰に気兼ねすることなく、フランク＆ジョー・ハーディのおかげで読書が楽しくなったと断言する。この二人の有能なガイドがいなかったら、私はあんなに勇んでハックルベリー・フィンの筏に飛び乗らなかったかもしれないし、さらにあとになって、パリやスペインや『日はまた昇る』の世界に進んでいかなかったかもしれない。

そしてまた、ティミーとタッド、私が君たちに本を次々に与えてきた理由はこれなのだ。そしてこれからも、私がいなくなったあとでさえ、本を与え続ける理由。私はリストを用意した。君たちが三十歳、四十歳、五十歳になったときも参考にできるよう、レッスンの計画を立ててある。そのときも君たちのそばにいたい。私が味わった喜びを君たちにも味わってほしい。自分が読んだものについて考えてほしいし、激しい思考へと駆り立てるようなものを読んでほしいのだ。

七歳にもなっていない幼い頃、私は『ビジー・ティミー』という薄い本に特に居心地の悪さを感じていたのを覚えている。この本のティミーが自分だと思い込んだのだ。どうして『ビジー・ティミー』の作者は、まったく知らない人なのに、僕のことをこんなによく知っているのだろう。私はよくそう考えた。私が靴の紐を結べるとか、学校に一人で歩いていけるといったことを、どうして知っている？　同じような驚き交じりの居心地の悪さをもって、私はエーリヒ・マリーア・レマルクがどうしてこんなに私のことを理解できたのだろうとしばしば考える。あるいはヘミングウェイも、ほかの多くの作家たちもだ。彼らの作品は、私自身の心の秘密を世界に向けて暴露しているように感じられる。だから、もちろん、『ビジー・ティミー』からも影響を受けた――永続する、魔法のような影響だ。『バンビ』からも影響を受けた。ダフィー・ダックからも受けた。文学的なものであれそれ以外であれ、影響というものは互いに組み合わされ、修正され、縮小され、加減され、最終的に混じり合う。アップダイクはヘミングウェイを修正し、ヘミングウェイはシェイクスピアを修正し、シェイクスピアは「ヘンゼルとグレーテル」を修正する。

また、このことは重要だからここで言及すると、私の手に『ビジー・ティミー』を届けたのは父である。善良でありながら、ときどきいなくなる人。彼が一九五〇年代の初め、屋外の誕生パーティーでこの本をくれた。靴の紐の結び方を教えてくれたのも父だ。そして、その後の数年間、「ヘンゼルとグレーテル」のなかのいかなるものよりも大きな規模の謎や恐怖で私を満たしたのも父だ。いまここで私が入力している言葉と同じくらいはっきりと、私には六十数年前の父の姿が見える。リビングルームで座っている姿。夕闇が迫り、彼の背後にあるライトは点いている。本を読んでいる彼の顔はとても平和で、驚くほど満足していて、私が黄色くなった写真からしか知らない彼よりもずっと若く、幸せそうに見える――ナッソーでホテルの支配人補佐をしていたときや、一九三九年のニューヨーク万国博覧会で働いていたときよりも、あるいは一九四五年に沖縄から駆逐艦に乗って出港した、痩せてはいるが自信たっぷりの曹長である彼よりも。リビングルームは静まり返っている。冬だろうと思う。黄昏時（たそがれどき）だ。何を読んでいたにせよ、父は本のページに完全に夢中になっている。いや、単に夢中になっているのではなく、父は別の場所にいる——どこであれ、本が彼を連れていった場所にいて、そこにいられるのが嬉しく、リラックスし、半ば微笑み、そして素面（しらふ）である。その数秒間、この父の姿が私の注意を惹き、永遠に私の心に刻まれてしまうとき、私はあの本になりたいという激しい、しかしあり得ない欲求に囚われる。私はあそこにある言葉になりたい。あのページの紙になりたい。父にああいうふうに見つめてもらいたい。

ティミーとタッド、君たちはときどき人生のリセットボタンを押せたらいいのにと思うことはないかな？　私なら危険を賭して押してみたい。そしてあの魔力のある本のなかに入り込んでしまいたい。

本それ自体が——物質的な製品としての本が——影響を与えるのである。

数ヶ月前、メレディスと私は息子たちをモダンダンスの夕べに連れていった。テキサス中部の牧場で、馬の放牧場を使った野外の催しだった。ダンスには九人の若い女性と、一頭のとても大きな馬が登場。泥のなかでくるくると何度も回ったり、スピードを出して走ったり、蹴ったりがたくさんあった。頭や肩で馬のような動きを表現するものもたくさんあった。ユニークで、とても美しかった。パフォーマンスの中間部のある時点で、メレディスがティミーのほうに身を乗り出し、このダンスが何を意味しているかわかるかと訊ねた。ティミーはノーと答えた。メレディスは言った。「えっと、たとえばいまは、あそこにいるダンサーが赤ん坊の馬を表現しているの——馬の子（フォウル）ね——生まれて初めて立とうとしているところよ。わかる？」

ティミーは頷いた。困惑した表情だった。

「うん、わかるけど」と彼は言った。「でも、ほかのおふざけ（シェナニガン）はいったい何のためなの？」

この「おふざけ（シェナニガン）」という言葉が私の耳を惹き、私は笑った。いまも笑っている。この言葉をいつか、どこかで、著作のなかで使おうと誓った。そしてたったいま使った。

作家にとって、「おふざけ（シェナニガン）」とは――その音や意味、モダンダンスの芸術性や光景に抗（あらが）っていることなど――生きた生活のなかから登場人物の発言のなかに潜りこんできそうな、そしてときには短篇小説か長篇小説にさえ発展していきそうな類の言葉である。言葉はどこからともなく現われ、作家の目や耳を惹きつける――通りがかりの看板に書かれたありふれた名詞、列車に乗っていて頭上から聞こえてくる意外な形容詞など。「私は人生においてずっと言葉を見つめてきた」とヘミングウェイは言っている。「まるでそれが初めて見るものであるかのように」

ヘミングウェイの短篇や長篇小説に戻ると、私はまさにこの点で、しばしば一つの単語やフレーズに――畏怖の念、驚愕、混乱、賞賛、喜び、異議、羨みなどの気持ちから――ハッとさせられる。たとえば「フランシス・マカンバーの短い幸福な生涯」のなかで、私のなかの作家がハッとさせられるのは「突進する（plunging）」という言葉だ。突進する――「堅実な突進する足取り」。突進する――「突進する雄牛の巨体」。突進する。それは意識的な単語の選択だ。同じページに三度も現われる。それはまた奇跡的な単語の選択だ。類義語辞典をめくり、ぴったりの形容詞を熱心に探したとして、同じような奇跡がなければ「突進する」を入力することにはならない。もちろん、記憶と想像力と緻密な観察による奇跡だ――視野を猛スピードで横切っていく野獣が、骨と筋肉を前へ下へと繰り返し動かしていく姿。私はハッとして見つめる。そして考える。類義語辞典なんて忘れろ。この動物をほかの人の動物ではなく、自分の動物にしろ。そして思う。なんてことだ、私はどんな状況においても、私のどんな小説においても短篇においても、「突進する」を使うなんて無理だ。

同じような限界はほかの言葉にも当てはまる——F・S・フィッツジェラルドの『グレート・ギャツビー』の「親友（オールド・スポート）」、fineやby and byといった言葉〔前者はヘミングウェイがよく使う言葉、後者はマーク・トウェインの『ハックルベリー・フィンの冒険』から〕、J・D・サリンジャーの『キャッチャー・イン・ザ・ライ』の「偽物（フォーニー）」、そして同じ一文に四回以上使われるyes〔ジェイムズ・ジョイスの『ユリシーズ』にあるモリー・ブルームの独白から〕。

同様に、「ある訣別（けつべつ）」において、私はニック・アダムズのちょっとした会話に含まれる「それ（it）」という言葉にハッとする——「それはもう楽しくないんだ」。ニックが指している「それ」とは、マージョリーとの関係である。しかし、「関係」は不毛で醜い言葉だ。ほかの似たような名詞についてもそれは言える——情事、ロマンス、親交、交渉、親密さ（ニックが「僕たちの親交はもう楽しくないんだ」と言うのを想像してみてほしい）。「それ」という代名詞は、部分的にはそれが代名詞であるからこそ、私の耳には若い男が若い娘に話す口調とぴったり合っている。罪悪感があって、はっきりと言えずに怯えている若者が、「それ」は終わったと告げるときの口調。「それ」はニックの舌の緊張を緩め、代名詞であるがゆえに荷を軽くする。恋をしたことがあれば、そしてもはや愛していなかったら、あなたはわかるはずだ——マージョリーがわかったように——胸を張り裂くようなたった一語の代名詞が持つ美しさと恐怖のすべてを。

作家としての読書は、芸術性に注意を払って読むだけではない。嫉妬や野心を抱き、議論を吹っかけたり張り合ったりしながら読むことだ。そこには仲間意識、恐れ、敵意、称賛、屈辱、模倣されることへの警戒、気恥ずかしさ、憧れ、絶望、怒り、自己防衛、哀れみなどの感情が入り混じる。

そして、常に次の食事にありつこうとする狼のように目を凝らしている。

　作家の読書にしばしば鋭敏な美的要素が含まれることは確かだが、美的なものはひどく個人的なものやひどく人間的なものによって修正されることも確かである。まさにその理由で、今週六度目になる「雨のなかの猫」の読書において、私を強引に六十年前に引き戻す言葉に突き当たった――冬の午後、灯りの下で読書している父の姿へと私を引き戻す言葉だ。私は「雨のなかの猫」から顔を上げ、それからまた視線を下げて、次の文を読む――「彼女は自分が至高の重要性を持つ存在だという感覚を一瞬抱いた」。「至高の重要性（supreme importance）」！　それは私が子ども時代に切望していたものだ！　それからこの文を読む――「ジョージは聞いていなかった。彼は自分の本を読んでいた」。私はこの言語の飾りのない率直さに感心する。ヘミングウェイが読者に置いている信頼に感心する。ヘミングウェイの自信（コンフィデンス）と平叙文に感心する。しかし、私を凍りつかせるのはこれだ――私自身が雨のなかの猫だということ。

　誰にとってもそうだと思うが、一つの単語が大きな力を持つことがある。もしF・スコット・フィッツジェラルドが「ジュリアン」という固有名詞と出会ったら、彼の腹のなかで錆（さ）びついた水門が勢いよく開くことだろう。ジュリアンはジュリアンを意味しない。ジュリアンは裏切りと怒りと傷心を意味する〔ヘミングウェイが短篇「キリマンジャロの雪」のなかで、フィッツジェラルドを「ジュリアン」という名に変えて、彼の金持ちに対する憧れを揶揄したことを指す〕。あるいは、ある日君がサンフランシスコから絵葉書を受け取り、人生を賭けて愛した女性が君の大学のルームメートと二週間のハネムーンを楽しんでいることを知ったら、「サンフランシスコ」はもはや絶対にサンフランシスコを意味しなくなるはずだ。そう私は確信（コンフィデント）している。あるいは、「絵葉書」という言葉は、どんな毒物の注射にも負けないくらい素早く、君の心臓を止めることになるだろう。

少し前の文章を書いていて、私自身の心臓が止まった。私は「自信（コンフィデンス）」という言葉を入力していた。そして、父の顔が目の前に浮かんだ。父はいまもそこにいる。沖縄を出港する駆逐艦に乗り、うっすらと笑みを浮かべている。実に若く、完全に素面で、痩せていて自信に溢れている。そのとき三十一歳。彼は決して死なない。沖縄では死なないし、どこでも死なない。自信たっぷりだ。若者らしい自信に溢れている。物事の成り立ちがはっきりと見え、明日がはっきりと見える。すぐそこに喜びが待っている。死は予定にまったく入っていない。そこには天国があり、輪廻、パターンの決まった物理現象、オズの国、ネバーネバーランド、「虹の彼方のどこか」、あるいはその類のものがある。父はまったく信心深くはなく、むしろ不敬なくらいだったが、一九四五年の彼の自信（コンフィデンス）には信頼、信仰、そして目的地が定まっているという感覚がある。それらはすべて大きな意味があるのだ。

「清潔で、とても明るいところ」のなかで、アーネスト・ヘミングウェイは「自信（コンフィデンス）」あるいは「確信している（コンフィデント）」という言葉を印刷されたページの五センチほどのなかで五回使っている。かさぶたを神経質に剝ぐ者のように、言葉の選択にこだわってきた作家である私は、ヘミングウェイが「確信している（コンフィデント）」という言葉に「自信があった（コンフィデント）」と「確信している（コンフィデント）」。さらに私は、彼が自己の語彙への本能を信頼するという点に関して、私には絶対に無理なほど自信があったのだと確信している。「自信（コンフィデンス）」は正しい言葉だ。神学的なものを包含するが、それに限定されない。普通の意味での個人の価値観も含む。「自信」たっぷりの曹長。「自信」たっぷりの生命保険のセールスマン。とても明るいカフェにいる「自信」たっぷりの若きウェイター。そして、それ以上に、この言葉は無頓着や忘れっぽさも内包する。結局のところ、若いときは闇が迫っていることを容易に無視できる。それに加えて、この言葉はその核心で、ある漠然とした、きちんと形になっていない真実を仄めかしている。なぜなら、真実がなければ、あるいはかすかにでも真実に似たようなものがなければ、どうやって人は自分に自信を持てるだろう？　あるいは、1＋1が2になり、永遠に2にしかならないという自信を持てるだろうか？

　数十年前、一九五七年か五八年の夏に、私は「自信（コンフィデンス）」や「確信している（コンフィデント）」といった言葉に注目しなかった。注目していたとしても――実際にはしなかったのだが――それは自信たっぷりで肩の力が抜けている遊撃手に対して向ける程度の注目だっただろう。

　いま、七十回目の誕生日を間近にして、私はヘミングウェイの短篇でウェイターが口にした言葉、「年寄りは汚らしいものだ」の意味を理解し始めている。自信は蝕（むしば）まれていき、蝕まれた自信は実際に不愉快なものなのだ。私は午前三時に目を覚ます。野球帽をかぶり、下着姿で皿洗いをする。歴史のなかを動き回る――ベトナムを、失われた友人たちを、醜い結末に終わった愛を、父親を恐れて寝室にバリケードを築く少年を。頭のなかでぶつぶつ言う。復讐を計画する。いくつかの会話を練習する。電話が鳴るのを想像する――遅すぎた謝罪があり、私は気の利いた応えを返すだろう。かつての訓練係軍曹のような先輩たちは情けをかけるに及ばない――ノーマン・メイラーの「ベトナム戦争の作家」といったたわ言はお払い箱だ。私は死者たちに話しかける。屈辱を再訪する。午前三時、下着姿でキッチンのカウンターを磨きながら、私はニューヨークのイベントに参加している。文学的なイベントで、まわりには有名人やそれに続く者たちがたくさんいる――ヴォネガットがいる、フィリップ・ロスもいる――そして、カクテルパーティは最高潮に達し、私はアメリカ芸術文学アカデミーにおいて有名人やそれに続く者たちと一緒にいられることに喜びを感じている。

ほとんど自信たっぷりだと言っていい。私だってその一人と思われてもおかしくない。しかし、私がずっと恥ずかしさを感じている事件が起きる。どういうわけか指を切ってしまい、血が出て、誰かが傷にはアルコールをつけるとよいと言う。そして、本当にひどい偶然で、私から数センチ離れたところにスコッチウィスキーの開いたボトルがある。そこで私はそのボトルを摑み、血を流している指をそのなかに入れる——衝動的な行動だ、この文章と同じように——もしあのスコッチのボトルが数メートル離れたところにあったら、いや、数十センチ離れたところにあったとしても、指を突っ込む前に考える時間があっただろう——しかし、これは機械的で、ほとんど反射的と言っていい行為だった——私は礼儀を欠いた人間でも、知恵が足りない人間でもないはずなのに。そしてその瞬間、これは永遠に続く一瞬になったのだが、上品なドレスに身を包んだ上品な婦人が——おそらく有名な作曲家の妻か、ピュリッツァー賞受賞者の祖母だろう——ハッと息を吞んだ。ディア・ジーザス。永遠にディア・ジーザス。いまは午前三時。私は愚か者だ。ウェイターがスコッチのボトルを下げていくのを為す術なく見つめている——若くてハンサムなウェイターだ——そして二十年後、午前三時に、老人の下着を着て、私はいまだにあのときのクソ衝動的行為を、クソ機械的行動を、上品なドレスを着た上品な婦人に説明しようとしている。彼女はそんな説明など聞こうともしない——あのときも、そして二十年という責め苦の歳月が過ぎたいまも。そう、あの老婦人は息を吞み、睨み続けるだけ——彼女は私の野球帽が問題の一部であるかのように、問題の原因であるかのように、それにみなの注意を引きつける——若いハンサムなウェイターに対して私という田舎者がひどい罪を犯したという話をやめられず、やめようともしない——ウェイターは映画スターのような微笑みを浮かべ、あのスコッチのクソボトルを引き上げつつあり、しかし引き上げているようには見えず、これはエイズの時代の出来事であって、白髪の人々の社交界で起きていて、立派な仕事をしてきた人々ばかりである――装飾品や宝石を身につけ、自信たっぷりで、美しいマナーを心得た人々――アップダイクもいる――そしていま、午前三時、70という数字がテッド・バンディ〔一九七〇年代にアメリカを震撼させた連続殺人鬼〕のように私を見つめているときに、私はこれが理由なのだろうかと考え込む。文学界の誠実さの鑑とも言える人たちの前に出ると、私が落ち着かなくなる理由はこれなのか？　それとも、これも私のクソみたいなベトナム戦争話の一つなのか？　年寄りは汚らしいものだ。

七十歳。

私はタッドが二十七歳になる日に立ち会えないだろう。ティミーの涙を見ることはないだろう。私にとって――父にとっても、そしていつの日かティミーやタッドやあなた方にとっても――人間であることには重荷がつきまとう。それは意識を持つことの重荷――いつか灯りが消え、カフェがドアを閉ざすことを知っている重荷なのである。

# ホームスクール2――手紙

一九九〇年代の初め、私は自分の故郷であるアメリカ中西部に住む二十六歳の女性から手紙をもらった。私は長い間、その手紙を持ち歩き、講演で全国を旅したときなどによく聴衆の前で手紙の文章を読んだ。その手紙は私にとって大切なものだった。感じることができなくなったものを再び私に感じさせてくれた。ところが、シカゴでの寒い夜、私は車から降りるときにつまずいてしまった。手紙は私の手から滑り落ち、暗く凍てついたミシガン通りの先へと飛んでいった。

何という損失。私にとってだけではなく、世界にとっても。

若い女性の文章は実にわかりやすく簡潔に書かれており、文章のつながりも滑らかだった。いままでに出会ったことのないほどの異彩を放つ圧倒的なもの、それがその手紙が私に与えた印象だった。時が経ち、彼女の手紙が消えたあとでさえ、私は手紙のなかの光り輝くような言葉の一つ一つをかなり正確に覚えている。残りの部分は、『白雪姫』のお話を自分流に覚えてしまっているのと同じで、単語も細部も正確ではないのだが、文章の謙虚さ、内省的なトーン、痛々しいストーリーの流れが私の記憶のなかにはっきり残っている。

その若い女性は、彼女が八歳か九歳の少女だった頃、夕食のテーブルにつくのが怖かったと手紙の冒頭に書いていた。父親は毎晩、テーブルの上の自分の皿を見つめながら、黙って座っていた。首筋がこわばり、悲しみと説明しがたい怒りが混ざり合って赤くなった父親の表情は、彼女にとって恐怖そのものだった。彼女の母親は場をつくろうために明るく世間話をしたが、やがて母親も沈黙してしまった。夕食の席での緊張感――身の危険さえ感じさせるようなもの――は、何年経っても消えることはなかった。

　中学生になったあるとき、彼女は偶然にも、地下室の簡易ベッドの下に小さな木製の箱があることに気づいた。木箱のなかには父親の思い出の品が入っていた。そこにはＰ38缶切り〔軍人用の小型の缶切り〕、ドッグタグ〔兵士が身に付けるネックレス状のＩＤ〕が二つ、フリルのついたストリッパーのブラジャー、軍から贈られたいくつかの勲章、へこんだ薬莢（やっきょう）が入っていた。そのとき、生まれて初めて、彼女は父親がかつて兵士であり、自分が帰還兵の家に住んでいることを知った。そのあと、同じ日、彼女は勇気を振り絞り、地下室の木箱について父親に訊ねてみた。父親は頭を横に振り、冗談を言った。肩をすくめて何か言おうとしたが、何も言わなかった。彼女の家は会話の少ない家だった。感情を表に出すことのない家だった。高校に入学する頃には、母親と父親のあいだの緊張感は、彼女にとっては耐えがたいものになっていた。彼女は自分が娘というよりも、両親のためのカウンセラーにでもなったような気持ちでいた。そしてある朝、母親は切り出すタイミングを計っていたかのように口を開いた。「あのね、私はお父さんのことを心から愛したことは一度もないのよ」

　少し間があった。そして彼女は言った。「どうしてお父さんと結婚したの？」

「結婚したのは彼への同情心からなの」と母親は言った。

このようにして家は焼け落ちるのです、と女性は手紙に書いていた。このようにして世界は終わるのです、と。そのすぐあとに母親は語った。父親と交際した期間は短かった。交際が始まってからすぐに彼はベトナムの戦場へ行った。生還したが、何も語らなくなった。

「どうしたら愛せると思う？」と母親は彼女に言った。「話もしてくれない人のことを」

女性の手紙にはもう少し続きがある。家庭内でのストレスは増していった。時が経ち、高校の最終学年になったある日、彼女は授業で『本当の戦争の話をしよう』という本の講読を宿題に出され、その本を学校から家に持ち帰り、コーヒーテーブルの上に置いておいた。父親はその本を手に取り、数ページ読んだ。その日の夕食のとき、父親は言葉をいくつか口にした。次の夜にはまた少し言葉を口にし、母親も何か言い、彼女自身も何か言い、そしてとても少しずつ、始まっては止まりの繰り返しではあったものの、とにかく家族の会話は始まった。

「あなたに伝えたかったことは」と女性は手紙の最後に書いていた。「家族の会話は終わっていないということです――私たちは十年後のいまもまだ会話をしています。もちろん、父と母は完璧ではありません。まだ問題を抱えています。しかし、二人は別れておらず、まだ一緒なのです。そして何年も前、もしもあのとき、あなたの本がコーヒーテーブルの上に置かれていなかったなら、二人がいまも夫婦のままだったとはどうしても思えないのです」

ティミーとタッドのためのレポート課題

一　自分の父親が沈黙することについてどう思いますか？（十点）

二　語り手が手紙を紛失してしまった場合、手紙の内容を引用するにはどうすればいいと思いますか？（五点）

三　本は著者が決して意図していなかったことを引き起こせると思いますか？（五点）

四　戦争に行ってみたいですか？（八十点）

# 七面鳥世界一の町

私の父は一九一四年に生まれてから一九四一年に第二次世界戦争が勃発するまで、白人の労働者階級のアイルランド系カトリック教徒で占められるニューヨーク市ブルックリン区に住んでいた。少年時代、父はカトリック教会の司祭の付き人である侍者（じしゃ）をしていた。安全な並木道で、スティックボール〔棒を使って路上でする略式野球〕や鬼ごっこをして遊んだ。父がその頃について話をするのを聞いていると、誰しも父が永久に失われたエデンの園のような、歴史の大海に沈んで消え去った都会の楽園で育ったのではないかと想像してしまうだろう。数年前に亡くなるまで、父は一九二〇年代と三〇年代の信じがたいほど牧歌的で、執拗なほど美化されたブルックリンを忘れることができず、その場所にいつも固執していた。父の父親は一九二五年に亡くなっていた。私の父は五人の家族を養うために、十二歳のときに働きに出なければならなかった。そのあとには大恐慌の苦難が訪れた。しかし、そのような幾多の困難に見舞われたにもかかわらず、ブルックリンを回想するときの父の目はいつも穏やかだった。コニーアイランドへの週末の遠足、フラワーボックスで飾られたアパートのベランダ、角のパン屋から漂ってくる焼きたてのパンの香り、エベッツ・フィールド〔メジャーリーグのドジャーズの、ロサンゼルス移転前の本拠地〕での土曜日の午後、フラットブッシュ通りの騒々しい賑わい、プロスペクト公園のパレード・グラウンドでおこなわれる即席のフットボールの試合、五セント硬貨一枚と丁寧なお辞儀さえあればもらえたアイスクリーム・コーン、などなど。

真珠湾攻撃が起こると、父は海軍に入隊した。それからすぐに、父は自分が高い崖から飛び降りるような行動をしたとは夢にも思わず、ブルックリンと青春時代をあとにした。彼は硫黄島や沖縄の近海を航行する駆逐艦に勤務し、ヴァージニア州ノーフォークに駐在する海軍婦人予備部隊でボランティアをしていた母と出会い、一九四五年に結婚した。理由はよくわからないのだが、父は母と二人でトウモロコシと大豆の畑に囲まれたミネソタ州南部へ引っ越し、そこで暮らし始める。ミネソタ州南部は母が育った地域なのだが、そうだったとしても、なぜ彼らは地球上に存在していた、より異国情緒のある場所に定住しなかったのだろう――ケイマン諸島やメイン州の海岸などだ。どこまで行っても同じような大草原の風景が続く、ミネソタ州南部以外の場所は考えなかったのだろうか？

そして、一九四六年十月、この世に私が登場する。私は全米に広がるベビーブームの初期に生まれた一人だ。その一年後には妹のキャシーが生まれた。ミネソタ州オースティンで何年か過ごしたあと、一九五四年の夏、私たち家族は同じ州の小さな田舎町（いなかまち）ワージントンに引っ越し、父はそこで生命保険会社の地域マネージャーになった。当時、七歳だった私にとって、ワージントンは地球上で最も素晴らしい場所のように見えた。冬にはスケート、夏には野球のプロリーグ、古き良きカーネギー図書館、きれいなゴルフコース、「デイリークイーン」のソフトクリーム屋、屋外映画館、そして泳ぐために充分に清潔な湖があった。さらにすごいことに、この町は「七面鳥世界一の町」

を自称していた。その名前は壮大かつ不思議な印象を私に与えた。地球が与えてくれる豊かな恵みのなかから七面鳥を選び出し、七面鳥を世に誇ることが奇妙に思えたからだ。それでも、私は最初の一、二年は町に満足していた。おおむねハッピーだったと言える。

しかし、父はその町を気に入ってはいなかった。そこはあまりに孤立して、あまりに退屈で、あまりに牧歌的で、そして彼が青春時代を過ごしたブルックリンの大都会からは、あまりに遠く離れていた。

父はすぐに酒に走ってしまった。酒をたくさん、そして頻繁に飲んだ。年を追うごとに量と回数は増えていった。次の十年間で父は二度、アルコール依存症患者のための州の治療施設に収容された。もちろん、これはワージントンのせいではないし、大豆が大豆であるために責められないのと同じだ。ある背広はある男性には似合うが、別の男性には似合わない。同様に、ワージントン――あるいは、おそらく中西部の田舎全体――によって自由を制限され、予定していなかった人生に押し込まれてしまったと父は感じていたのだと私は思う。父は自分の血では理解できない場所に永遠によそ者として埋もれ、そこで立ち往生していた。外向的でとびきり饒舌な男は、いまや口数の少ないノルウェー系の人々が多い地域のなかで暮らすことになった。派手で豪快なライフスタイルに慣れていた男が、どの風景も同じに見えてしまう、平坦で変化のない大草原に住んでいたのだ。作家になることを夢見ていた男は、気がつけば、生命保険の申込書と半ばやる気のないセールストークを両脇に抱え、一人寂しく農道を運転する毎日を送っていた。

いまのように当時も、ワージントンは地理的な意味だけではなく、ブルックリンから遠く離れていた。一九五四年に私たち家族が移り住んだとき、ミネソタ州の南西の隅に押し込まれたこの町

——アイオワ州から約十八キロ、サウスダコタ州から約七十五キロ——には、およそ九千人が住んでいた。周囲の平原は何世紀にもわたりすべてシセトン・ダコタ・スー族の土地であったが、一九五〇年代半ばになる頃には部族の名残はあまり残されていなかった。古墳や矢じりが数ヶ所で見つかり、インディアンの言語を由来とする地名がいくつか残っているだけだった。南にはスー・シティーがあり、西にはスー・フォールズがあった。北東にはマンケイトがあり、そこは一八六二年十二月二十六日、三十八名のスー族が絞首刑になった場所である。

一八七〇年代に鉄道の給水駅として生まれたワージントンは、ほぼ最初から農村だった。そこにはきれいに整備された農場が作られた。頑丈なドイツ人とスカンジナビア人は、スー族から盗んだ猟場を柵で囲い、土地を四角形に整えた。大草原のなかで消えずに残ったわずかなインディアン名——「オカベナ湖」や「オコボジ湖」——のそばには、「ジャクソン」、「フルダ」、「リズモア」、「ワージントン」など、これまた頑丈なヨーロッパ系の名前の町が即座に移植された。私が幼い頃、そしていまでも、町は周辺に離れて点在している農場を支援するための拠点となっている。私がショートを守っていたリトルリーグのチームが「地方電気協会」の持ち物だったのも偶然ではない。食肉加工工場がかつてもいまも町最大の雇用主であるのも偶然ではない。

比較的まだ若かった父にとって、穀物エレベーターやサイロや農機具販売店や飼料倉庫や家畜小屋のある風景に身を置くことは途方に暮れる、気の滅入る経験だっただろう。決定論的なことを言うつもりはない。人間の苦しみがたった一つの要因に集約されることはない。父はどこに住んでいたとしても、同様の問題を抱えていたかもしれない。ただ、シカゴやニューヨークとは異なり、ミネソタ州の小さな町は男の失態を見逃さなかったのだ。人々はひそひそ話した。秘密は秘密のままではなかった。私が心から愛していた父は、町ではよく知られたアル中だった。恥の意識と気まずさでいっぱいだった私にとって、世間の視線にさらされることは屈辱以外の何ものでもなく、そのことで私の自尊心は砕かれていった。学校ではいろいろなことが私の耳に入ってきた。からかいや中傷だ。私は哀れに思われていると感じることもあった。法廷に召喚され、裁判にかけられ、有罪判決を受けたように感じるときもあった。世間の視線や中傷のいくつかは、私の被害妄想から生まれたものだったのかもしれない。しかし、いくつかは正真正銘の事実である。一九五〇年代後半のある夏の午後、私は気がつけばリトルリーグのチームメートたちに、チームのコーチをしていた父のことについて話していた。父はもう私たちのコーチではなくなること、州の病院に入院していること、病気であること、そして夏のあいだに家に戻れるかどうかわからないことなどだ。私は「アルコール」――あるいはそれに相当する言葉――を決して口にはしなかったが、しかしあの日味わった屈辱のことを思うと、いまでも心のなかに落とし穴ができたような気持ちになる。

あれから数十年が経ち、ワージントンの町に関する私の思い出はすべて、父親に関すること――日々増していった父の苦々しい気持ち、町の噂話、母との真夜中の喧嘩（けんか）、無言の夕食テーブル、車庫や地下室に隠されたウォッカのボトル――で覆われている。私は町を憎み始めた。町そのものをではなく、私にとっての、そして父にとっての町を。そもそも、私は父を愛していた。父は素晴らしい人だった。面白くて、知的で、読書家で、歴史に精通していて、お話の語りが上手で、人のために時間を割（さ）くことを惜しまず、子どもたちの相手も得意だった。しかし、町に存在するすべてのものが父と私に敵対する鈍い光を放っているかのように思えてしまった。センテニアル公園を見下ろす給水塔は、容赦のない検閲官のように思えた。メインストリートにあるゴブラー・カフェで日曜日に食事をする町の群衆は、教会から鳴り響く鐘に鼓舞されているかのように見え、そしてその賑わいは叱責の怒鳴り声のように聞こえた。

そのように感じたことはある意味で、私自身の苦しみや恐怖心から来る思い込みにすぎなかったのかもしれない。しかし苦しみや恐怖心は、この世界に存在する無害で、感情を持たない物質に対する私たちの見方に影響を与えるものだ。地球上の場所はその物理性だけでなく、それらの場所で起こった喜びや悲劇によっても意味づけされる。たとえば、一本の木は首吊りのために使われるまでは、ただの一本の木である。酒屋は自分の父親がそこの常連になるまでは、ただの酒屋である（そして、そのずっとあとに私は兵士としてベトナムへ赴くのだが、同じことを再び戦地で学んだ。水田と山と赤い粘土の小道を目にするたびに、それらは私の体内で純粋な悪として脈打つことになった）。一九六四年、大学進学のために故郷のワージントンをあとにしてからは、再びその町に暮らすことはなかった。両親は老後もずっとその町に暮らしていたが、最終的には二〇〇二年に、私が住むテキサス州オースティン近隣のサン・アントニオにある老人ホームに引っ越してきた。父はその二年後に亡くなった。

数ヶ月前、私は故郷のワージントンを再訪した。ハイウェイ59号を車で走り、町が見えてくると、かつて抱いていた深い悲しみが私のなかによみがえってきた。平坦で似たような風景が続くその土地は、永遠性と無限性を思い出させた。人生の先を見通すことができないのと同様に、地平線の先には見えない永遠が続いていた。たぶん、私は歳を取ったことを実感していたのだ。たぶん、失われた若さを自覚していたのだ。父がそうだったように。

滞在したのはほんのわずかな時間だったが、町の変化に気づくのに時間はかからなかった。五十年前はほぼ完全に白人コミュニティーだったこの町は、いまでは四十二の言語や方言が話され、ラオス、ペルー、エチオピア、スーダン、タイ、ベトナム、グアテマラ、そしてメキシコからの移民で溢れる町になっていた。市民の四十パーセント以上がヒスパニック系であり、その多くは第一世代である。私がかつて野球の試合で内野ゴロをファンブルしたグラウンドでは、いまではサッカーがおこなわれている。「コースト・トゥ・コースト」という名の古いホームセンターの建物は、いまでは「トップ・アジアン・フード」という名の繁盛したレストランになっている。その昔、高校時代、デートのときに女の子にハンバーガーとフライドポテトをご馳走してあげたレストランの敷地には、いまでは「コムニダ・クリスティアナ・デ・ワージントン」という名の教会が立っている。青春時代に町の電話帳に並んでいた「アンダーソン」や「ジャンセン」などの苗字の隣に、いまでは「ガムーサン」、「ゴック」、「フロレス」、「フィゲラ」などの苗字が新しく並んでいる。

私はすべてに驚かされていた。かつてあったものはもうそこにはないのだ。当時、私はシンクレア・ルイス〔二十世紀前半のアメリカの作家で、中西部の保守的な町を描いた〕の小説に出てくるような場所で育った。いざ戻ってみると、同じ場所はサンドラ・シスネロスやダゴベルト・ギルブ〔どちらも現代アメリカのメキシコ系作家〕の小説に出てくるような場所になっていたのだ。

人口約一万三千人の新しい国際的なワージントンは、緊張と敵意と同化に関わる深刻な問題なしには生まれなかった。長年この町に住んできた住人と話をしてみると、彼らの多くが私も青春時代に体験した白人だけのワージントンに懐かしさを覚えていた。彼らが感じているノスタルジアはどれも甘く、ほろ苦いものなのだが、会話から甘さの部分が消えてしまうこともあった。「人種差別とは呼べないだろう」とある旧友は言った。「ただ、何と言うか、隣人の話す言葉が一語たりとも理解できないんだよ。彼も私を理解できない。以前はそうではなかった。お互いの言語が理解できなかったら、どうやってお互いに理解を深めればいいんだい？」

郡のウェブサイトによると、地元の刑務所にはヒスパニック系の名前、アジア系の名前、アフリカ系の名前を持った囚人がかなりの割合で収監されており、予想はついたが、ワージントンで裕福な市民のなかに非白人系の市民はほとんどいない。町の失業率は低いが、賃金も低い――州の平均を大幅に下回っている。約二千四百人を雇用している地元の食肉加工工場の労働力のほぼ三分の一がヒスパニック系である。仕事は過酷で単調、往々にして気分が悪くなるような種類のものだ（食肉の血の臭いが鼻のなかに充満する）。多くの移民にとってはそれがどんな仕事であろうとも、ないよりはましだということはわかっている。しかし、私も数十年前にまさに同じ工場で豚から脂肪を取り除くアルバイトをしていたのだが、その工場で働いていた人は誰一人として金持ちになっていない。

全体的に見ると、この町の変化は多くの点でアメリカの変化を映し出している。変化は問題なくスムーズにおこなわれたときもあれば、激しい論争が巻き起こり、波風が立ったときもあった。ワージントンにおける人種間の対立が、最悪の状況に陥ることも何度かあった。

二〇一六年の夏、ラオス出身のアンソニー・プロムボンサという名の若い住民が、地元の麻薬捜査官に車両停止を命じられたあと、車内で激しく蹴られ、殴打された。その際、彼は車のシートに縛りつけられ、無抵抗の状態にあった。もう一人の警官はその様子を見ているだけだった。警察のドライブレコーダーがその出来事をビデオに収めており、その後、ＡＣＬＵ〔アメリカ自由人権協会〕は過度の暴力を行使したとして、両巡査に対する訴訟を起こした。被告にはワージントン市、ワージントン警察、およびバッファロー・リッジ麻薬対策本部と呼ばれる地域の麻薬取締局も名を連ねた。事件後ACLUは、二〇一六年に起こったその暴行事件は――事件後に市が警官に懲戒を与えなかった怠慢と併せて――「警察官に自らの行動への責任を負わせることを繰り返し怠ってきたワージントン警察と、バッファロー・リッジ麻薬対策本部による怠慢と悪しき慣行の一部である」という声明を発表した。

インターネットのウェブサイトに映し出されているこの事件の常軌を逸した獣のような蛮行は衝撃的である。そして、少なくとも私にしてみれば、その衝撃を増幅させるものがもう一つある。それはこの残虐な事件がロサンゼルスでもなく、ニューヨークのブロンクスでもなく、ワージントンの路上で起きたという事実だ。かつての人気テレビシリーズ『オジーとハリエットの冒険』が映し出した街路で、「七面鳥世界一の町」で、トウモロコシと大豆の畑が広がる土地で、ワンダー・ブレッド〔アメリカで昔から愛されている食パンのブランド〕のように柔らかな雰囲気の景色のなかで、多くの人が集まる教会が数多くある地区のすぐそばで、エルクス慈善保護会からもそう遠くはない路上で、その事件は起こったのである。

私はその夜、町はずれにあるモーテルに宿を取った。翌朝、州間高速道路I‐90号線沿いの「パーキンズ」のレストランでパンケーキを食べたあと、ワージントンに住んでいた頃の二軒の家のうちの最初に暮らしていたほうに向けて、七分ほど車を走らせた。

レンタカーのなかには私しかいなかった。とても寂しい気持ちでいた。

私のそばには子どもの頃の私が、いまの私を見守る亡霊のように存在していた。この少年時代の自分の亡霊以外に、自分の思いを共有できる者はそこにはいなかった。ワージントンはサモア諸島の首都パゴパゴの市民と同じぐらい、私には遠く離れた未知の人々が住む場所になっていた。何人かの旧友はすでに亡くなっていた。そのほかのほとんどの知人はミネアポリス、あるいはどこであれ、大豆が育たない別の場所へと去っていた。

　私はエルムウッド通り一〇一八番地の前で車を停めた。少年時代を過ごした家は私が記憶していたとおりだった。小さくて屋根が低く、かといって、不恰好ではない家。

　不思議なことに、あるいはたいして不思議ではないのかもしれないが、私はその家を直視することができなかった。ちらりと一瞥し、別の場所に目をくれ、再びちらりと見た。この平凡な長方形の空虚のなかで、父の深夜の飲酒の習慣は不定期から常習へと変わっていった。そして、真夜中を過ぎた時刻に、母の泣き声と父の激しい叫び声で目を覚まし、そのやり取りを聞かされたのもこの場所だった。そのとき、私は小学校三年生だった。私は恐怖で怯(おび)えていた。このすべて、特に怒っているときの両親の言葉などは、当時の私には意味がわからなかった。「ばか女(ビッチ)」という言葉がその一つだった。「離婚」という言葉も。

　私は車のなかで何本か煙草(たばこ)を吸い、心を落ち着かせた。そして、車のドアを開けて外に出て、エルムウッド通りの真ん中に立った。朝の九時を少し過ぎたところだった。車は一台も走っていなかった。その朝は晴れていて、あたりは静まりかえっていた。通りの向こう側に立派な家が並んでいるのだが、その列の裏手にはワージントン・カントリー・クラブの肌触りの良い美しい十七番ホールの芝が広がっている。私は小学校四年生のとき、グラスに入ったレモネードをゴルファーたちに売るアルバイトをしていた。レモネードはホールをまわりながらイライラを募らせるゴルファーの気分転換に役立った。それは一九五〇年代初頭の暑い夏の午後のこと。仲良しだったマイク・ビャーケセットと私はコンビでレモネードの屋台で働き、二人で労苦と小銭を分け合った。日が落ちると、ほぼ毎日、私とマイクはヘルメットをかぶり、ゴルフコース内のバンカーや池で戦争ごっこをしたものだった。マイクはいまでは死者たちの世界にいる。ひどい自動車事故、そのあとの数十年にわたる麻痺を抱えた生活、そして自殺。亡くなってしまったので彼はそのことについては知らないし、これからも何の役にも立たないのだが、私は自分の小説のなかにこのレモネード仲間を登場させた。マイクは『本当の戦争の話をしよう』のなかのノーマン・バウカーとして生きている。私はいまでもバウカーの声をとおしてマイクの声を聞いている。

　数ブロック先には、同じ本のなかで別の登場人物のモデルになった人物が、かつて住んでいた。ローナ・ルー・モーラーという名前の少女で、数十年後に書いたあの小説のなかでは、リンダという名前のローナによく似た（同一ではない）少女に置き換わっている。ローナもリンダと同じく亡くなった。九歳のときに。脳腫瘍だった。また、ニック・ヴィーンホフという名前で同じ本に登場することになった昔の知人、マイク・トレーシーという人物もいる。こちらのマイク――二人目のマイク――は乱暴ないじめっ子だったが、心優しいところもあった。高校を卒業したあと、マイクはツイン・シティー〔ミネアポリスとセントポール両市の愛称〕の暴走族に加わった。数年後、彼はライバルのギャング団とのあいだで口論になり、射殺された。彼の葬儀はワージントンの『デイリー・グローブ』紙で大きなニュースとして取り上げられた。葬儀の日、百五十台以上のバイク仲間が轟音を立てて町に到着し、長老派教会の駐車場を埋め尽くした。悪ガキのマイク・トレーシー、トラブルメーカーのマイク・トレーシー、救いようのないろくでなしのマイク・トレーシーは皮肉にも、まるで戦争で殉死した英雄のように扱われ、美しくあの世に旅立った。いまごろ彼はあの世でクスッと笑っているかもしれない。

　エルムウッド通り一〇一八番地に立っていたとき、少年時代に出会った人々が私と共にそこにいるような感じがした。実際に彼らは私と共にいたのだろう。亡くなったあなたの父親が、彼を追悼する瞬間にあなたと一緒にいるのと同じように。身体は見えないが、しかし確かな何かがそこにあった。不在の存在、あるいは存在する不在が。

　ワージントンでの滞在では、そのほかにも懐かしい場所をいくつか訪れた。それぞれの場所は時間の経過とともに変わってしまったのだが、しかしいずれの場所も歴史の残光と共にきらめいていた。私は通っていた高校の前で車を停めた。シャトークア公園にある半月状の野外音楽堂、そしてハッピーな思い出を掻き立てる大豆畑にも立ち寄った。オカベナ湖の周囲を二回ドライブした。車のエンジン音を聞きながらシートに座って町のメインストリートを走っていたとき、この帰郷の旅にティミーとタッドを連れてこなかった自分の愚かさに気がついた。私は自分が見ていたものを彼らにも見てほしかった。そして、それ以上に、ほんの少しでいい、私は自分が感じていたことを彼らにも感じてほしかった。

　同年代の多くの者たちもそう感じると思うのだが、私は故郷を再び訪れることに長いあいだ恐れを感じ、先延ばしにしてきた。それは憂鬱な呪縛のようなものだ。何十年ものあいだ、私はこの場所に対して厄介な癌（がん）のような恨みを抱いていた。それはいまでも変わらない。ミネソタ州ワージントンの市民が私を戦場に送り込んだのだ。私はそれを個人的なことと捉えた。個人的に捉えたのは、個人に関わることだったからだ。時は一九六八年八月、そのあと全国的におこなわれるようになった徴兵抽選というものは、当時は存在していなかった。くじ運の良さ悪さはまだ話題にはされていなかった。確率が権力を持つ時期ではなかったということだ。その一九六八年八月、シカゴで開催された民主党全国大会の直前のことだが、私の知らないところでゾッとするようなことがおこなわれていた。故郷の町の徴兵委員会が密かに汚いことをし、私を徴集兵に選んだのだ。ある父親が別の父親の息子を選び出し、人殺しをさせるためにその息子を惑星の反対側へと送り込む。その息子はそこで死んでいたかもしれない。あるいは、それはある父親ではなく、ある特定の主婦――おそらく、「ヘレン」とか「ドロシー」という名前を持った主婦が別の主婦の息子である若くて元気な少年――あるいは、少し前まで少年だった男性――の名前を丸で囲ったのかもしれない。そして、普通の人間の顔をしたそいつは丸で囲む作業を終えてしまうと、まるで何事もなかったかのように水曜の夜のビンゴ大会、または金曜の夜の教会での夕食会、あるいは土曜日の夜の社交ダンスの会場に早足で向かったのかもしれない。なんて恐ろしい化け物なのかと私はかつて思った。なんて恐ろしい化け物なのかと私はいまでも思う。おまえの最愛の息子の名前を丸で囲んでみたらどうなんだ。おまえ自身の名前を丸で囲んでみたらどうなんだ。おまえの大切な娘やおまえの大切な夫や、おまえが土曜日の夜に社交ダンスに誘ったカウボーイハットをかぶった男の名前を丸で囲んでみたらどうなんだ。そして、もしそんなに戦争に熱心なのであれば、なんでクソのおまえ（ホワット・ザ・ファック）はミネソタ州ワージントンにいるんだ？　なんでクソのおまえ（ホワット・ザ・ファック）は自分が行きたくもない戦争へ他人の子どもを行かせようとしているんだ？　黄色の徴兵通知が入った財布を脇にオカベナ湖の周囲をドライブしていたとき、私はこのようなことを、あるいは似たようなことを叫んだものだった。もしティミーとタッドがここにいて、ベトナム戦争の再現のような戦争が進行中だったとしたら、私は再び叫び、より大きな声で叫び、決して黙りはしない――火曜日の夜のカントリークラブでの社交会で、木曜日の夜のPTAの会議で、大声で叫ぶだろう。そして、もし彼らが私の使う「クソ（ファック）」という言葉を嫌うのであれば、すぐに自分たちの偽善的なケツを上げて、人殺しをするために、死ぬために、戦場へ行ってみるといい。もし死ぬことを免れたり、負傷だけで済んだのであれば、汚い水田のなかに身を横たえながら、「ああ、クソッ（ファック）、俺は自分自身を徴兵するんじゃなかった」とメソジスト派の人々〔真面目で奉仕の精神に溢れているとされる〕につぶやいてみるといい。

この怒りはやがて消え去るかもしれない。が、そうならないことを私は望む。

しかし、車のシートに座り、もはやかつてのワージントンではなくなってしまったワージントンの町を眺めていると、私が生涯にわたって抱き続けてきたそのような悲痛は、いまでも存在はするものの、感情的にぼやけてきたせいで明らかに和（やわ）らげられ――少し小さくさえなった。それは私にとってまったく新しい感覚だ。そのときも――そしていまも――このぼやけた悲痛をうまく表現できる言葉が見当たらない。不気味な感覚ではあるのだが、不気味という言葉ではない。恐怖のようなものではあるが、恐怖という言葉でもない。頭のなかで薄くなってぼやけてしまった騒がしさは、故郷の町に起こった変化が私自身にも起こっていると気づくことに関わっていた。町も私も歳を取り、これからさらに歳を取っていく。かつてあったものはすべてそのままの状態ではなくなっていた。町のメインストリートとなっている十丁目通りを歩く通行人たちの顔の色は、そのほとんどが茶あるいは黒であり、そのことは四十年前と比べると、たいへんな変化だ。もちろん、私自身の顔もこの四十年で劇的な変化を遂げた。そして、町の電話帳に載っている名前が、新しい名前に置き換えられたのと同様に、私自身の名前も変わった――少年時代はティミーだったが、いまはそうではない。肌はすっかり老人で、名前も短くなっている。一九五三年の、あるいは一九六八年の自分とは似ていない。あの頃、私は自分の正義感に自信を持ち、自分の勇敢さに確信を持ち、そして自分の将来に対してあまりに純粋で、呆れるほどロマンチックな展望を抱いていた。歳を重ねることで得たものはある。たとえば、いまではかつて憎んでいたように、何かを憎むことはしなくなった。憎まないよう努力してきたのだ。しかしいまでは、かつて愛したように愛することもできなくなってしまった――レモネードの屋台を、戦争ごっこを、ローナ・ルー・モーラーを、父を、私自身を、そして未来を。愛が消えてしまったというわけではない――もちろん消えてはいない――が、しかし愛への切迫感は減り、愛の身近さもいまでは薄らぎ、さほど期待をかけられないように思える。「歳を取ることとは」と父はかつて私に言った。「ブラックジャックのテーブルに度を越して長く座っているようなものだ。いつか負けることがわかっている」。そして、そのすぐあとに真顔で父はこうも言った。「しかし、年寄りに何ができる？　賭けをやめてチップを現金化するのは、自殺を意味する。終わりってことだ」

父が自殺について考えていたことは間違いない。何十年ものあいだ考えていたはずだ。

正午ごろ、私は最後の目的地として十一丁目通り二三〇番地へ向かい、そこで車を停めた。目の前には、両親が一九六〇年からその四半世紀あとに老人ホームに引っ越すまで住んでいた二番目の家がある。私はこの家で高校時代を過ごした。父のアルコール依存症がひどいものから恐ろしいものへと変わっていった場所である。ここは私にとっての首吊りの木だ。

　しばらくのあいだ車のシートに座り、私は心のどこかで礼拝の終わりに口にする祈りのようなものを望んでいた。その日はそのときもまだ晴れていて、不思議にまだ静まりかえっていた。私はそこで何をしていたのだろう。何を待っていたのだろう。わからない。父の幽霊がちらりと見えないか。父と私の二人が夏の午後にキャッチボールをしている姿が見えないか。おそらく、そう願っていたのだろう。しかし、もちろん父は現われなかった。私が育った町も消えてなくなっていた。

# 父親のプライド3――理性の放棄

認めるには恥ずかしいことではあるが、父親のプライドは理性の放棄と結びついている。理性とは時に無意識に放棄され、時に意識的に放棄されるものだ。理性のある男であれば、たとえば、我が子の長所だけではなく短所についても、あるいは我が子のうまくいったことだけではなく失敗についても、他人に正直に話すだろう。理性のある男であれば、バスケの試合で息子が放ったスリーポイント・シュートがリングに入れば喜んで歓声を上げるが、しかし、その一方で、息子がこれまで外してきた六つや七つのひどいシュートについても思い出し、一度上げた歓声を鎮(しず)めるかもしれない。同様に、卒業式を迎えている愛娘(まなむすめ)が卒業生の総代としてスピーチをするとき、理性のある男であれば、晴れ渡る六月の同じ日に、全米各地でも同じように何千人もの卒業生の総代が、真面目で退屈なスピーチをしていることを想像するかもしれない。

私自身のプライドを含め、父親のプライドというものには、残念ながら、一時的な狂気とも呼べる要素が含まれるのではないだろうか。それは必ずしも抑えられない狂気というほどのものではない。七月四日の独立記念日にアメリカの美点についてはは祝うが、アメリカの汚点については黙殺するという種類のものだ。アメリカの独立記念日のスピーチには、奴隷制度について触れているものはほとんどない。ジム・クロウ法にしても、黒人へのリンチ殺人にしても、不公正な方法で莫大な私財を蓄えた十九世紀の泥棒男爵にしても、赤狩りをしたマッカーシズムにしても、ベトナム戦争でアメリカ兵が起こしたソンミ村虐殺事件での市民の殺害にしても、インディアンが背負わされた悲しい宿命にしても、米墨戦争にしても、アメリカ軍が秘密裏におこなった空爆にしても、数百万人のベトナム人の死にしてもそうだ。

　こうした汚点の黙殺は、父親によるそれと同様に理解しやすい。恩知らずなやつならまだしも、どこの誰が祖国の誕生パーティーである独立記念日の妨害をするだろう。出任せを言うリベラルならまだしも、どこの誰が事実に忠実であることにこだわるだろう。ろくでなしの父親ならまだしも、どこの誰が我が子が誕生日プレゼントのラッピングを開いたり、誕生日ケーキの蠟燭(ろうそく)を吹き消したりしている最中に、その子に小言を言うだろう。

　自国や我が子に抱くプライドは、おそらく七つの大罪の上位に食い込むだろう。とはいえ、何かについて誇ることが罪であったとしても、それはしゃっくりをしてしまう程度の罪である。犯そうと思って犯すものではない。ただ、自然に出てしまう。求められ命じられて犯す罪ではなく、しばしば歓迎されない行動ではあるが、しかし精神病が犯罪ではないのと同じように犯罪ではない。私たちは精神を病んだ人に対して哀れみを覚える。精神病院のなかで誇りに胸をはちきれさせることはない。

　ただ、私は誇りに胸をはちきれさせることに、不安を覚えている。小学校三年生のタッドが、単語のスペルの小テストで高得点を取ると、私はまるでロケット燃料によって打ち上げられたかのように喜びを爆発させてしまう。私はそのことについて、相手が友人であっても、見知らぬ人であっても、自慢することをやめられない。実は、七歳の二男はフラフープが得意なのだが、同時に彼は「equilibrium」〔「平衡」という意味〕という単語のスペルを書くことができるといった話を続ける。父親である私はその単語の実際の意味さえ把握していないのに、だ。それでは、もし同じタッドが「miserable」〔発音は「ミゼラブル」、意味は「惨めな」〕という単語を書くときに、「s」のところを「z」にしてしまったらどうだろう。反対に、もしほかの百万人の七歳の子どもが、「equilibrium」のスペルを正しく書けたとしたらどうだろう。

　私は思うのだが、何かについて誇らしく感じることの見苦しいところは、無意識に表わされるものだからでも、反射的に出る一回や二回のしゃっくりのようなものだからでも、たびたび喜びを爆発させてしまうものだからでもない。むしろ、それが誰の検閲も受けない、誰にも抑制されない、公の場であからさまに表現されるものだからである。「ゼウスは自慢する舌の音が嫌いだ」と、ソフォクレスは偉大な悲劇『アンティゴネ』で書いている。謙虚な半笑いはおそらく許される。声を張り上げて「ブラボー、タッド！」と叫ぶことはおそらく許されない。表現の抑制——狂気の封じ込め——はある意味でゲティスバーグ演説〔南北戦争で命を落とした人々の栄誉を称えたリンカーン大統領による名演説。「人民の、人民による、人民のための政治」の一節を含む〕とジョン・フィリップ・スーザ〔数多くの行進曲の作曲で知られ、「マーチ王」とも言われた音楽家〕の音楽の違いを考えてみるとよくわかる。私が美しいチューバの音色を好まないという意味ではない。花火を打ち上げる国家を恨んでいるわけでもない。ただ、高慢でくだらないことをペチャクチャしゃべる無遠慮な父親は、エドワード・エヴァレット〔リンカーン大統領のゲティスバーグ演説の直前に基調演説をおこなった政治家。大統領の二分間の演説に対し、エヴァレットによるそれは二時間続いた〕の忘れられた敬虔な言葉、あるいは白黒をつけたがる、イエスかノーでしか判断のできない愛国者たちの不愉快な大演説と同じぐらい耐えがたいものだ。紫に染まる山々と実り豊かな大平原を背景に歌われる「アメリカ・ザ・ビューティフル」は美しく聞こえる。ウンデッド・ニー〔先住民スー族が連邦政府軍によって大量虐殺された村〕やウォシタ〔無抵抗の先住民シャイアン族がカスター中佐率いる騎兵隊によって大量虐殺された場所〕やソンミで亡くなった子どもたちをバックにして歌われる「アメリカ・ザ・ビューティフル」は、あまり美しく聞こえない。気を悪くしないでいただきたい。ただ、理性のある男であれば、美点を認めつつ、汚点についても語る方法を模索しないだろうか、そうすべきではないだろうか。

もしプライドの一部が妄想であり、そしてその妄想の一部が現実の黙殺であるとするならば、プライドと狂気のつながりは、私がティミーとタッドの父親になる前に想像していたほど、突飛なものではないのかもしれない。プライドを掻き立てるものには私たちが誇りを抱く主題や対象への愛――子どもたちへの愛や国家への愛――があり、その愛も妄想と理不尽さと愚かさを持ち合わせていると信じているのは、私だけではあるまい。数十年前、歌手のパッツィー・クラインは「クレイジー」という名曲で、愛の狂気をしっとり歌い上げた。パッツィーが歌ったその数世紀前、『ロミオとジュリエット』という作品のなかで、もう一人の著名な詩人が、「(愛は) 分別くさい狂気、息ふさぐ凶器ともなればいのちの糧ともなる」〔小田島雄志訳〕と詠んだ。クラインの時代とシェイクスピアの時代のあいだの数世紀には、ほかにも数多くのバラード歌手や詩人や傷心の小説家が、愛という名の下に放棄される理性について嘆き悲しんできた(時にはそれを祝った)。悲嘆は今日もラジオのダイヤルを回せば聞こえてくる。U2のボノ、然り。ほんの数分前にも英語圏のどこかで、ジャックがジルに「なあ、俺は君に夢中だよ」と告白したばかりだ。

世界中の父親や愛国者やロミオや狂気に苦しめられているそのほかのすべての恋人たちを、どこかに収監すべきだと言っているのではない。捕まえて拘束することは答えではない。白状してしまえば、ここ数週間、私はあることに悩んでいる。自分が最も軽蔑している人間に自分自身がなっているのではないかということだ。恥知らずな偽善者、狂信者、現実を忘却する独立記念日のチューバ奏者、プライドと過剰な愛によって目の前が見えなくなっている男、ティミーとタッドのために、マンハッタンのツインタワーに飛行機で突っ込もうとする男、あるいはアラーやエホバのため、日本に無条件降伏させるために同じことをしてしまう男のように、自分もなっているのではないか。私は愛のために人殺しをし、歪んだプライドのために人殺しをしてしまうかもしれない。これから自分が殺す人よりも我が子の人生がより神聖で、より生きるに相応しい——この考えがまともでないことはわかっている。理性のある男であれば、そうは信じまい。しかし、ある一つの答えが太古の昔から私に向かって叫んでいる——「彼らが自分の子どもだからだ！」と。その叫びは過去三千世紀にわたり自分の子どもを愛し、他人の子どもを虐殺してきた狂信者たちによって叫ばれてきたものである。

私は恥じている。恥じるべきなのだ。ある時点まで、父親のプライドは素敵なもの、ほかのプライド高き父親たちと一緒になって、クスッと笑えるものであった。しかし、そこに宗教的、政治的、文化的なプライドが加わると、それは殺人になり得るし、実際になったりもする。

詩人のウェンデル・ベリーの言葉を見てみよう。「私たちが自由になるために、裕福になるために、あるいは（誰かが言うように）平和になるために、爆撃や飢餓によってどれだけ他人の子どもが死ねばいいのだろう。その質問に私はこう答える。ゼロ、と。どうか、子どもだけはやめてくれ。私の利益のために子どもを殺すことだけはやめてくれ」

ガンジーが言ったとされる言葉を見てみよう。「あなたの行動のせいで人が死んでいない限り、〝狂気すぎる〟ということは何もない」

ほんの少し前、私は自分の机の抽斗（ひきだし）を開き、一九六九年にベトナムのクアンガイ省の海岸沿いの村で撮った写真をそこから取り出した。今となっては消えてしまった自分は、七歳か八歳ぐらいのベトナム人の少女の横で中腰になっている。私は思いやりのある、晴れやかな、子どもが大好きだと言わんばかりの笑顔で笑っている。少女も笑っている。すべてが平和だ。私の左肩には自分の武器であるライフル銃がかけられている。

ノーマン・ロックウェル〔平和なアメリカの日常をキュートに描いた画家・イラストレーター〕が描く純真さを備えたこの写真は、アメリカ兵と国家アメリカの親切心、純情、世界を救ってやろうじゃないか的な価値観を広めるための広告ポスターとして、ペンタゴン〔アメリカ国防総省〕の壁に飾られてもおかしくはない。しかしながら、その写真の横には二つ目の画像が現われる。これは私の記憶のなかにあるイメージであり、そこには先ほどの少女より少し年上の、別のベトナム人の少女が写っている。その記憶のなかの少女は死んで水田に横たわっている。彼女の顔の右側はなくなっている。口は開いている。片方の目は半分開いている。彼女は数分間の銃撃戦の巻き添えになったのだ。その少し前、短い銃撃戦のあいだ、私は必死に敵兵を殺そうと思っていた。私は怖かったし、敵兵が私を殺そうとするのを止めたかったというのがその理由だ。しかし、ゲリラ戦においてはいつものように目に見える敵はそこにはおらず、見えるものは水田の遠い向こう側にある木の茂みだけだった。したがって、私は狙いを定めることなくライフルを発砲した――何かに命中させることさえ考えずに。自分の前に見える木の茂みの緑色の世界に向けて、ライフル銃で撃ちまくるしかなかった。銃撃戦が終わったとき、自分たちの小隊

には負傷者はいなかった。亡くなった敵兵の姿も、血の痕跡さえも見当たらなかった。そこにあったのは少女の亡骸だけだった。最初は何の考えもなかった。そのあとすぐにこう考えた。そう、世界はより良い場所でなければならない。戦争はそのためにある、そうなんだよな？　そのために我々は殺し合いをするんだよな？　世界をより良い場所にするために「論理から狂気が生まれ、原則が狂乱へと変わる」と述べたのは再びソフォクレスだ。こうした思いは無慈悲でも無神経でもない。悲痛な思いだ。私は自分自身を憎んだ。その瞬間、私は亡くなった少女の姿を見下ろしながら、数分前の世界と比べて、世界が彼女の死によってより自由になり、より幸せになり、より民主的になり、より公正になり、より寛容になり、より文明的になり、よりまともになり、より愛情に溢れ、より危機が減少したとは思えなかった。世界が邪悪に思えた。そして、この私が世界をより邪悪なものにしたのだ。私は純粋なプライドからベトナム戦争に出征し、戦闘に参加した。アメリカの善き息子という自分の評判を守るために。小さな町からの批判を避けるために。嘲りを避けるために。そうして、私は緑の植物の世界に向かってライフル銃を撃ちまくることになり、少女が太陽の下で死んで横たわることになり、その一方で、周囲からの評判を愛し、嘲りを恐れるプライドを持っていた私は、無傷のまま将来の独立記念日を祝うことができるというわけだ。そのような悪を私は、私たちは、どうやって祝えというのか。どうやってチューバを吹き続けろというのか。狂信者のプライド――それによってである。

# 父親の平和主義

最近、心配なことがある。いつの日か、息子のタッドとティミーが兵士だった私の足跡をたどりたくなり、戦場で命を落としたり、車椅子の生活を余儀なくされたりするのではないか、と。だから、ある晩の夕食の席で、私にはそのような期待も、希望もないことを彼らに伝えた。「お父さんが何かを経験したからといって、君たちが同じことをしなければならないわけではないからね」と私は言った。

「煙草とか？」とティミーは言った。

「素晴らしい例だ」

「罵(ののし)り言葉とか？」とタッドは言った。

「うん、それもいい例だな。もし、お父さんがたまたま乱暴者だったとしたら、おまえたちはどうする？　先生たちを殴り始めるか？」

「あんまり。激しくは」とタッドが言った。「お父さんみたいには」

数年前のこと。ティミーが突然、私に訊いてきた。私は自分のことを平和主義者だと思っているか、と。

「そうだね」と私は答えた。「君たちに危害を加えるために、テロリストや強盗が家のドアをぶち壊し、家に侵入してくれば、話は別だが」

「そうなったら、どうするの？」とティミーは訊ねた。

「どんなことでもするさ」と私は答えた。

「その男を殺す？」

「まあ、まずは、その男と話をしてみるかな」

「でも、もし、その男の頭が完全におかしくて、本当に凶悪なやつだったらどうする？」とティミーは言った。「もし、男が銃か何かを手にしていたら？　彼を殺す？」

「そうすると思う」と私は言った。

ティミーはちらりと私を見た。「それって、どんな種類の平和主義？」

「父親の平和主義だ」と私は彼に言った。

# 父のヘミングウェイ2——フィクションとノンフィクション

今日は二〇一六年六月二十日、ティミーはティーンエージャーになる。十三年間、私が恐れてきたことが起きた。息子はいつの日か父親がいなくなることを知っている。ときどき自分が知っていることを忘れてしまうが、それでも知っている。

二〇〇三年にさかのぼり、こうしたラブレターの最初の文章を控えめに書き始めたとき、私は幼い息子に自分が父親に愛されていたことを知らせたかっただけだった。そして、私は彼とずっと一緒にいたいし、常にその場にいたいということを——それは無理だし、そうなるはずがないとわかっていたけれども。生物学は冷酷だ。心臓は止まる。そしていまティミーが考えていることは、二〇〇三年に私が考えていたことと重なる。自分の友人の父親たちがみな私よりも一世代若いことに気づいてしまった。耳は遠いし、白髪が多いし、記憶は穴ぼこだらけだし、バスケットをやればつらそうにしているし——こうしたことに気づいてしまったのだ。

ここ数ヶ月のあいだに二回、息子は泣きながら私のところにやって来た。眠れないという。頭のなかで恐ろしいことがめぐってしまう。彼はまさに時間が知ることを知っている。ティミーもまた雨のなかの猫になるのだ。

私は彼に何を言ったらいいかわからない。それでも、私は言う。「うん、わかるよ」

二〇一六年六月二十八日、午前六時を回ったところ。タッドは数時間前に十一歳になった。私は午前三時少し前から机に向かっていた。彼にささやかなギフトとして数行の文章を書こうと思い、コンピュータの前に座ったのだ。今回の誕生日のギフトというだけでなく、これから来る誕生日のために――彼が十七歳に、二十一歳に、あるいは二十七歳になったときのために。

しかし、何という苦行だろう。手が止まる。また書き始める。また手が止まる。文章に感傷的な言葉が並んでしまい、私はすべてを投げ出したくなる。永遠に、という意味だ。この忌々しいコンピュータを窓から投げ捨て、北極に移住し、イグルーを買って氷点下の寒さを楽しむ。ヘミングウェイが言ったことは正しい。「書くこと自体には何もない。あなたがすることはタイプライターの前に座って血を流すだけだ」

というわけで、タッド、これが私の美しくて深遠な文学的ギフトだ。私にできるのはせいぜいこれくらいしかない。誕生日おめでとう。

私の父はニューヨークのブルックリンで一九一四年の二月二十八日に生まれた。そしてテキサス州サンアントニオで二〇〇四年八月十日に亡くなった。名前はビル・オブライエン（若い頃はウィリーと呼ばれた）。子どもたちは彼を愛し、彼も子どもたちを愛した。楽しい人だったし、ユーモアがあった。私と何時間もキャッチボールをしてくれた。クリスマスイブには、私が遊ぼうとしない鉄道模型を組み立てたり、エレクターやティンカートイの組み立てセットを作ってくれたりした。公立図書館から山のように本を借りてきて、私に読むように言った。歌がうまかった。いつも読書をしていた。瞳は私と違い、青くて光っていた。善良な人だった。私は彼を愛し、崇拝していた。しかし、ときどき彼に殺されるのではないかと恐れた。小学校の頃、夜遅くキッチンに忍び込み、抽斗から一番鋭い包丁を抜き出すと、それを自分の寝室のマットレスの下に隠した。寝室のドアにバリケードを築いた。紐と二つの鐘を使って警報器を作り出した。しかし、ある日警察が来て、父を連れていった。ルーテル派のキリスト教徒に囲まれた七面鳥世界一の町で、お気に入りの読書用の椅子に座り、父は警察官に向かって毒づいていた。母は泣いていた。私は十一歳か十二歳。一九五七年か五八年の夏で、その夏のあいだに、父は私の寝室に分厚い本を持って現われたのだ。そしてその夏に警察官が二人、母と妹と弟と私を守るために現われた――私が報われない愛を抱いていた父から我々みんなを守るために。そして父は小さなリビングルームに置かれたお気に入りの読書用の椅子に座り、恥ずかしさと激しい怒りとで悪口雑言を吐き続け、その父を警察官がなだめすかしてサーと呼び、母は泣いていた――警察を呼んだのは母だった。アルコール依存症の治療のために父を施設に送ったのも母だった。そして、父のことを恐れていたのも母だった――だから警察官が父を連れていき、父はその夏の長いあいだ姿を消していた。アルコール依存症の治療を受けたが、効果はなかった。家に戻ってきて、努力はしたものの、これは化学作用の問題だった。私たちの小さな家での生活は以前と同じように進み、そしてその後の数十年も同じように進んだ――父が老人になるまで。

あなたがアーネスト・ヘミングウェイの「医師とその妻」を読んだことがあるなら、あるいは

「ぼくの父」を読んだことがあるなら、あなたは私があのとき感じたことをいくらか——充分にではないが少しは——感じたことがあるはずだ。警察が来て、父を連れていき、私の少年としての生活が炎上したあのときの気持ちを。

父が九十一歳まで生きて亡くなった日、夜明け近くにメレディスが私を起こし、静かな声でその知らせを伝えた。私は「オーケー、ありがとう」というようなことを口にして——正確にこのとおり言ったわけではないが——眠りに戻った。この知らせは、私が子どもの頃から想像してきたものだった——ちょうど息子のティミーがその知らせを想像しているように。私は自分が正気を失う姿を想像してきた。父の棺（ひつぎ）に潜り込む姿を想像してきた。しかし、このとき私は眠りに戻った。それは否定ではない。回避の手段でもない。ただ眠かったのだ。

物語の作家はありのままの世界について書くだけではなく、ほとんどそうである世界やそうあり得る世界、そうあるべき世界について書く。父が死ぬ直前の数日のうちに、私はサンアントニオの病院まで百十キロの道のりを車で行くこともできたし、行くべきだった。父を抱きしめることもできたし、そうすべきだった。「お父さん、すごく愛しているよ」と言うこともできたし、そうすべきだった。そして、しなかった。しかし物語のなかでは、奇跡が起こる。物語のなかでは、父は死者たちのなかから起き上がり、私を抱きしめることができる。物語のなかでは、彼はこう言うことができる。「いいんだ、おまえが私を愛してくれているのはわかっている」

センチメンタリズムだろう。しかし、それに代わるものは沈黙しかない。

批評家たちは、あなたがよい父親であろうと気にしない。ヘミングウェイはかつてそう指摘した。

読者たちも気にしない。真夜中にも、最後のページをめくったときにも。よい父親、よい漁師、よい市民、よい何であれ――読者は気にしないし、気にできない、最後のページをめくったときにも。なぜなら読者は物語のなかにいて、飲酒や殺された牛、決して実現しないことへの憧れなどに過度にさらされて、疲れ果てているからだ。それが部分的には、ティミーとタッドが『日はまた昇る』のなかに見出す物語だが、彼らが自分の人生のなかに――正確にそのとおりではなく、ずれを伴ってだが――見出す物語でもある。その理由は、彼らが物語を吸収し、それを抱えて自分自身の恋に持ち込んだり、決して実現しないことへの憧れへと持ち込んだりするからだ。だからこそ、私は子どもたちにいまアーネスト・ヘミングウェイについて話をしたいし、物語を語ることに関するとても抽象的な話をしたい。私はこういうことを気にかける。私は息子たちに、父親が自分の物語を書こうとするとき何を気にかけていたか、何を心配していたかを理解してもらいたい。普通の読者は興味を抱けないかもしれないので、以降の数ページは飛ばすことをお薦めする。でも、子どもたちよ、君たちは読み続けなければならない。

もし私がティミーもタッドもいないと言ったらどうなるだろう？　私が父親などいなかったと言ったら？　もちろん、私は嘘をついていることになる。ティミーという子はいるし、タッドという子もいる。私には父親がいた。だから嘘なのだが、真実を言っていることにもなる。この本に登場するビル・オブライエンやティミーやタッドは人間ではない。彼らは生きている動物ではない。私の知る限り、人間を本のなかに入れる唯一の方法は、大きな本を作り、そのなかに食べ物や飲み物を備えておくことだ。

　ここで読者が出会うティミーとタッドと私の父は、ページに刷られた文字である。私は彼らを忠実に、正確に描こうとしてきた。しかし、そうしながらも私はほとんどすべてを省略した。ここに含めたのは必要なことだけである。そして、作家とは常にそういうものなのだ――ほとんどすべてが省かれる。いま私が書こうとしているのはいわゆる「ノンフィクション」であり、私がここに書いたすべては真実なのだが――真実というのは「実際に起きた」という意味においてであり、ここに書いたことは実際に語られ、実際に為(な)されたことだという意味においてだが――それにもかかわらず、現実のものであるにもかかわらず、私は記憶というものに縛られている。そう、ティミーは本当におふざけ(シェナニガン)と言った。そう、私の父は一九五〇年代末の夏の午後、分厚い、重そうな本を持って、本当に私の寝室に入ってきた。しかし、記憶の欠陥か時間の経過、あるいはその両方、あるいはそれ以外の何かが、詳細を消してしまった。寝室のドアがバタッと開く瞬間、私は何を考えていたのか、何をしていたのか？　まったくわからない。記憶は完全に消えている。あまりにきれいに消えていて、もともと存在しなかったかのようだ。我々はみな、誰よりも作家たちは、記憶という幻想に取り憑(つ)かれる――これは残酷で挑発的な幻想だ。我々が記憶と呼ぶものは欠陥のあるものである。我々が記憶と呼ぶものは忘れていくものである。そしてもし記憶に欠陥があるのなら――あまりに大きな欠陥があり、破滅的な欠陥があるのなら――どうやって我々は記憶に忠実なふりなどできるだろう？　どうやって我々は真実を話しているふりなどできるだろう？　真実のほんの小さな断片も真実なのだろうか？　記憶は語る、そのとおり。しかし、それは吃音症だ。飛ばし飛ばし話すのである。

　もう一度問おう。昨日のことをあなたはどれだけ本当に覚えている？

さらに言えば、一九九八年三月二十三日のことをどれだけ覚えている？　あなたはその日の心配事、白日夢、食事、会話を覚えているだろうか――そのすべてを、あるいはそのどれかでも？　自分が泣いたかどうか覚えている？　セーフウェイでレタスをカートに入れたことは覚えている？素敵なレジ係がいたことは？　夢心地の空想の世界で、人生の貴重な時間のほんの一部を彼女に捧げたことは覚えている？

我々は人生を生きながら失っていく。記憶が問題だ。それ以上の問題は――はるかに問題なのは――私が作家としての能力にも縛られていることだ。そして御しがたい、決してぴったりな表現のない名詞や形容詞にも縛られている。また、「ノンフィクション」という威張りくさった言葉にも縛られている――それは作り話を禁じるのだ。自分の忍耐力にも縛られ、あなた方の忍耐力を私がどれくらいに見積もるかにも縛られる。文章の扇動的なリズムにも縛られ、私の想像力が摑み損ねた壮大なイメージにも縛られる。

こうしたことのすべてのうち私にとって重要なのは、そして私が脱線しているように思われることをしている理由は――ただし、脱線ではないのだが――現実のものから芸術への、そして芸術から現実のものへの移動という問題である。ノンフィクションのページに「現実の」人間を探すのがあやふやな行為だとすれば、フィクションのページに「現実の」人間を探すのはそれ以上にどれだけあやふやな行為になるのだろう？

「雨のなかの猫」はその例だ（読みなさい、ティミー、読みなさい、タッド）。この物語は歴史のレンズを通して解釈できるし、しばしばそうされてきた。ヘミングウェイの妻、ハドリーがこの短篇中の「アメリカ人の妻」となる。ヘミングウェイは短篇中の夫、ジョージとなる。現実の人々と現実の出来事の世界では、それはつまり物語が構想された世界なのだが、ハドリーはヘミングウェイの神聖な原稿が失われてしまったことに責任がある。紛失をめぐる緊張があり、ハドリーの罪悪感があり、ヘミングウェイの絶望と虚無感がある。さらに、現実の世界では、ヘミングウェイがその短篇の構想を初めてメモした時期にハドリーが自分の妊娠に気づいた、ということを我々は知っている。それは、一九二三年の二月である。そして我々は、ヘミングウェイがあとになって先輩作家であるエズラ・パウンドとガートルード・スタインに妻の妊娠を嘆いたという話も知っている。彼は、自分が親になるには若すぎると信じていた。自分のキャリアと芸術が、芸術を制作する時間が、危険にさらされていると考えた。我々はハドリーが子どもをとても欲しがっていたことを知っている。ヘミングウェイが作品の出版を強く望んでいたことも知っている。ほかにも結婚をめぐる緊張はいろいろとあった——経済的な不安、妻と夫の年齢差、そしてよく言われているハドリーの精神的な寛大さと、ヘミングウェイがはっきりと口にする野心との相克。

現実世界のこうした事実を考慮すれば、「雨のなかの猫」が批評家たちによって、歴史のレンズを通して受け取られてきたことを驚く者などいるだろうか？　事実はそれ自体の魅惑的な物語を語る。「雨のなかの猫」が現実の、人が生きている世界から拾い上げられ、それによって説明されるのだとすれば、この物語は歴史に付随するものではないか？　物語は現実の人間関係の哀れな代替物ではないのか？　誰が「雨のなかの猫」を必要とする？

よく知られていることだが、アーネスト・ヘミングウェイはこの物語がハドリーの話だということを否定した。「『雨のなかの猫』はハドリーの物語ではない」と彼はF・スコット・フィッツジェラルドに書いている。「君とゼルダがいつでもそう思っていたのはわかっていたけどね」。もしかしたらヘミングウェイはフィッツジェラルドへの手紙で嘘を言っているのかもしれない。急いで書いていたのかもしれない。酒を飲んでいたのかもしれない。しかし、彼が友人に正確な真実を語っているという可能性もある。彼が知り、理解する真実はこれだ――「雨のなかの猫」はハドリーについての話でも、イタリアのラパロについての話でも、失われた原稿についての話でもなく、人が住む現実世界のどんなこととも関係のない話なのだ。

ヘミングウェイを擁護すれば、あるいは彼だけでなく、短篇や長篇小説を書こうとしたことのあるすべての者を擁護すれば、私は、小説の一篇が作者の記憶のなかで部分的に現実に取って代わった――あるいは、付加的な現実を作り出した――のではないかと思う。「ジョージ」という固有名詞も含め、言葉が紙の上に書かれると、作家の頭のなかにイメージが現われる。こうしたイメージは、いわゆる現実世界の何ものにも負けず、作家にとっては鮮明にリアルなのである。ヘミングウェイには想像したジョージが見える。ジョージの考えていることが聞こえる。固有名詞自体が――単なる名前にすぎないが――即座に作家をその存在と引き離す。固有名詞が他者を作り出す。「ジョージ」という語をタイプすれば、ヘミングウェイは全面的にヘミングウェイというわけではなくなり、あなたは――作家は――全面的にあなたというわけではなくなる。「アメリカ人の妻」という言葉をタイプすれば、ハドリーは一マイル彼方の存在になる。形容詞を加え、副詞を加えれば、大陸半分彼方の存在になる。ディテールを作り出し、ちょっとした会話も加え、鼻にいぼをつけ、神経質そうな笑いを差しはさみ、そして濡れた猫を拾いに外に出ることにすれば、ハドリーはもはや地球上のものでも、地球に属するものでもなくなる。彼女は完全に消え、作者はいま新しい別個の生き物を相手にしている。その生き物はハドリーではない。

この意味で、物語作家の想像による労働をこう言い表わすことができる。それは自らを進んで抹消し、進んで芸術作品と入れ替わろうとするものだ、と。フォークナーの言葉に耳を傾けよう。「私はプライベートな個人としては歴史から廃棄され、取り消されたい。それが私の望んでいることだ。印刷された本以外には何の痕跡も遺留品も残さず……彼は本を作った、そして死んだ」。それからこれもフォークナーだ。彼は自分の生涯の仕事をこう言い表わした――「人間精神という素材から、それまで存在していなかったものを作り出す」努力。

短篇や長篇小説の作家にとって、記憶に残っている現実の世界は想像と組み合わされ、この組み合わせがさらに言語と組み合わされる。そして、この組み合わせが内なる目や内なる耳や内なる心と組み合わさって、完全に新しい、完全に個人的な、そして完全にユニークな精神を頭のなかに作り上げる。ハドリーではないアメリカ人の妻、ジョージという名前のヘミングウェイではない夫、「雨のなかの猫」という物語――完全にそれだけで完結し、それ以外の何も指し示さないものになる。そしてこの短篇は現実の世界の苦痛から生み出されたものだったのかもしれないし、おそらくそうだったのだろうけれど、失われた原稿と望まれなかった赤ん坊は、「雨のなかの猫」というタイトルの新しい夢へと変換されたのである。

個人的なこととして、私はティミーとタッドに知ってもらいたい。君たちの父親が夜のあいだ書斎にこもってずっと書いていた数時間、その頭のなかで何が起きていたのか。私は一つの種類の現実を後ろに残してきた。そこにはティミー、君も含まれる。それに君もだ、タッド。これはある種の裏切りであろうが、あの時間、君たちはどちらも消えていたし、君たちの母親も消えていたし、私も消えていたのだ。事実はぼやけてフィクションになり、フィクションはぼやけて事実になる。私たち誰もがそうだが、特に物語の作家にとって、記憶は次第に薄れていき、現実もそれとともに薄れていく。そして物語のなかで想像された人々や出来事が、時の経過とともに、現実と同じくらいリアルになる。ちょうど私の夢がリアルであり、君たちの夢もリアルであるのと同じように。なぜなら、夢はリアルなのだ。地球の歴史上、リアルではない夢を見たことのある者などいるだろうか？　夢で見た夢は——君たちの夢は——リアルな夢ではないか？　私に関して言えば、墓に向かって光の速度で進んでいくに当たって、自分のベトナムとの衝突が半世紀前に起きたのだと気づく。それはほとんど忘れられている。夢ですらない。さまざまな名前や顔、草木の生い茂る小さな村々、果てしなく押し寄せる猥褻（わいせつ）な言葉、単調さ、湿気、緑の葉叢（はむら）、終わりのない恐怖、終わりのない不確かさ——俺はここで死ぬのか、あそこで死ぬのか、次の一歩で死ぬのか、その次の一歩か、また次の一歩か？——地雷と恐ろしい銃撃戦——山に向けて気が遠くなるような長々とした行進を続け、続いて田んぼへと下りていき、また山へとのぼっていく——いたずらやバカ騒ぎ、幽霊、夜、死んだばかりの者のつぶやき、私が考えたこと、私が言ったこと——それはほぼすべて消えている——かつて強烈な集中を強いられていた人生が、いまは何も起きずに刻々と過ぎていく——消えた、永遠に消えていったのだ——石鹸の泡が流しの底へとちらちら光りながら消えていくように——私の父が消えたように、私もまた消えていくように——そしていま、とりわけ夜、私の頭を占めているのは、記憶ではなく自分が作り出した物語である。

　これが、現実と物語が競い合う境界線上での、私の経験を言い表わしている——私が精いっぱい表現できる限りにおいてだが。そして、おそらくヘミングウェイの経験も言い表わしているのではないかと思う。フィクションの作家には、伝記的な決定論を極度に恐れる部分がある。どんなものであれ決定論は、しかし特に伝記的な決定論は、作家の目から見て、想像力の働きを軽視し、ときには否定さえするように見える——想像力こそ、作家にとって、物語を作る場であるのに。芸術的な遊びが決定論に抵抗する。奇抜な趣向もそうだ。文章が執拗に音楽性を求める場合も同じである。あるいは、たとえばジャックという名の人物が、何の伏線もなく、アヒルに突然結婚の申し込みをしてまごつかせたとしよう——これもまた一例だ。奇跡を我々はどう処理したらいい？　説明できないことをどう処理できる？　恋煩い（こいわずらい）のアヒルを探して歴史を徹底的に調べるのか？

　この文章も含む、こうした早朝の文章たちも、伝記的な決定論の限界を言い表わしている。文学の歴史を研究する者と作家とは見方が違う。研究者は「これが君の父親だ！」と叫ぶ。作家は「これは君たちの父親だよ！」と叫ぶ。

　だから、ティミーとタッド、人が自分の考えたものによって、少なくとも部分的に定義されるとすれば、ここまで書いてきたことがその一部となる——この数時間、君たちのことを考えているべき時間に、私が考えていたのはこれなのだ。

原註　ヘミングウェイ個人の人生と「雨のなかの猫」とがいかにつながっているかについては、以下の文献の情報と意見に依拠している。Kenneth Lynn, *Hemingway*; Carlos Baker, *Hemingway*; Jeffrey Meyers, *Hemingway: A Biography*; Carlene Brennen, *Hemingway's Cats*; Simon Lavery, "Ernest Hemingway, 'Cat in the Rain' – a critique" (https://tredynasdays.co.uk/2013/10/ernest-hemingway-cat-rain-critique/)

# ホームスクール3――戦争を支持するのなら

本日の講義は「憤怒(ふんぬ)」についてである。討論のための議題を箇条書きにする。

一　戦争を支持するのなら、戦場へ行きなさい。

二　もちろん、ほかの人々――あなた自身ではなく――が死んだり、人を殺したりすべきだという程度に戦争を支持するのなら別です。

三　戦争支持を公然と表明するのなら、あなた自身で戦闘を交え、そこで血を流してみることです。

四　もちろん、「偽善者」と呼ばれてもいいのなら別です。

五　死体は重いので、運ぶとなると厄介です。死臭も不快に感じます。とても新鮮な死体であったとしても、同じことが当てはまります。

六　いつの日か、死臭は戦争を支持する人々の鼻の穴へと送り込まれます。それが筋です。黄金律と言っていい。したがって、死臭を吸い込むことはキリスト教の戦争支持者のあいだでは流行になるでしょう。

七　もちろん、キリスト教の戦争支持者が自ら戦争に行かず、死臭を嗅がないで済ます程度に戦争を支持するのなら別です。

八　また、いつの日か、テレビのネットワークやインターネットのプロバイダが、戦争による死者や手足を切断された負傷者だけの写真やビデオクリップのみを毎日二十四時間放送、配信するようなことになれば、その番組は戦争を求めて叫んだ者たちのあいだでは、一夜にしてセンセーションを巻き起こすでしょう。

九　もちろん、彼らが戦場へ赴いたり、戦場で死臭を嗅いだり、死者や負傷者を目にしたりしなくていい戦争を求めるなら別です。

十　弾丸は敵を殺すことができます。

十一　弾丸は敵を作り出すことができます。

十二　もしあなたが放った弾丸がどこかの父親の子どもの頭に命中すると、あなたはその父親という敵を新たに一人生産したことになります。

十三　しかし、亡くなった子どもと大量生産された敵の比率は、決して一対一にはなりません。それぞれの子どもには母親もいます。亡くなった子どもにはおそらく伯父さん、兄弟、その子を溺愛していたお祖母(ばあ)さん、そして数名の従兄弟(いとこ)や姉妹や遊び仲間もいるでしょう。ペンタゴンは親切なので、いつの日か、殺した敵の数と大量生産された敵の数の一日ごとの比率を提供することに同意するでしょう。

十四　誰かの家が破壊されれば、そこでまた敵が大量生産されます。破壊された家があなたのものであった場合には、特に。ペンタゴンはこの統計も毎日の報告のなかに加えてくれるでしょう。
十五　暴力は実用的だと思いますか？　答えは明らかですよね？　中東を例に考えてみましょうか。中東の安定、民主主義、隣国との友好関係、正義、宗教的寛容さ、礼儀正しさ、調和、そして静かな道路を見てください。感動的でしょうか？　これはすべてわずか十五年にわたって人々が人々を殺したことによって達成されたものです。ベトナム戦争が続いていた五十年前、同じような人殺しは「トンネルの終わりに見える光」と呼ばれていました。
十六　ティミーとタッド、もし、ある日、君たちが子どもの父親になり、そしてもし君たちが戦争を支持するのであれば、自分の息子や娘に武器を背負わせ、戦地へ赴くことを勧めたらいい。いや、無理にでも行かせなさい。戦場送りを免れるために子どもたちを大学に入れることはやめなさい。
十七　タッド、もし君が戦争を支持したいのなら、増税法案について愚痴を言うのはやめなさい。戦争を支持している君自身が増税を懇願したようなものなのだから。昨夜、君がロータリークラブの集会でおこなったリップサービスが、増税を招いたようなものなのだから。
十八　そして、ティミー。もし君がこの時代の戦争を支持したいのなら、シーア派とスンニ派のイスラム教徒の実際の違いについてまず知るべきだろう。地図上でイラクの場所を見つけておくことも大事だ。
十九　もし君が公に戦争に反対する人々を軽蔑するのなら、公に頑固に米墨戦争に反対したエイブラハム・リンカーンも軽蔑することになる。
二十　ティミー、このことについてもよく考え、君のベストの答えを私に教えてほしい。君の祖国が戦争捕虜の兵士たちを拷問したとして、もしそのことが道徳的に許されるのであれば、敵国が君の祖国の戦争捕虜の兵士たちに対して同じように拷問することも、道徳的に許されると思うか？

二十一　そして、タッド。もしアルカイダとＩＳＩＳの指導者を標的にして暗殺することが道徳的に許されるのであれば、アルカイダとＩＳＩＳが私たちの指導者を標的にして暗殺することは道徳的に許されると思うか？

二十二　加えて、もしサダム・フセインの息子たちの死体を公に展示することが道徳的に許されるのであれば、私たちの敵がアメリカ人の息子たちや娘たちの死体を公に展示することは道徳的に許されると思うか？

二十三　戦争というものはある人が別の人にこう言っていることをただ大規模にしたものではないだろうか？　つまり、「私はとても文明的で、あなたはとても野蛮だ――私はとても高潔で、あなたはとても邪悪だ――私はとても信心深く、あなたはとても極悪非道だ――私はとても理性的で、あなたはとても非理性的だ――私はとても正しく、あなたはとても間違っている。だから私はあなたを殺す」と。

二十四　ベトナム戦争では三百万の人々が亡くなった。先月、金持ちの子が集まる、ある私立学校で私は困惑した表情の幼い生徒から真面目に、真摯にこう質問された。「その戦争で勝ったのはどっちの国？」

二十五　三百万人の死者を出し、そして私は大学や大都市の講堂で何度も何度も何度も同じ質問を受けてきた。「その戦争はいったい何だったの？」

二十六　三百万人の死者たち。私たちのなかのいったいどれくらいの人間がその戦争について考えるだろう？
二十七　そして、誰が朝、目を覚まし、「ベトナム戦争があったことを神に感謝します」と思うだろうか？　そんなことをする者がいるだろうか？　もし私たちが朝、目を覚まし、ベトナム戦争があったことについて神に感謝しないのであれば、すべての死者たちはいったい何のために死んだのだろう？
二十八　それから、戦死者のことを愛した人々以外に、ほかの誰が戦死者について心の底から思いやることができるだろう？
二十九　ファラーポス戦争〔十九世紀前半にブラジルで起きた内戦〕で亡くなった二万人の死者について、誰が嘆き悲しむだろう？
三十　中国によるモンゴル征服の時代に亡くなった推定三千万人について、誰が悲しんだり——あるいは祝賀したり——するだろう？
三十一　清王朝による明王朝の征服の時代に亡くなった推定二千五百万人の死者について、誰が思い出すだろう？
三十二　太平天国の乱とその推定二千万人の死者について、聞いたことがある者はいるだろうか？
三十三　さらに言えば、中国のドンガン人の反乱（死者は約八百万人）、スペインの国土回復戦争（死者は五百万人）、中国の安史の乱（死者は千三百万～三千六百万人）、フランスのユグノー戦争（死者は約二百八十万人）、北アフリカのムーアの戦い（死者は約三百万人）、黄巾の乱（死者は約四百五十万人）、一八五七年のインド大反乱（死者は八十万人）、第二次スーダン内戦（死者は百万～二百万人）、ビルマのパンゼーの乱（死者は八十九万人～百万人）、パラグアイ戦争（死者は三十万人～百二十万人）、イタリアのキンブリ戦争（死者は四十一万人～八十五万人）、あるいはローマ帝国のキトス戦争（死者は四十四万人）について、誰が客観的事実を一つでも知っているだろう？

三十四　もし私たちがこれらの戦争やそのほかの戦争について何も知らないのであれば、私たちはどうすれば戦死者を思いやることができるだろう？　そして、歴史の継承者である私たちが思いやることができないのなら、この惑星で戦時中に出た戦死者は記録に残っているものだけでも推定四億八千八百万人いるが、これだけの戦死者が出続けていることの結果について、私たちは道徳的にどう判断すべきなのだろう？

三十五　ティミーとタッド、「憤怒」とは激しい思いやりのことだ。しかし、私たち全員にとって、思いやりというものは難しくなってしまうときがある。私たちの心は凍ってしまうことがあるからだ。私たちは殺人に関するニュースの見出しを何も感じずに受け入れてしまう。おそらく日々の疲れから、自分たちの人間性を放棄してしまう。軍人たちに対して「祖国へのあなた方の奉仕に感謝します」とほんの一瞬思いながら、次の瞬間にはテレビのグリーンベイ・パッカーズ〔アメフトのプロチーム〕の試合、あるいはビデオゲーム「グランド・セフト・オート」の画面に目を戻したりしてしまう。

三十六　ティミーとタッド、私が君たちに望むのは憤怒の人生だ。

三十七　この講義の続きはまた明日。明日はある戦争の一つのエピソードを取り上げ、議論することになるだろう——おそらく、バターン死の行進や、レキシントンとコンコードの戦い。そのあと、私が君たちと過ごせる残りの時間はずっと、憤怒についての熟考を重ねる予定だ。

# ティミーの寝室のドア

数ヶ月のうちに、ティミーは十五歳になる。子どもの思春期には大きな変化が現われる。まわりの親たちは長年にわたり、私にそう警告してきたものだ。数ヶ月前まで、私は傲慢にもその警告は誤りであると結論づけていた。しかし、実際には誤りではなかった。その昔、私が口ずさむ子守唄〝こげ、こげ〟で眠っていたあの温かくてちっちゃな男の子は、いまでは私を避けるかのようにドアを閉める。あらゆるドアを——文字どおり。バスルームのドア、寝室のドア、クローゼットのドア。「ドア」という単語は私には「うるさい、どっか行け！」という意味に等しい。特に、彼の寝室のドアは私を怖気(おじけ)づかせる。私にはそれが初めて見るドアのように思えてしまう——十年以上前、自分でペンキを塗ったドアなのに。金色の鉄製の飾り縁がついた巨大で立派なドア。日光が角度を変えて表面に当たると、シャンパンの泡のようにキラキラと金色に輝く。かつて、私はその豪華なドアに対して過剰すぎるくらい、めちゃくちゃに誇りを感じていたものだった——自分の手仕事がとにかく誇らしく、ドアを開け閉めするたびに、その表面が猫の毛のように波打つ感じが、とりわけ誇らしかった——が、いま私は同じドアの前に立ち、聞き耳を立て、考えをめぐらせ、ある意味では好奇心に駆られ、ある意味では恐怖を感じ、またある意味では孤独を感じてしまう。そして、その要塞のように頑丈な寝室のドアを目にしていると、ダイナマイトを樽で購入し、それを使って、ちょうつがいのところから永遠に吹き飛ばしたい気持ちになる。

開けるのが怖い。開けないのも怖い。象徴的な意味は何もない。本当に怖いのだ。ドアそのものには何の象徴性もない。ただ怪物のようにでかくてきらびやかな寝室のドア——分厚く、どっしりとしていて、背が高く、堂々とした、物体としてのドア。それはかつてイギリスの銀行が所有していたものだ。配送係の屈強そうな二人の男は、その巨大な物体をドア枠にはめるのに苦労していた。

おそらく、ダイナマイトでは無理だろう。大砲が必要になるかもしれない。

「今日、学校はどうだった？」

「まあまあ」

「学校は楽しいか？」

「もちろん」

「そうか。たとえば、どんなところが？」

「美術とか」

「ああ、そりゃや、いい。美術で何を教わったか、話してほしいな」

「はぁ？」

ホルモンが体内に入り込み、炭酸の泡のように頭皮から魂へと流れ込み、泡がはじけてシューという音を立て、体内で煮込まれ、若さを食いつぶしている。そして、それが息子のティミーを内向的にさせ、沈黙させ、人を避けさせ、謎めいた雰囲気にさせ、気難しくさせ、引きこもらせている。ハンサム顔の頭のなかで起きていることを「盲信の守護者」〔トレーディングカードのキャラクター〕のごとく守っているのだ。

成長ホルモン：ティミーは私よりも八センチ背が高い。毎週、彼の背は伸びている。背の高い彼と話をすると、首が痛くなる。

毛髪ホルモン：彼は脇毛を剃り、剃った毛を集め、それをベッドのマットレスのなかに詰める。

ニキビホルモン：ひどくはないが、悪化しないよう、観察しておく価値はある。

ドア閉めホルモン：ひどい。解決策はあるのか？

耳ホルモン：昨日、私は彼に話しかけた。「ティミー、君を失いたくない」と。彼はヘッドホンをつけていた。私の声は届いていなかった。

「ティミー、宿題はあるか？」

「うん」

「どの科目？」

「数学」

「学校はどうだ？　何か面白いことはあるか？」

「ない」

「じゃ、誰かと話したか？」

「ショーン」

「ショーンは元気か？」

「元気」

「天国に神はいるか？　この時代でもまだ、エネルギーは質量に光速の二乗をかけたものに等しいか？　いつか彫刻家になるか？　女の子について夢を見るか？　私について夢を見るか？　何か悩みでもあるのか？　そのことについて話してみないか？　親友を殺しちまったのか？」

「はぁ？」

# 父親のプライド4——十五丁目通りの僕の友だち

「十五丁目通りの僕の友だち」
　作　ティミー・オブライエン（六年生）

十五丁目通りで君を見た
帽子を差し出し、お恵みを求めていた
何か食べるものが必要だったから

お母さんに車を停めてと言った
お母さんは疲れていて、頑張りすぎで、余裕がなかった
僕はただ君にグラノーラバーをあげたかった

君は戦場へ行って国に仕えた

君がかぶっていた帽子でわかった
「ベトナム帰還兵」って帽子に書いてあった（白い色でね）
君の未来がいつか明るくなるよう祈った

車で通り過ぎながら
僕は本当に悲しくて、悔しかった
誰も君のために
未来への道を見つけようとしていなかった

国の命令に従い
戦うために海を渡ったんでしょう？
彼らが正しいと言ったことをしたんでしょう？

もしそれが帰還兵の扱い方だとするのなら
僕たちの国はいったい何をしているのかわからない
国を訴えることができるのなら、君は訴えたいと思っているに違いない
祖国から遠く離れたところに君を送った人々を
君の人生を骨ごと引き裂いた人々を
僕たちが車で通り過ぎるのを見ている君が、泣いているのがわかった

僕も泣きたくなった
まださよならを言うつもりじゃなかった

次の日、学校へ行く前に、君のために紙袋にたくさん詰めたよ
なかにヨーヨー、本、そして栄養のある、おいしいおやつを入れたよ

君に再会できなかったのは悲しい
だけど、通りという通りを探しているよ、毎日

僕は言おう「君は僕のヒーロー」
「そして、君は少なくとも一人の命を救った――それを僕は知っている」
「そして、いま君は激しい苦悩を抱えている――それはひどすぎる」

だから、僕は君に手紙を書いた　気にかけているから
涙を流し、怯えている君がそこにいたから
君は僕の十五丁目通りの友だち　僕はそう書いた
君の永く、悲しい戦争が終わってほしいから

# 戦友たち

家族と数人の親友を除けば、私が一緒にいて最もくつろげ、幸せな気持ちになれるのは、ベトナムで同じ部隊にいたかつての仲間たちである。こうした男たちに会う機会はあまりない。彼らのことをよくは知らないし、以前も知らなかった。多くは幽霊のよう、あるいは幽霊の幽霊のようで、その顔は馴染(なじ)み深いのだが、不気味にぼんやりとしている。名前をすべてきちんと思い出せるのはほんの数人だけ。多くの者たちを私はニックネームでしか覚えていない。多くは、たぶんほとんどは、まったく名前がない。

それでも、そういう稀(まれ)な機会にかつての仲間たちと出くわすと、私はほかの機会には抱くことのない帰属意識を抱く。我々が証明しなければならないものは何もない。抽象概念も一般化も消え去る。我々が一緒にいたときに共有したものは、あの水田の水路であり、あの銃撃戦であり、あの死体であり、あの木々であり、あの捨てられた村であり、あの一九六九年七月のたった一つしかない厳しい午後である。我々は詳細の切れ端を集めて互いの記憶を再活性化する。ほとんどの人々が笑わないことで笑う。ときどき順序や時系列をめぐって議論する——誰が最初に死に、次に誰が死んだか。自慢する者はいない。誰も「栄光」といった言葉は使わない。どちらかと言えば、会話の口調は悲しげで極端に控えめ、ほとんど困惑しているような雰囲気がある。まるで起きたことが本当に起きたとは誰も信じられないかのように。あるいは、起きたことが実際に我々に起きたとは信じられないかのように。こうした男たちには衝撃的なほどの穏やかさが、内気さにも近いものがある。約五十年前、彼らがベトナムにおけるアメリカの鉄拳の役を担っていたことなどあり得ないように思われる。私の戦友たちは歩兵だった。陸軍歩兵部隊。彼らは毎日、不潔で苦しくて危険な戦争の仕事を果たしていた。雨のなかで眠り、銃撃戦を戦った。夜は待ち伏せの体勢で横たわって過ごし、昼はバタンガン半島の地雷原を恐る恐る歩いた。彼らは調理師や事務員や機械工や兵站（へいたん）の専門家ではなく、戦闘員だった。彼らは戦争のなかで生き、戦争は彼らのなかで生きた。そして五十年前、彼らはあなた方に代わって人殺しをし、あなた方に代わって死んだ。こうした物静かな老いぼれたち、私の戦友たちは、自分たちが目撃し、耐え忍んだことすべてに関して、だいたいのところ気に病んでいないように思える。私に言える限り、彼らは自分たちの戦争の正しさについてほとんど再考していないし、すべての死者が死ぬべきだったかについてほとんど疑いを抱かないようだ。ときどき、たいていは裏口からだが、我々の回想のやり取りのなかに政治が潜りこんでくる――「あの左翼の『ニューヨーク・タイムズ』め」――そういうとき、ほんの一瞬だが、私は足下の堅固な大地が歪（ゆが）むのを感じる。しかし、それから誰かがこんなことを言う。「おい、ここはクソのジョン・バーチ協会〔極右の政治団体〕じゃないんだぞ」。続いて別の男が言う。「ああ、おまえはオブライエンを苛（いら）つかせてるぜ」。すると、最初の男が肩をすくめ、私に向かってニヤリと笑って言う。「すまんな、おまえが共産主義者なのを忘れてた」

戦友たちはほんの少数の例外を除き、私の本の話をしないようにしている。私的な場では、彼らは戦争に対する私の怒りに同意しないはずだ。私はそう確信しているし、それ以上に確信しているのは、私の文学的な描き方に対して彼らがかなり腹を立てているということだ。私がアメリカの兵士を純粋に高潔な者ではないとする描き方で描いているからである（私の小隊の仲間はある中尉に因んだ名前を息子につけたのだが、その中尉の行動を私は率直に犯罪だと考えている）。口にはしないが、当たり前のことのように、かつてのアルファ中隊の兵士たちは自分が善人であると考え、自由と良識の天使と見なしている。かつての敵に対して同情を示すことはほとんどない。実際、この数十年、推定三百万人のベトナム人が死んだことに関して、彼らが哀悼の念を、まして良心の呵責を口にしたのは、一例か二例しか知らない。反射的に、本当の敵意はなく、彼らはかつての敵をグーク、ディンク、スラント、スロープなどと呼ぶ。しかし、戦友のほとんどは――怒ったように、絞り出すように――こうした言葉の背後に人種差別の意図はまったくないと主張する。これは歩兵のしゃべり方、純粋な略称であり、カウボーイとインディアンを区別するようなものだ、と。

　これに私はかなり抵抗があった。それでも、こうした男たちとの相違点にもかかわらず、私が彼らを本当に愛しているという逆説的な事実は残り続ける。私は彼らの夢を見る。彼らがいないときでも彼らの存在を感じる。コップとウィリーとリノとキッドとハワードとヴィンスとウェインとレッドとジョーとグレッグとロジャーとチップとトムとスクワーレルとベンとバディ・バーニーとバディ・ウルフとマイロンとエヴェレットとドクとアートとフレンチー――これらは虫の食った私の記憶のなかで持ちこたえた名前だ。そしていま、この文章を完成させようとしている私には、彼らの若返った顔が見える。我々は一緒に荷物を背負い、殺し殺される運命に向かって、ベトナムの闇のなかを歩いている。空には月がのぼり、犬が鳴き、我々のブーツは汚い田んぼの泥のなかに吸い込まれるような音を立てている。

アルファ中隊の男たちに感じる親密さは、言語では曖昧にしか表現できない。血の契り（ちぎ）りを結んだ兄弟の感覚を得るには、自ら進んで夢に入っていく必要がある。移動中の兵士たちの足を引きずる音が、実際にいまこの場に呼び覚まされる。南シナ海の海岸線で歩哨の任務に就いている長い夜、怪しい村に入っていくときの貧困とカビと煙と熱帯の腐敗のにおい。そして、そうしたにおいが混じり合い、脳の奥深くでサナダムシとなって、眠っているときでさえ、永遠に残り続ける。しかし、それについて話そうとするとき、辞書にあるすべての形容詞を使ってもまったくにおいを感じられないし、脈拍や血圧やはらわたに変化を起こすことはない。戦友たちと一緒にいるときは、こうしたことを必死に説明しようとする者などいない。我々は軍隊生活について、恋する者が恋について知っているのと同じように知っている。「ピンクヴィル」〔虐殺のあったソンミ村付近にあったとされるベトコンの本拠地〕という言葉が「ピンクの村」という意味ではないことは――あるいは、かすかにでもバラ色のものではないし、明るいものでもないということは――言うまでもなくわかっている。それが意味するのは、我々が今日死ぬかもしれないということ。つまりは、これが汚い戦争の汚い一部だということである。

一九六八年と六九年という、ベトナムが私の人生に衝突した時期、私は戦争を応援したり祝賀したりする者たちに復讐したいと思っていた。どうにかして文章によって反撃し、怪物どもが恥ずかしさにのたくるようにしてやると想像した。これは愚かでナイーブな空想だ。文章はクソほどのこともしない。我々は単に殺し続け、それはいつでも神聖な理由に基づいている――敵が彼らなりの神聖な理由で殺すのと同じだ。そして、我々は戦争の思い出話と老人の湿っぽいノスタルジアを抱え、歩行器の助けを借りて、みんなでメインストリートをよろよろと歩くことになる。三百万人の死者。これが七千万人だったらどうなのだろう？　四億人だったら？　地球上のすべての人間だったら？　我々がどこまで我慢するかについて、既知の限界などない。恥の気持ちもほんのわずかしかない。だからいま、この二〇一六年の感謝祭の日に、私はアルファ中隊の男たちへの愛情と、彼らの価値観に対する幻滅とに引き裂かれたままである。彼らの価値観とは、だいたいにおいて自画自賛的で、批判精神がまったくなく、アメリカが正しくても間違っていても受け入れるというものだ。これはオリヴァー・ノース〔かつて海兵隊の中佐で、イラン・コントラ事件の中心人物。現在は保守的な政治評論家〕と結婚しているようなものではないか。確かに、ベトナム帰還兵の多くが戦争に反対し、多くが戦争に抵抗する立場を明言した。しかし研究によれば、ベトナム帰還兵の社会的かつ政治的姿勢は、だいたいにおいて、同じ世代の従軍経験なしの者と同じ――伝統主義者で保守的で、軍隊を支持し、タカ派的である。こうした研究結果は予想どおりだ。若いときでさえ、アルファ中隊の男たちはだいたいにおいてアメリカ人の標準的な態度と合致している様子だった。したがって数十年後のいま、年齢を重ねていく同世代の男性全体と同じ方向で、彼らの意見が頑（かたく）なになっていくのは驚きでも何でもない。本当の驚きは、少なくとも私にとっては、昔の戦友たちの歴史的な判断がベトナムという言語的スパイスを加えられずに供されているということだ。そこには気味の悪い舌触りもなく、嫌みや驚きもなく、ロックンロール的な不協和音もなく、ウィットも刺激もなく、古いＦＴＡ〔Fuck the Army＝「軍隊なんかクソ食らえ」〕という懐疑主義もない――かつてはダナンからメコンデルタに至るヘルメットやジープ、Ｍ16などに、ＦＴＡと書かれていたのだが。彼らの声のトーンは――彼らの政治的な立場の底に響く音楽は――私にはアニマルズよりもシナトラのように感じられる。「朝日のない街」よりは「マイ・カインド・オブ・タウン」に近いのだ。

最近、かつて私と同じ部隊にいた兵士が電子メールで、一九六八年の感謝祭におけるクレイトン・エイブラムス将軍からの兵士たちへのメッセージを送ってきた。エイブラムスはベトナムでのアメリカ軍司令官だった人物だ。「我々は忘れてはならない」とエイブラムスはずっと昔に書いている。「ベトナムでの我々の行動はあらゆる場所の自由な人々を守っているのだということを。我々は世界じゅうに平和が及ぶことを祈り、我々の全員が愛する者たちのもとへ、それほど遠くない未来に帰れることを祈っている」

目を覚ましているあいだは四六時中、必死に人を殺そうとしていながら、平和を祈るという気狂い帽子屋なみの気味悪さは忘れろ。

ジョージ・オーウェル的な二重思考と「悪臭を放つ正統派的信念」〔ジョージ・オーウェルのディケンズ論より〕は忘れろ。

「あらゆる場所の自由な人々」が自由に平和のための運動をしていることは忘れろ。

自由な人々が徴兵令状を自由に燃やしていることは忘れろ。

クアンガイ省の住居のほぼ四分の三が一九六八年の感謝祭までに消滅させられたことは忘れろ。

少なくとも一部の自由な人々がそのことを受け入れられずにいたのも忘れろ。

そして、将軍と同じように、ずさんなフランスの植民地主義がもたらした混乱も、ベトナムの民族主義運動も、ジュネーブ協定も、仏教僧がサイゴンの街路で焼身自殺したことも忘れろ。そのほんの数ヶ月前、シカゴのヒルトンホテルの外で、自由な人々がほかの自由な人々の頭を棍棒で叩いていたことも忘れろ。アメリカじゅうで、連邦議会のホールで、家族のディナーテーブルで、あらゆる場所の自由な人々が将軍のおめでたい提言、つまり「ベトナムでの我々の行動はあらゆる場所の自由な人々を守っている」について議論していることは忘れろ。

私の神経を苛立たせるのは、クレイトン・エイブラムスの感謝祭における攻撃的な祈りの言葉ではない。歩兵なら、この手のたわ言は当たり前と思っている。将軍というのはこういうものだ、と。それよりも私が驚くのは、昔の戦友たちが、ほぼみんな親切で穏やかな人物なのに、この陳腐なナンセンスをそのまま受け入れている様子だということだ。戦時の歩兵であったときに示したような苦々しい思い、冷やかすようなアイロニーの痕跡は、そこには見られない。これは健忘症なのか？我々が戦争で日々経験した一刻一刻の現実を、巨大な消しゴムのようなものが消し去ってしまったのか？　たとえば戦友が死んだとき、我々のうちの誰かが首を振り、こんなふうに言っただろうか――「うん、確かに彼は死んだが、あらゆる場所の自由な人々を守ったのだ」と？　こんなふうに話す者が一人でもいたか？　そんなふうに考える者がいたか？　私の記憶では、我々はこんなことを言った。「そういうこった――何の意味もねぇ――この哀れな野郎は始末されたんだ」。これは私の記憶違いだろうか？

私がこの数ページに書いてきたことのほとんどすべては、さまざまな形で、さまざまな度合いで、ベトナム帰還兵の多数の人々を真剣に怒らせるであろう。それは過半数をかなり上回るはずだ。そして、特に一人のベトナム帰還兵を怒らせることは絶対に間違いない。二〇一六年に『オースティン・アメリカン・ステイツマン』紙に手紙を送り、こう言明した人物である――「私にとって、戦争は正しいか間違っているかでは決してなく、義務であり、自分の軍服を尊ぶことである」

三百万人の死者。

正しいか間違っているかでは決してない。

もちろん、一般化するのは危険だが、私はここ数十年、驚くほど似たような態度を示すベトナム帰還兵に遭遇してきた。仲間の帰還兵の大多数は、上記の手紙の筆者と同様に、自分たちの戦争が正しかったかどうかは最終的に大した問題ではないと信じているようだ。祖国が戦えと言った。だから戦った。死者数がどんどん膨らみ、無差別砲撃地帯も極秘の爆撃も子どもの死者も燃やされる村々も増え、ゴ・ディン・ジエムとバオダイ〔バオダイはベトナムの元皇帝で、一九五五年に亡命。そのあとアメリカの支援を受けたジエムが大統領となった〕とペンタゴンペーパーズ〔一九七一年に作成されたアメリカ国防省の秘密報告書〕の件があり、大統領執務室におけるジョンソンやニクソンの嘘が露見しても――こうしたことはすべて関係がない。異議があるかどうかではない。義務に対する忠実さの問題である。私のかつての戦友たちにとって重要なのは、政治や歴史ではなく――まして、一九六四年の真っ暗な夜、トンキン湾で何が起きたかに関する議論ではなく――それよりもほぼ完全に個人的なことなのだ。個人の犠牲、個人の名誉、個人の義務、個人の苦しみ、個人の愛国主義、個人の勇気、個人の誇り。ほとんどのベトナム帰還兵は、自分たちの戦争が道義的に明確ではなく、理想とかけ離れていたことは認めるのだと思う。第二次世界大戦とは違った。しかし、そうであっても――実際には、だからこそ――彼らは敬礼し、本気を出し、悪夢に耐えた。よい戦争であろうと悪い戦争であろうと、彼らはベストを尽くしたのだ。そしていま、彼らの多くは苦々しい思いでいる。老齢になるにつれ、私の戦友たちのほとんどが自分たちを感謝されないスケープゴートとして、評判の悪い戦争の犠牲者として見るようになっている。その結果、彼らは政治的な議論からは身を引き、戦争の正当性をどう判断するかの論争を避けるようになった。そして、個人的な（ゆえに論争の余地のない）価値観、つまり名誉、義務、誇り、国への奉仕などに慰めを見出すことになったのである。

ある意味、これは理解できる。私自身にも苦々しい思いはある。怒りも感じる。第二次世界大戦の兵士たちが「最も偉大な世代」と呼ばれているのを聞くと、テレビに向かって怒鳴りつける。これではまるで、沖縄で流された血がベトナムで流されたものよりも、一パイントあたりの品質がよいみたいではないか。「最も偉大な世代」――これは、単に侮辱のように聞こえるのではない。侮辱だ。私の仲間の多くが個人的な内面の世界に引きこもってしまったのも不思議ではない。そこは戦争の正当性への問いから隔離された空間であり、彼らはそこでなら、窮地に追い込まれた自己の道徳観にしがみついていられるのである。

それでも、この引きこもりに同情はするものの、私は危険な自己中心主義――ある種の利己主義でナルシシズム――の結果、戦争がほかの人々に対してやったことに関して、多くのベトナム帰還兵が目を閉ざしているのではないかと恐れる。彼らはあまり気にしているように思えない。あまり考えているように思えない。仲間の帰還兵たちのなかから、ベトナムの孤児に、未亡人に、悲しみに暮れる母親たちに、同情の念が表明されるのを聞いたことはほとんどない。実のところ、「ベトナム」という言葉もめったに聞かない。それはまるで、我々が悪の大軍から救うために訪れた国には、救うべき人々がまったく住んでいなかったかのようだ。ベトナム人の犠牲的行為はどうだというのだろう？　彼らの名誉は？　彼らが犠牲にされたことは？　彼らの三百万人の死者は？　彼らの全焼した家々は？　彼らのＰＴＳＤの問題はどうなのだろう？　彼らが脚を失ったことは？　息子が戦死した彼らの母親たちのことは？　戦闘中に行方不明とされ、ほぼ半世紀のあいだそのままの、彼らの三十万人の夫や息子や兄弟は？

　私は愕然とする。

　自己の軍務に関して個人的に誇りを抱くことは構わない。しかし、その軍務が他者――何百万人もの非戦闘員の死者も含む――にどのような結果をもたらしたか、何らかの形で認めることなく誇りを抱くのは、別の話である。一人の男の誇りは別の男の悲しみだ。一人の男の国への奉仕はほかの男の死んだ息子である。正当性は決して一方通行ではない。

　こうした相違点がたくさんあるにもかかわらず、私は昔の戦友たちに出くわすと、すぐに泣きたい気持ちになるのを抑えられない。電子メールでもそういう気持ちになる。古い写真を見て感極まってしまう。これまでに何度か――たぶんこの数十年で十回あまりだが――私が国内の大学で講演するとき、かつてのアルファ中隊の兵士が現われたことがある。彼らの古びた顔を聴衆のなかに見てしまうと、泣きたい衝動が単なる衝動ではなくなり、鼓動の高まりや目の痛みとなる。声はかすれ、言葉が滑らかに出てこない。これは愛なのだろう。そして愛はたくさんのことを赦すものだ。

　それ以上に、私はこれらの男たちをとても称賛している。

　半世紀前、恐怖の真っただ中で、彼らの勇気や振る舞いはほとんど奇跡に思えたものだ。彼らは銃撃戦のなかで立ち上がった。脚を動かした。必要であり、高潔でさえあると信じる行動を取った。トンネルを捜索し、最前線に行き、互いに手を貸し合い、最も愚かしく最も危険な命令でも従った。仮病を使う者などおらず、砲火のなかで前進するのを拒んだ者もいなかった。また、彼らが――少なくとも私にとって――特別であるのは、文句なく普通の人間だったからである。実に現実的で、感情を露わにせず、そして若かった。耐えられるとは思えない物事に耐えているときでも、鈍感に思えるほどいつもどおりだった。ある意味、私の戦友たちは、名もなきすべての歩兵たちの鏡像のようなものだ。古代からの、人が人を殺してきた記録に登場する者たち。そこには、我々がかつて向き合った敵たちの鏡像も含まれる。敵もまた脚を動かした。必要であり、高潔でさえあると信じる行動を取った。最も愚かしく最も危険な命令でも従った。そして、耐えがたいことに耐えてきた。戦友たちと握手をし、別れの挨拶をして、それぞれの腐りつつある人生に戻ったあと、いつでも私は憂鬱な気分になり、それが一日か二日続く。

憂鬱は歴史の領域に侵入する。

私はウィリーとコップとキッドとバディ・ウルフとバディ・バーニーのことを考える。続いてシェイクスピアの「兄弟の一団、我々幸せな少数」〔『ヘンリー五世』より。人数では劣っているが、喜んで戦い、死ぬ覚悟のある兵士たちのこと〕について考える。

ここから私は「幸せな」という言葉を削除しつつ、こんなことを考えるだろう。死者は死者になることにどれだけ幸せを感じたのか。脚を失った者は脚を失うことにどれだけ幸せを感じたのか。そして、シェイクスピアの音楽は私の心に兄弟愛を掻き立てるのだが、同様に真実なのは、声を張り上げない死者たちも私の戦友に含まれるべきだということだ。生者たちに対してだけでなく、彼らに対しても、私は忠誠を尽くす。

# マジックショー2

魔術師たちは、物語作家と同じように、昔から火あぶりの刑に処されてきた。十字架に磔（はりつけ）にされたり、首を切られたり、それ以外にもさまざまな方法で処刑されてきた。正統派の支配的な考え方に対し、彼らが冒瀆的な異議を唱えたためである。洗礼者ヨハネとイエス・キリストは、どちらも奇跡を起こした物語作家であり、そのために大きな代償を払わされたと言われている。もっと最近では、二〇一一年、サウジアラビアで「黒い」魔術を実践したとされる者が、人々の面前で残虐にも斬首された。キリストの時代から二〇一一年までの長い期間に、物語作家と魔術師たち、詩人と魔女たち、芸術家と占い師たち、科学者やオカルトに耽（ふけ）る者たちは、何度となく恐ろしい正統派と衝突してきた。相手は宗教的な正統派であったり、政治的な正統派であったりしたが、その両者の混合であることもよくあった。異端とされた犠牲者の例は枚挙にいとまがないが、そのなかにはディートリヒ・ボンヘッファー〔処刑されるまで反ナチを貫いたドイツの牧師〕がいるし、イサーク・バーベリ〔スターリン体制に反抗して処刑されたソ連の作家〕、トマス・モア〔十六世紀に法律家として活躍し、『ユートピア』の著者として知られているが、ヘンリー八世により反逆罪で処刑された〕、そしてマサチューセッツ州セイラムの魔女裁判で処刑された良き母親たちもいる。

近頃は、マジシャンが死刑を恐れなければならない理由はほとんどない（ただし、サウジアラビアとテキサス州の田舎には近づかないほうがよさそうだ）。しかし作家たちは、いまでも生命の危険も含め、かなりの危険を負っている。彼らは面白い物語を追求するわけだが、その「面白い」と「正統派」との相性がよいとは限らないからだ。憲法修正第一条で言論の自由を保証されているはずのアメリカでさえ、作家の作品が教育委員会によって禁止されたり、教会の説教壇から糾弾されたり、連邦議会の議場で非難されたりすることがある。作家にとって、これは死以上に厳しい死刑判決と言えるだろう。

私自身のことを言えば、本を禁止したがる者たちが私の物語を読んで、「ワオッ」と叫ぶことはないように感じてきた。

彼らは私のマジックショーにあまり喜びを感じないのだ。

兵士たちの「ああ、ファック！」という絶望的な叫びを、彼らは堅苦しくも、乙女たちを堕落させるものだと見なしてきた。また、戦時の兵士たちの冒瀆的な言葉が、お上品なレスリングファンたちの精神的健康を崩しかねないと考えてきた。戦争という猥褻な行為を禁止することは望まないのに、そして子どもたちが人を殺しに出征することを禁止する気もないのに（子どもたちは戦場で、出来立てほやほやのこの上なく卑猥な言葉を覚えてくるというのに）、不潔な真実は不潔な嘘よりも不潔であると決めつけてきたのである。糾弾したり禁止したりしたがる者たちは、どうやら戦場で死に瀕している兵士に対し、威厳をしっかりと保てと言いたいらしい。内臓が飛び出し、口から血を流している兵士が、自己のキリスト教的価値観に留意して、人目につかないように自分の内臓を体に押し戻し、悲しんでいる戦友に対してこう囁（ささや）けというのだ。「ああ、たいへん、撃たれてしまった」

これとマジックとはあまり関係ないように思えるかもしれない。しかし、つながっている。

内臓が飛び出した兵士のように、裏切られた主婦のように、親に捨てられた子どものように、孤独なピアノ教師のように、妻を亡くした男のように、花婿に捨てられた花嫁のように、辱められた会計士のように、忘れられた聖人のように、感謝されない母親のように、アルコール依存症の父親のように、堕ちた天使のように、トイレの個室のドアを爪先で叩いている政治家のように、車椅子に乗っている対麻痺患者のように、四つん這いになっている罪人のように、君たちと私のように──我々はみな、マジックを軽蔑する者でさえ、本を禁止したがる者でさえ、マシンガンを修理して芸術を破壊したがる者でさえ、ほぼ間違いなく、恐ろしい瞬間に直面したとき、暗闇をじっと見つめて奇跡を切に願うはずなのだ。

# 不謹慎だが真面目な提案

このところ多くの政治家たちが透明性を旨とすることを誓ってきた（行動が伴っているかどうかはともかく）。そこで透明性をいっそう促進するために、私は我々の語彙から「戦争」という言葉を削除し、「集団殺戮（子どもも含む）」〔原文は killing people, including children〕という言葉で代替することを提案する。

確かに言葉数が多いし、舌から押し出すにも少し苦労するだろう。しかし、どれだけ率直で、どれだけ隠し事のない透明性が生まれるかを想像してみてほしい。我々が戦争の宣言――すでに妙に時代遅れになったが――という言葉をやめ、代わりに議会が「子どもを含む集団殺戮を始める」という、爽快な決議をするようになったら？ セルバンテスの言葉を再訪し、「愛と集団殺戮（子どもも含む）においてはすべてが美しい」とすれば、どれだけ詩的な文になることか。記念碑は名前を変えられ、彫像も奉献し直される。戦争のヒーローのヨーク軍曹ではなく、我々は集団殺戮（子どもも含む）のヒーローのヨーク軍曹を称えることになる。ウッドロウ・ウィルソンの有名な「戦争を終わらせるための戦争」は、「集団殺戮（子どもも含む）を終わらせるための集団殺戮（子どもも含む）」だ。確かに、当然ながら我々は不幸な言語の組み立てに甘んじなければならないときもあるだろう。たとえば、トルストイの名作は『集団殺戮（子どもも含む）をすることと集団殺戮（子どもも含む）をしないこと』となる。H・G・ウェルズの『宇宙戦争』の表紙は、次のようにタイトルを変えてデザインし直すと、音楽性が犠牲になるかもしれない――『宇宙の集団殺戮（子どもも含む）』〔原題はWar of the Worldsであり、頭韻を踏んでいたのが、なくなってしまうため〕。難しい早口言葉のようになってしまうのを避けるために、ときどき言葉の順序を変えるのがいいかもしれない。killing-peopleの代わりにpeople-killingとする。そのように工夫して、我々の偉大な共和国じゅうの教室で、子どもたちが歴史を学ぶようになる。薔薇集団殺戮、第一次世界集団殺戮と第二次世界集団殺戮、朝鮮集団殺戮、ベトナム集団殺戮、対テロ集団殺戮。練習し、我々の舌を滑らかに使えるようにしていけば、アメリカ南北集団殺戮という自家撞着的な長たらしい言葉も克服できるだろう〔「南北戦争」は英語で「市民戦争」を意味するThe Civil Warだが、civilには「礼儀正しい、情け深い」といった意味もある〕。

ある程度の表現のぎこちなさはしかたのないところだろうが、よぼよぼの保守派以外、私の提案が持つ健康的な効果を称えずにいられる人がいるだろうか？

これまでにはまったくなかった率直さ。

これまでにはまったくなかった単刀直入ぶり。

我々は集団殺戮（子どもも含む）をまったく恥ずかしいと思っていないのだから、ここでも胸を張り、恥ずかしいとはまったく思わずに、集団殺戮を集団殺戮と呼べばいいではないか？　何を恐れることがあろう？　言葉が少し長くなることか？　ビクッとする英語教師が数人いることか？　この気分爽快な透明性が達成されれば、たちまち新鮮な海風のハリケーンが我々のかび臭い辞書を吹き抜けるだろう――戦争花嫁は集団殺戮花嫁になり、軍用馬は集団殺戮馬になり、戦争犯罪は

（不必要な重複を含むかもしれないが）集団殺戮犯罪になる。さらに、これは純粋に個人的なことだが、私はもはや戦争作家と呼ばれるという愚痴をこぼさなくてもよくなる。これ以降、私は集団殺戮作家として知られることになるか、せいぜい「集団殺戮と集団殺戮者について書く普通の作家」といったところだろう。私の戦友は集団殺戮の友となり、戦争での勲章は集団殺戮の勲章となる。そして私の戦争小説は（疑念と苦々しさに満ちた）集団殺戮小説となるのである。

たわ言なしのあけすけな表現の重要性を理解している海軍や陸軍の大将たちは、鋤（すき）を鋤と呼び〔「ありのままに言う」という意味の慣用句〕、戦争を集団殺戮と呼ぶようになれば、ありがたやとばかり安堵の吐息を漏らすはずだ。戦闘の場は集団殺戮（子どもも含む）の場となる。アメリカ陸軍戦略大学はその主要科目の名前を「集団殺戮（子どもも含む）の理論とそれをするための戦略」と、誇りと感謝の念とともに変えることになるだろう。「海兵隊賛歌」は、ほとんどのバプティスト派の聖歌集にはない曲名だろうが〔原文のThe Marines' Hymn のHymnは「聖歌」という意味であるため〕、これからは急所を突くことになる――海兵隊員たちは何世紀も前から急所を突く訓練を積んできているのだから。聖歌だなんてクソ食らえ。「歌」だけでいいだろうが、「常に忠実（センパー・ファイ）な〔海兵隊の標語〕歌」でなければならない。そこで海兵隊はこの歌のなかのセンチメンタルで血の気に乏しい単語を喜んで削ることだろう。「戦う」、「戦った」、「奉仕」、「護衛」といった言葉の代わりに、「がんばれ、どんどん殺せ、子どももだ！」といった神聖な言葉が使われる（海兵隊員たちは人を殺す訓練をされているのであり、ガゼルやテントウムシを殺すのではない）。同じ透明性を求める精神で、グラント、シャーマン、パットン、マッカーサー、ロンメル、ブラッドリー、ルメイなど、名だたる将軍たちの書簡集も、徹底的に調査されなければならない。「戦争は地獄である」はダチョウ相手ならいいだろうが、「集団殺戮は地獄である」とすれば、食物連鎖を一気に駆け上がり、人類という進歩した生物の現実を反映する――集団殺戮をする者たちと、集団殺戮されてしまう無様な者たちの両方を含む生物だ。さらには、サンドブラストを吹きつけて不正確なものを吹き飛ばせば、ロバート・E・リー将軍の修正された言葉がアトランタからリッチモンドに至る記念碑で永遠に輝き続けることだろう。「集団殺戮が恐ろしいのはよいことである。そうでなければ、我々はそれを好きになりすぎてしまうだろう」(「好き」というのは、この場合、精度の高い双眼鏡と八百メートルほどの距離があればの話だろう。しかし、楽しみであることには変わりはない)

私の提案に対する当然の結果として、国防省は――すぐに集団殺戮省と名前を変えるだろうが――その総人員に対して新しい、そして完全に透明な軍の階級を割り当てることになるだろう。たとえば下級の兵卒は初級集団殺戮者となる。中尉は中級集団殺戮者という階級と給与等級と特典を得ることになる。集団殺戮司令官のトップの役割を担う者として、軍の将軍はこれ以降、超上級エキスパート集団殺戮者として知られることになる。あるいは、それに見合う称号で。

立派な過去の人々のことも無視してはいけない――我々の集団殺戮の歴史におけるヨシュアやアントニウスやカール大帝たちだ。彼らもまた私の提案の恩恵を受ける者たちとなる。ペリクレスの戦没者葬送演説はいっそうの図太さ、いっそうの輝きをもって、響きわたることになるだろう――「我々の都市は平和時も集団殺戮時も、同じように素晴らしい」。なぜなら、時代を超えてこれ以上にはっきりとした美徳の音を鳴り響かせられるものは、集団殺戮以外にないではないか? 同様にプラトンの叡智も、いくつかの不謹慎な言葉のアップデートをしたところで、少しも価値は減じない。「死者のみが集団殺戮の結末を見た」はオリジナルから何も失うことなく、かえって現代的な活力と不気味さを得ることになる。同じことはアクィナスにも言える。アリストテレスにも、ソフォクレスにも。どうして集団殺戮を秘密にしておくのだ？　我々は人形を殺しているのではない。人を殺しているのではないか？　それに従って、ポール・ライアンとヒラリー・クリントンの超党派的な呼びかけに留意しようではないか――透明性を目指そう！

　麻薬取締局がドラッグに対する集団殺戮をどれだけ強力に推し進められるか想像してみてほしい。働かずにいる怠け者たちの問題を決定的に解決する「貧困に対する集団殺戮」も想像してみてほしい。

　そして、こんな想像をするのも楽しいだろう。カール・フォン・クラウゼヴィッツの『戦争論』が『集団殺戮（子どもも含む）論』になれば、勢いがずっとよくなり、その重々しい文章が突如として何百万部のベストセラーになるのではないか。ぞっとするような写真をたくさん足し、ゲルマン民族的な言葉遣いを排除すれば、見よ、コーヒーテーブルにぴったりの傑作ができ上がる。

　確かに、ウィリアム・シェイクスピア作品集も私の提案に従って全面改訂しようとしたら、象牙の塔にこもる数人の純粋主義者たちが反旗を翻すかもしれない。このエイヴォンの詩人のひ弱な、悲劇的なほど婉曲な逃げ口上については枚挙にいとまがないのだが、例としてここにいくつかの修正バージョンを挙げておく――「集団殺戮の犬たち」、「集団殺戮の女神、炎の目をしたベローナ」、「もう一度集団殺戮（子どもを含む）の突破口を突撃せよ、集団殺戮者たち、もう一度」

　シェイクスピアの行ごとのリズムで失ったものを、私たちは死にゆく人間の心臓の鼓動で補うことになる。もし言っていることが本音と違うのだったら、なぜ口にするのだ？　逆に言えば、我々が安っぽく美化する比喩に包み込んで集団殺戮をごまかし、意志薄弱なリリシズムの墓に集団殺戮を葬ってしまうのなら、どうしてわざわざ人々を殺すのだ？　恥ずかしがる理由はどこにもない。我々一人ひとりが――はにかみ屋のエイヴォンの詩人も含めて――仮面を脱ぎ捨て、裸になって、現実の集団殺戮を隠蔽しようとする者たちに立ち向かわなければならない。

評判が落ちたシェイクスピアの戯曲を一新するのに加えて、私の提案に従えば、ほかの正典とされる作品たちもすぐに有能な言語の外科医のもとへ送られなければならない――戯曲、歴史、哲学、宗教、小説、詩、そして映画など。細かい部分にこだわらず、明らかに選ばれるべきものを挙げれば、次のような作品が含まれるだろう（もちろん、これだけに限定されるわけではない）。

『文明の話』（十一巻すべて）
『ブリタニカ百科事典』
『ウェブスター第三版英語辞典』
『バガヴァッド・ギーター』
『イーリアス』すべてと『オデュッセイア』の一部
『ベオウルフ』
『ローマ帝国衰亡史』（完全版だが、不適切な箇所はすべて削除されたもの）
旧約聖書すべてと新約聖書のかなりの部分
『プライベート・ライアン』
『ヨーゼフ・ゲッベルス演説集』

『ナポレオン戦争の砲術――簡略版辞書』
『二都物語』
『踊る大紐育（だいニューヨーク）』
『錨（いかり）を上げて』
その他もろもろ。

こうした文化の主要部が屋根裏部屋から地下室まで徹底的に洗浄されたあとで、私の提案は最も率直で自由な、そして見事に透明な類（たぐい）の恩恵を生むことになる。世界の隅々で、牧師や説教師、ラビやイマームが、生ぬるくて抽象的で味気ない婉曲語法である「戦争」を使わずに済んで、ホッと安堵するはずだ。私の提案によって解放され、聖職者は説教壇から刺激的な一節を熱く訴えることになるだろう。「愛するのに時があり、憎むのに時がある。集団殺戮（子どもを含む）に時があり、集団殺戮（子どもを含む）をしないのに時がある」（旧約聖書「伝道の書」3章8節）。どうして神聖な一撃を控える必要がある？　どうして上品ぶった会衆にへつらう？　神自身がサウルに対してアマレク人を攻撃し、「男も女も、子どもも幼児も殺せ」と命じたのではなかったか？　もし全能の神が子どもを殺すほど凶暴になるのなら、どうして彼の例を範とし、長老派もルーテル派も、そしてもちろん、公平を期して、不満を感じているイスラム教徒のスンニ派も、それを有益な手引きとして受け入れてはいけないのだ？　旧約聖書「民数記」の31章4節は、次のようにすれば、ずっと詩的な魅力をもって鳴り響くのではないか――「イスラエルのすべての部族から、集団殺戮（子どもを含む）に人を送らなければならない」。もし私の提案が期待どおりの方向に進むのなら――そして、どうして進んではいけない？――隠修士ペトルス〔フランスの修道士で第一次十字軍の唱道者〕の末裔たちによって現代の十字軍がすぐに導かれることになるかもしれない。固い信念を抱いた集団殺戮者の一群が集団殺戮をしながら聖なる土地を進んでいき、そのずっと先まで進んでいく。集団殺戮をしながら北はカブールへ、南はスーダンへ、東は太平ならざる太平洋へ、西はストラットフォード＝アポン＝エイヴォンの茅葺(かやぶき)の小屋へ、あらゆる煮え切らない婉曲語法がその哀れな頂点に到達した場所へ。

そして――とりわけ喜ばしいことに――我々の内にいる、炎の目をした「文字どおり解釈主義者」たちのハレルヤの叫びをどうして見過ごすことができるだろう？

彼ら以上に、「集団殺戮（子どもを含む）」という一語一語厳格な「文字どおり解釈主義」を称える者がいるだろうか？　ここには比喩などない！　比喩的なごまかしはない！　もし「文字どおり」が文字どおりの意味ならば、そして「文字どおり解釈主義」が選択的な便宜以上のものであるなら、リバティ大学〔ヴァージニア州リンチバーグにあるキリスト教福音主義の私立大学〕はすぐに八百三十万ドルをかけ、「集団殺戮（子どもを含む）の進歩のための研究所」を作るだろう。

不謹慎かもしれないが、私は集団殺戮に関する強烈な正確さへの自信を胸に、この研究所がその門出に名誉博士号をばら撒(ま)くのなら、ぜひお受けしたいと考えている。

もちろん、私の提案を微調整するためには、いくつかの些細な、しかし不可欠な言語的修正が必要となる。たとえば、「戦場」は追放し、「集団殺戮場」にしなければならない。「鬨(とき)の声」は「集団殺戮の声」になる。七月四日には、我々は町の広場に集まり、アメリカ独立を称えてお涙ちょうだいの「共和国集団殺戮賛歌」を歌うことになる。こうした修正のほとんどは一瞬のうちに終わるだろう。とはいえ、検閲官が大なたを振るわなければならないものもいくつかある。適例はゲティスバーグ演説だ。簡潔にまとめた点で評価されている文章だが、多少長くなり、効率的でなくなるにしても、修正によって得るものは大きい。結局のところ、簡潔さがすべてではない――目指すところが高い場合は。慎重に修正していけば、国民の集団的脈拍は次のようなフレーズを聞いて一斉に高まることだろう――「いま私たちは大きな市民の集団殺戮に携わっている」。あるいは「私たちはその集団殺戮の集団殺戮地に集いました」。さらには、次第に高まっていき、レトリックで魂を揺さぶる次のようなフレーズ――「この地を神聖なものとしたのは、生き残ったにせよ死んだにせよ、ここで集団殺戮をおこなった勇敢な兵士たちであり、私たちの哀れな力でその神聖さを加えたり引いたりはできないのです」

演説者の大理石の彫像は、私たちの心と同様、感謝のあまりとろけてしまうはずだ。エイブラハム・リンカーンは、「正直者エイブ」以外の何者でもないのだから。

同様に、「軍務」という言葉にも注意を要する。「あなたの軍務に感謝します」という言葉も心に響くが、それ以上に退役軍人たちは「あなたの集団殺戮に感謝します」という言葉に誇りをくすぐられるはずだ。そこまでは言えないのなら、「あなたが集団殺戮をしようとしたことに感謝します」でよい。さらに、言語的一貫性を求める精神で、言うまでもなく「軍人」という言葉もより正確な「集団殺戮者」に代替されなければならない。どうしてこれでいけない？　我々は歯科医を恐れてそのオフィスを「歯のスパ」などと呼ぶだろうか？　もちろん、呼ばない。ならば、こんなに古臭い、時の検証を受けてきた「集団殺戮」という言葉に関して、どうして我々の語彙に麻酔薬をたっぷり打たなければならないのだろう？　我々は恐ろしさから歯科医のオフィスを訪れなくなるだろうか？　我々はあからさまな表現を恐れているのか？　恥ずかしがっているのか？　まったく正反対だ。我々は自由のために集団殺戮をし、名誉のために集団殺戮をし、民主主義のために集団殺戮をし、我々の生活を守るために集団殺戮をし、よりよくて豊かで幸福で繁栄する明日のために集団殺戮をする。気骨を振り絞ろう！　どうして言語のつまらない区別に屈しなければならない？　外交官や交渉者たち、そのほかの弱々しくて臆病な非集団殺戮者たちの、つまらぬこだわりに左右されなければならないのだ？

　ほぼ同じ線に沿って、「兵士」という言葉も語彙的な若返りを求めている。すでにアメリカ軍と退役軍人管理局はその目標に向かって進みつつあり、「戦士(ウォリアーズ)」を「兵士(ソルジャーズ)」の代わりとして使うようになった。それは、最近の「負傷戦士プロジェクト」〔二〇〇三年に始まった、負傷した退役軍人支援のためのプロジェクトで、ここでウォリアーズという言葉が使われている〕に現われている。しかし、愛国的に好ましくない面として、この輝かしい敬称が長い目で見ると問題を引き起こすかもしれない。というのも、アメリカの名だたる公平性からすれば、ＩＳＩＳやアルカイダの負傷した戦士たちも、同じ修辞的な思いやりのために立派な敬称を与えられかねないのだ。これは許されない。顎鬚(あごひげ)を生やしたジハーディストを「負傷戦士」と呼んで、違和感を抱かないのはテロリストの裏切り者だけだろう。そこで私は、どんな種類の兵士たちを指す場合も、説明としてより正確な「集団殺戮者」を使うことを提案したい。そして教会に話を戻せば、我々は元気よく「進め、キリスト教徒の集団殺戮者たち」と歌うことになる〔日本語では「見よや十字架の」というタイトルで知られている聖歌より〕。ピーター・ポール＆マリーは「夫たちは集団殺戮に行った」と歌う〔「花はどこへ行った」より〕（ここでも、集団殺戮の目的は人を殺すことであって、金魚を殺すことではない）。同じ線に沿って、私の提案は「戦う」という言葉にもいささかの改善を加えることになるだろう。かくしてウィンストン・チャーチルの有名な演説は、より勇ましく大胆なものへと変身する——「我々は海岸で集団殺戮をする、我々は着陸地で集団殺戮をする。我々は野原でも街路でも集団殺戮をし、山でも（子どもたちも含めて）集団殺戮をする。我々は決して降伏しない」。最も鈍感な、最も無気力な者だって、武器を取らずにいられないのではないか？

　武器——これもまた衛生的に見せかけた言葉であり、アップデートをどうしても必要とする。

　ほかにも——軍隊、闘争、抗争、戦闘、侵略、介入、敵対、武力、衝突、警察活動など。

　私の提案を迅速に採用すれば、スポーカン警察署は世界でおこなわれている厄介で高価な「警察活動」〔アメリカがしばしば世界での軍事行動を「警察活動」と呼ぶことへの皮肉〕とは縁を切れるわけで、これは多大に私のおかげである。ニュースキャスターたちは心温まる婉曲語法に代わる心温まる婉曲語法を探すことで貴重な時間を費やす必要がなくなる。アメリカ在郷軍人会のホールでは、頑固な老人たちがもはや戦争の話、敵対の話、介入の話、侵略の話をしなくなり、集団殺戮の話を長々と続けることになるだろう。点呼があり、国旗が掲揚されると、かつての集団殺戮者たちは目に涙をため、集団殺戮で倒れた同志たちに敬礼する。国の首都では、冷たい目をした大統領たちが、無名集団殺戮者たちの墓に花輪を供える。ケイマン諸島では、シアサッカーの背広を着た兵器ディーラーたちが——いまでは集団殺戮ディーラーと呼ばれるが——過去をご破算にして集団殺戮ビジネスに励む。カリフォルニアからデラウエアに至る重役用会議室では、『フォーチュン』誌の上位五百社に入る兵器製造会社が——いまでは集団殺戮製造会社だが——シャンパンを開け、集団殺戮による収入が着実に伸びていることを祝う。

　確かに、さまざまなバリエーションがあるだけに、兵器（arms）に関係する言葉を一掃するには時間がかかるだろう——陸海空軍（アームド・フォーシズ）、軍隊（アーミー）、装甲（アーマー）、兵器庫（アーモリー）、軍備（アーマメント）など。しかし、傲岸不遜なノーマン・メイラーが、『夜の集団殺戮隊』の再発行にケチをつける以外、誰が文句を言うだろうか？

『集団殺戮（子どもも含む）よさらば』が舌から心地よく――刺激的なほどに――出てくるということを否定するのは、ヘミングウェイ協会くらいのものではないか？　アメリカ集団殺戮士官学校が、華々しくその集団殺戮者の募集を新たな名前で始めれば、勇敢な志願者をいっそう引きつけるはずだ。まともな精神の持ち主なら、それを疑うはずがない。帽子が空に向かって高く放り投げられ、親たちは満面の笑みを浮かべる。必ずや邪念なき集団殺戮の黄金時代がまもなく幕を開けるのだ。

総体的に見て、孤立した反対はときどきあるだろうが、この事なかれ主義の世界、明白なことを避けて曖昧にすまそうとする世界において、言語的な透明性の価値を理解しないのは戦闘的な（おっと）少数の者たちだけだろう。海外戦争復員兵協会の少数の飲んだくれたちが、私の提案の底にある動機について疑問を投げかけるかもしれないが、彼らとて新しいロゴの入ったペーパーナプキンをすぐに気に入るはずだ。「海外集団殺戮復員集団殺戮者協会」という、いかした左右対称のロゴなのだから。いずれにせよ、私は目下のところ、タスカルーサで開かれる海外集団殺戮復員集団殺戮者協会の年次大会で基調演説をするのを楽しみにしている。私の集団殺戮服は――かつてはクラスA軍服と呼ばれていたが――ドライクリーニングに出され、皺一つなくアイロンをかけられて、ビニールにしっかりと包まれている。不謹慎ながら私は、雷鳴のようなスタンディングオベーションが起こるものと期待している。

# 戦争からの帰還

半世紀前、ベトナムから帰ったあと、私はツイン・シティーズで閑な仕事をし、それを数週間で辞めて、ぶらぶらしていた。自分は大丈夫なふりをしていたが、大丈夫じゃないとわかった。ついには北に向かって車を走らせ、スペリオル湖のマデリン島でしばらく時間を過ごした。連れもなく湖岸で眠った。これは愉快なものではなかったが、必要なことのように思えた。誰ともめったに話さなかった。夜になるとビールを飲み、自分の車のなかでラジオを聞いた。特に何かについて悩んでいたわけではない――パニックには襲われなかったし、悪夢を見たわけでもない。そして戦争はあり得ないほど遠くに、ほとんど現実ではないもののように感じられた。まるで自分が一年前からずっと、このスペリオル湖の美しい湖岸でぐっすり眠っていたかのようだった。ほんのたまに、夜に限って、不快なイメージが心に浮かぶことがあったが、そのイメージは別の人間のもの、あるいは歴史に属するもののようであった。たとえば死体が思い浮かぶと、頭のなかで短いフィルムが回り出し、数秒間の恐怖と驚きの映像が映し出される。ただし、この恐怖も驚きも、月世界の男のものなのだ。

だいたいにおいて、こうしたことはあったものの、私はマデリン島で満ち足りていた。ほとんど客のいない小さなカフェで新鮮な魚を食べた。日光浴をし、女の子たちのことを考えた。これからの数ヶ月をどう過ごすか、自分を現実的にどうしたいのか、思い悩んだ。マサチューセッツの大学院に行くのか、サウスダコタでトウモロコシの皮を剝くのか。ベトナムは頭から抜けていた。思い出せないというのではない。思い出そうとしなかったというのも違う。思い出すということが単になかったのだ。夜になると、私はスペリオル湖の湖岸に浅い塹壕を掘り、寝袋に潜り込んで、すぐに深い眠りに就いた。

いま七十一歳になって、私は毎晩いまだに塹壕を掘っている。塹壕は私が生き延びていく秘訣だ。数十年間、生き延びるための秘訣だった。灯りが消えたあと、想像のなかで、私は自分のベッドを大地の浅い穴に変える。有刺鉄線を張り、機関銃を据えつけ、クレイモア地雷とトリップフレアを準備する。聴音硝を設置し、自分の武器を装塡して、しばらく防衛境界線を歩く。自分のヘルメットと防弾チョッキが近くにあることも確かめる。それから空想の就寝用塹壕にそっと入ると、ついに眠りに就く。夜になるとドアに鍵をかける人がいるが、私は頭のなかのドアに鍵をかける。

アーネスト・ヘミングウェイの「二つの心臓の大きな川　第一部」では、やはり帰還兵のニック・アダムズが、夜が近づくのに備え、同じような儀式を進めていく。

どこか神秘的で家庭的な雰囲気が、早くも生じていた。テントの中に這って入ると、ニックは幸福だった。きょうは朝から不幸せではなかったのだが、いまの気持ちは格別だった。これですべての準備が終わった。この野営の支度だけが残っていたのだが、それも終わった。しんどい旅だったから、かなり疲れている。だが、それも終わった。キャンプの仕度も終わった。これで落ち着いた。これでもう、何も自分に触れることはできない。〔高見浩訳、新潮文庫を参考にした〕

ヘミングウェイのニック・アダムズと同じように、私は不幸せではない。ベトナムのことはあまり考えない。それでも、いつでも過去のプレッシャーというのはある。特定できない、実体のないプレッシャー。重量のない重み、抑揚のないブーンという音を立てている、思い出されることのない思い出である。ヘミングウェイがこの素晴らしい短篇小説で、戦争に特に言及していないことは、たいていの場合、文学的な仕掛けであるとして扱われてきた——省略の持つ力の例である、と。私はそれに異論を唱えるつもりはない。だが、この場合、省略は文学的戦略というだけではないだろう。それは戦争の悪と戦争の危険がいかにつきまとうかを、細心かつ力強く表現しているのである。記憶によって呼び覚まされていないときでも、特定の事件かイメージと結びついていなくても、それらはそこにある。悪には顔がない。危険はどこにでもある。私にとって、そしてニック・アダムズにとって、眠りに就くためには警戒を解き、「何も自分に触れることはできない」という感覚を抱く必要があるのだ。もちろん、本当のところ、キャンバス地のシートも想像上の塹壕も、純粋に安全確保という点からすると、大した役には立たない。だが、かつての兵士が求める安全確保は現実的なものでも純粋なものでもない。兵士が求めるのは必要な空想、「神秘的で家庭的な」安全という幻想なのである。それは我々みなが求める幻想と同じだ——家を建て、セキュリティシステムを設置し、ビタミンを摂取し、教会に行き、自然の法則に対抗する夜間の防壁を築き上げるときに求めるものと同じ。この世に生を享けるとは死刑宣告されることだ。我々はそのことを知っているが、知らずにいたいのである。

小説『リスボンの夜』でエーリヒ・マリーア・レマルクはこう書いている。「どうして死は我々の手を摑み、永遠に引っ張り続けるのだろう？　我々が疲れているときでも、ほんの短い時間であれ永遠という幻想を保とうと努力しているときでも、我々を動かし続けるのだ」

幻想を一度失ってしまったら、人は慎重になる。洞穴（ほらあな）、たこつぼ壕、要塞、非常階段、シートベルト、「何も自分に触れることはできない」テント――このそれぞれが時間によって、そして寿命の限界によって打ち消されていく。戦闘を見たことのある者にとって――癌病棟で過ごしたことのある者や、死んでいく子どものベッドに寄り添ったことのある者と同様――永遠という幻想を保つには、夜半すぎのたゆまぬメンテナンスが必要となる。そして、ベトナムから帰って四十六年経ったいま、私はいまだに毎晩それに取り組んでいる。有刺鉄線のほころびを繕（つくろ）い、哀れな就寝用の塹壕を修理しているのである。


昨日の朝、ティミーが私に何を書いているのかと訊ねた。私は戦争から帰ってくることについて書いているのだと答えた。息子は笑ってこう言った。「でも、お父さんは帰ってきてないけどね」

息子の言い分には一理ある。私のある主要な部分はまだクアンガイ省に残っているのだ。いまだに若く、怯えていて、いまだに自己の道徳的な部分が弱っていくことに驚いている。歳を取ってもそこから脱（ぬ）け出せるわけではない。

この七十年の人生で、皮肉なことがいろいろと私には起きたが、そんな奇妙で苦々しいアイロニーのなかでも最たるものはこれだろう。自分が人々の記憶に残ることがあるとすれば、それは絶対に戦争作家としてだという確信である。私は戦争を憎み、戦争では役立たずだったし、戦争に参加したことに恥ずかしさを感じ続けているにもかかわらず。そして自分はどう考えても、一九六四年八月から七五年五月までベトナムで従軍した、二百六十万人ものアメリカ人を代表する者でも、その「声」であるはずもないという事実にもかかわらず。多くのベトナム帰還兵――おそらく大多数――の目から見ると、私はアウトサイダーだ。私は溶け込んでいないし、溶け込んだことなどなかった。私が見る限り、ベトナムで戦った者たちの大多数は自己の奉仕に誇りを抱いている。私は抱いていない。彼らは概して自分たちの大義が正当であると信じている。私は信じていない。多くが軍服を着ていた時代に郷愁を感じると認めている。私は感じない。多くは同じことをもう一度やると言う。私はやらない。かなりの人たちが自分を犠牲者だと考えている――政治家たちに裏切られ、ハリウッドに裏切られ、『ランパーツ』誌〔アメリカで一九六二年から七五年まで発行されていた新左翼系の雑誌〕に裏切られ、優柔不断で意志薄弱な国民に裏切られ、戦争の失敗をこちらのせいにする象牙の塔の愚か者たちに裏切られた、と。私はそのようには感じていない。感じたこともない。多数のベトナム帰還兵が、私自身の戦友たちの数人も含め、戦争から帰ったときに唾を吐きかけられたと主張している。私はそのような主張はしない（それに、唾を吐きかけられたことはない）。多くが紙テープの舞うパレードをやってもらいたがった。私はやってもらいたくなかった。私は家に帰りたかった。私と一緒に従軍したかなりの数の男たちが――おそらくそのほとんどが――反戦運動は過去のものも現在のものも非愛国的であり、ほとんど反逆行為であると考えている。私はそうは考えない。多くがベトナムでのアメリカの戦争が敗戦で終わったのはアメリカ合衆国自体のせいではなく、左翼系の報道組織、恩知らずの活動家たち、ジェーン・フォンダ、ジェリー・ルービン、ダニエル・エルズバーグ、知識人たち、ヒッピーたち、ユージン・マッカーシー、南ベトナム軍、根性なしの官僚たち、クエーカー教徒たちや大学教授たち、全米有色人向上協会、徴兵令状を燃やした者たち、シカゴ・セブンとフラワー・チルドレン、そして一九六九年当時サンフランシスコに住んでいたほぼ全市民のせいだと信じている。実のところ、私の知る限り、仲間の帰還兵たちのかなり多数がアメリカはあの戦争で負けていない――少なくとも、軍事的な意味では――と信じている。多くは、アメリカが圧倒的に優位な火力を無制限に使っていれば、戦争に勝てていたし、そのようにして勝つべきだったと確信している。私はこうしたことをまったく信じていない。もちろん、ベトナム帰還兵たちは雑多だ。あらゆる大人数の集団と同様に、個々の意見は多様である。しかし、多くの者から見て、私はいかれた左翼であり、黒い羊であり、非参加者であり、放蕩息子である。ある奇妙な偶然によって、本物の兵士たちと並んで田んぼを歩くことになった者にすぎない。信念を持つ勇猛果敢な者たちとは違う。私は軟弱者だ。私はクソ（ファッキング）な平和主義の作家なのだ。

私たちはいまバハマにいる。今日は感謝祭の日だ。そして数分前、私がホテルのバルコニーに座ってこうした文章と格闘していると、タッドがふらふらと出てきた。

タッドは私のコンピュータの画面を横目で見下ろした。

「お父さん、F語〔下品な罵り語とされる「ファッキング」を指す〕は使っちゃいけないよ」

「そうだね、削除するよ」

「いまやりなよ、忘れる前に」とタッドは言った。「誰かに本当に読まれたら、すごく厄介なことになるよ」

私はすでに厄介なことになっているんだとタッドに言った。コンピュータの前に座って、午前中ずっと苦労していたんだ——そう説明した。だから、F語はそのなかでは小さな問題にすぎないんだよ。

「何がまずいの?」とタッドは訊ねた。

「いつもと同じだよ。言いたいことをどう言うかが難しいんだ」

「何について?」

「戦争作家と呼ばれることについてだね」

「それがどうしてそんなにひどいことなの?」

「もううんざりなんだ。お父さんは戦争が大嫌いなんだよ。彼らはアップダイクのことを郊外作家とは呼ばない。コンラッドを海洋作家とは呼ばない」

「コンラッドって誰?」

「ジョゼフ・コンラッドはね」と私は言った。「有名な海洋作家で、ウミガメの話を得意にしてるんだ。これは忘れていいよ」

「わかった、忘れるよ」とタッドは静かに言った。「でも、お父さんも忘れるべきだと思うよ。少なくとも、彼らはお父さんのことを何かしらの名で呼ぶんだからさ」

「そのとおりだ」と私は彼に言った。「気にしなきゃいい」

息子は心配している様子だった。興奮しているようにさえ見えた。しばらくして息子は首を縦に振って言った。

「やっぱりお父さんは気にしてるよ」と彼は言った。バルコニーのガラス製のスライドドアを開け、ホテルの部屋に入っていく。それから首を出して言った。「ねえ、そいつらにFしやがれって言ってやったら？」

戦争作家、もっと限定すればベトナム戦争作家、ずっとそう呼ばれ続けるのだ。これは私自身の落ち度である。ノーと言うこともできた。ノーと言うべきだった。自分に起きた最悪の事件が、私の死亡記事のほぼすべてを占めるだろうと思うと、刺すような痛みを感じる。

記録に残すために、そしてティミーとタッドのために、こう指摘しておこう。内面であれ外面であれ、私の人生のほんのわずかな部分しかベトナムとは結びついていない、と。ときどき戦争の白昼夢を見ることはあるし、夜の夢に戦争が出てくることもあるが、日々の生活においては、私は満ち足りた市民として世間を渡り歩いている。息子たちとスクラブルをする。ミネソタ・バイキングスの応援をする。クリスマスイブにクラムチャウダーを楽しみ、ラスヴェガスに行けば、ブラックジャックのテーブルで夜を過ごす。浴室の鏡の前で手品の練習をし、ゴルフボールを打とうとし、宿題を見てやり、過度に旅行をし、子どもたちのバスケットボールの試合を観戦する。そしてだいたいにおいて、暗黒の一九六九年を切り抜けられたことに驚き交じりの喜びを感じる。私は幸運だ。私の名はワシントンDCのベトナム戦没者メモリアルに刻まれていない。脚か腕を失ったわけでもない。母親が家に従軍牧師を迎え入れることもなかった。

この長い年月、戦争としてのベトナムも、記憶としてのベトナムも、しっかりとしたものから言葉にできないものへと変わった。あまりにリアルなものからあまりにシュールなものへ、深くはまり込んでしまった恐怖からぼんやりとした不確かなものへ。どれにしても、本当に起きたのかどうかがはっきりしない。あり得ないと思われる。どうやって自分は脚を動かし続けたのだろう？　どうやって自分は——あるいは、誰にせよ——あの恐怖と死の真っただ中で正気を保てたのだろう？　あるいは、私は正気を失ってしまったのか？　ほかのみんなも正気を失ったのか？　あるいは、我々はみな生まれ落ちた瞬間に、必要に迫られて、正気を失うのか？　この世界を切り抜けていく唯一の手段がそれなのか？　そうしなければ生き延びていけないのか？

このところ、歳を取るにつれ、私はベトナムに関してだけでなく、ほぼすべてのことに関してこうした質問を発している。すべてが霞（かす）んでいるように見える。私の人生のなかで起きてきたことが本当に起きたとは、いまとなってはあり得ないことのように思えるのだ。

父が亡くなる四ヶ月前のことだ。老人養護施設のポーチで父と私は同じ型のロッキングチェアに座り、こっそりと煙草を吸って、互いに安らかな気分になっていた。そんなとき私は父に、第二次世界大戦での勲章について訊ねたのだ。あれが洋服ダンスの抽斗からなくなってしまったのはどういうこと？　父は私の顔を見て言った。「何の勲章だって？」

「靴下の下に入れていた勲章だよ」と私は言った。「あれが見当たらなくなった」

「勲章」と父はつぶやいた。「俺は戦争に行ったのか？」

間違いなく行ったんだよと私は言った——硫黄島に、沖縄に。

しばらく時間がかかった。父はボケた状態になったり、頭がはっきりしたりを繰り返していて、いい日もあれば悪い日もあったのだ。一分か二分して、父はクスッと笑って言った。「ああ、そうだ。海軍のことだな。だが、あれはウィリー・オブライエンだよ。いまの俺はビル・オブライエンだ」

「いいこと言うね」

十分か十五分後、しばらく別の話をしていたのだが、父が唐突に鼻を鳴らして言った。「海軍だ。あの忌々しい神風特攻隊め。みんな若くて愚かなときに戦争に行き、家に戻ってきたときは、世界で一番の年寄りになっている」

しばらくして父はまた言った。「歳を取るってのがすべて悪いわけじゃない。もう未来がないんだから、未来の心配をしなくていいんだ」


父の死から何年も経ったいま、私はふとこう思う。我々の人生で最も痛烈な出来事は、我々が最も直接触れにくいものである、と。「俺は戦争に行ったのか?」と父は言った。その質問はいま、二〇一七年一月三十一日午前四時二十三分、さまざまな形で、さまざまな表現で、私の頭のなかをめぐっている。現実のまさに現実性が、現実を生々しくも非現実なものと感じさせる。たとえば、五十年前、密林から手榴弾が飛んでくる——これは現実だ、本物の手榴弾だ——私は田んぼの土手の向こうに飛んで避け、目を思い切りつぶる。そして目を開けると、その本物のシューシューいう手榴弾が五十年前から飛んでくるのを一瞥する。それは手作りの手榴弾で、赤い円筒形の缶でできており、一番小さいハンツのトマトペースト缶より少しだけ大きい。私は横に転がり、背中を手榴弾に向けて、金切り声でディア・ジーザスと言う——声に出してはいないと私は確信している(といっても、一瞬経ったあとではあまり確信できなくなり、なんとなくそう思っているくらいになる)。それから空白の時間があり、それが誰にも何だかわからないもので満たされ——リスのような話し声、釣られた魚の話し声、七面鳥世界一の町で生まれ育った若い男の子の怯えた心のおしゃべり――続いて十世紀か二十世紀経って、手榴弾は爆発する――それほど大きな音ではないと私は確信している（といっても、あまり確信できなくなり、なんとなくそう思う、くらいになる）――ポンッという音だと私は確信している――それでも、起きているすべてのことは起きておらず、その理由はそれが絶対に、どう考えても起きるはずのないことだからで――蜂に刺されたような痛みを左手に感じ――クローソンという名の仲間が腹を押さえていて――誰かが叫んでいるが、言葉を叫んでいるのではなく、爬虫類の叫び声を上げていて――もう一度蜂に刺された痛みを感じ――それから私の周囲にも上にも、永遠が通過するときのジッパーを開けるような音が鳴り響き――これは銃弾だと私は確信していて――それからほぼ五十年を経て、二〇一七年一月三十一日午前五時八分、私は煙草に火を点けて息を吸い込み、この段落を見つめてこう思う。おいおい、私は戦争に行ったのか？

　最近の電子メールで、私の古い戦友の一人、ボブ・ウルフが私に気づかせてくれた。この夢のような情景を見ているのは私だけではない、と。果てしなく続く実体のなさ、果てしなく続く不確かさ、そして果てしなく続く「たぶん」という思い。

「俺は自分の歴史を失った」と戦友のウルフは書いている。「南ベトナムで一年過ごし、胸に勲章をいっぱいつけて帰ってきたが、記憶がない。ああ、友人たちの名前や顔や出身地は覚えているが、何があったかが思い出せないんだ。おそらく俺がたくさん質問しているのはそのためなんだろう。俺は記憶を求めて電子メールを送っているんだ」

アーネスト・ヘミングウェイの『武器よさらば』のなかで、主人公のフレデリック・ヘンリーは似たような困難に直面する。現実のもろい糸がもつれてしまい、ほどけなくなるのだ。ヘミングウェイは細部を正確に描写し、しっかりした説得力のあるリアリズムの手法で、一九一七年におけるイタリア軍のカポレットからの退却を描いている。この部分の張りつめた散文は当然ながら時代を超えて称賛され続けているのだが、私がこの名高い一節で最も感動するのは、夢のような微妙な感覚である。信じられない、確信が持てないというような感覚、それがあの岩のように硬い有名なリアリズムのすべてを疑問に付し、挑戦し、最終的には覆すのだ。自分に起きたことを語っていく過程で、フレデリック・ヘンリーは自己の分裂のようなものを経験する。「私」という代名詞がぼやけていって「君」という代名詞に変わっていき、それがまたぼやけて「私」に戻る。私の父が自分の人生を把握しようとし、ウィリー・オブライエンからビル・オブライエンへと移動するのと同じだ。混沌とした退却のある時点で、フレデリック・ヘンリーは「君はうつろに見つめた」と言う。これは午前五時十六分に手作りの手榴弾が密林から飛んできて、ディア・ジーザスという爬虫類の叫び声が発せられたときの、私の視覚のうつろさを思い出させる。私は本当にいま見ているものを見ているのか？　見ていないとすれば、私はいま正確には何を見ているのか？　そして、視覚の中核となる確固としたものがないとしたら、我々はみな自己の人生の現実自体を疑わずにいられなくなるのではないか？

『武器よさらば』のもう少しあとの部分で、ヘンリーの現実感覚はさらに歪められ、さらに狭められる。自分が「仮装劇の役者」になったと感じるためだ――戦争から離脱し、突然民間人の服を着ている自分、そしてミラノの酒場に座り、アーモンドを食べ、マティーニをすすっている自分。五十年近く前、私も自分の戦争から帰還したばかりのとき、不安定で偽物のような感覚を抱いた。ツイン・シティーズで閑な仕事をするために、背広とネクタイを身につけたときのことだ。自分が変装しているように感じたのだが、それは一面では肉体的なものであり、別の一面では精神的なものだった。何一つ現実だと感じられない。背広もネクタイも、そして自分も。また、このことは注目に値するのだが、私は戦争中でさえしばしば演技しているような感覚を抱いた。非常にリアリスティックで長ったらしい戦争映画の俳優だ。私は宿命を受け入れているような仮面をかぶった。古い映画や古い漫画の会話にあるクールな言葉を流用した——物憂げな台詞（せりふ）、マッチョな台詞、可笑（おか）しな台詞、タフガイの台詞など。戦闘のあとは、自分を何とか取り戻してから、現実をほぼ組み立て直した。ベトナム戦争独特の言葉遣い、ベトナム戦争独特の振る舞い、ベトナム戦争独特の態度、ベトナム戦争独特の心理的偽装といったメッキをかぶせることで、生（なま）の恐怖のすべてを調整し、緩和した。仮装劇が戦争となった。戦争が仮装劇となった。

　それから奇跡的に戦争が終わった。私は故郷に帰った。フレデリック・ヘンリーと同じように軍服を脱ぎ、民間人の服を着て、演技を続けた。

「自分が学校をさぼっている生徒になったような気がする」とヘンリーは考える。「ある特定の時間に、学校で何が起きているかを想像している少年みたいに」

『武器よさらば』のさらにあとのほうで、カポレットの出来事が記憶から薄れていくにつれ——あらゆる世俗の出来事がいずれ薄れていくのと同じように——フレデリック・ヘンリーは自己の戦争体験をリアルに把握することが難しくなり、このようにしか言えなくなる。「僕の頭のなかでそれを整理さえできれば、君に話して聞かせるよ」。いっそう印象的なことに、出来事が過去へとどんどん退いていくと、ヘンリーはこう言う。「戦争はずっと遠い話となった。たぶん戦争などなかったのだろう」

ここで私は父の老人養護施設のポーチに戻る。私の目の前に座る父は目をパチクリさせて言う。

「どの戦争だ？」

だからね、ティミーとタッド、お父さんが黙り込み、頭が君たちのことから離れてしまったように思えるとき、考えているのはこういうことなのだよ。正確に言えば、戦争のことではない。実のところ、本当の意味では戦争のことではまったくない。たぶん歳を取ったということなのだろう。毎晩、お父さんは見せかけの就寝用塹壕に潜り込む。と同時に、お父さんは〝こげ、こげ〟を歌っていた時代にスーッと戻っていき、自分の子ども時代に戻っていき、自分の消えた父親へと戻っていく。ただ、楽しく楽しく漂っていき、そういうとき、人生は夢にすぎなくなるのだ。

# 落選

　ここ数年、バスケットボールの話題が夕食での会話の中心になっている。特に、ティミーは歩くバスケの百科事典だ。バスケへの彼の熱狂ぶりは、たとえば、ミートローフをひとくち口に運んだかと思えば、そのあと十五分間にわたって引退したブルガリアのポイントガードの生涯成績について熱弁をふるったりするほど。熱狂的なのはタッドも同じ。しかし、タッドのスポーツへの関心はティミーのそれよりもかなり幅広く、バスケットボール、クロスカントリー走、テニスというように分散している。二人はバスケのボールをドリブルしながら、寝室からキッチン、そしてリビングルームへと渡り歩く。二人で裏庭にあるバックボードでシュート遊びをしたり、何時間もスリーポイントの練習をしたりもする。タッドはそれを気楽にやる。ティミーの場合はそうはいかない。どうやら固い決意——怖いぐらいの決意——が兄を突き動かしているようだ。シュートを外すと、そのたびに彼の体のなかに失敗という毒素が送り込まれているかのように見える。ボールがリングにかすりもしないシュートはタッドにとっては笑いの種。ティミーにとっては世界の終わりを意味する。

小学生のとき、ティミーがコーチからエリート選手として格付けされたことは一度もなかった。選手として悪くはなかったのだが、決して優秀とまでは言えなかった。スピードが遅く、攻撃的でもない。それでも、七年生から八年生にかけて、彼は地道な墓堀り人のように毎日少しずつ、粘り強く――つまらなそうに練習しているように見えるときもあった――技術の向上に取り組み、九年生に達するまでには有能な選手へと成長した。派手ではなく地味な、本能的ではなく賢い選手。冷血な射撃の名手とは言えないが、まずまずのシューターになった。身長も伸びた。声も低くなった。いまでは百七十八センチになり、成長した男の眼差しで私を上から見下ろす。プライバシーをきっちり守っている。隠し事をするようになり、感情を表に出さない。自分自身を堅く信じ、自分のやりたいことはあくまでも自分で決める。彼は私が価値を置かなかった物事に価値を置いている。私とは自信の持ち方が違う。言葉にはしないが、彼は私に引っ込んでいてほしいと思っている――私にやめてほしいと思っていることは、学校の宿題についての質問、パソコンの使用時間のチェック、就寝時間についての指示、バスケに関する素人っぽい助言。ある意味、私に父親でいることをやめてほしいと思っているのだ。

そして……。

二日前、ティミーは学校のバスケチームの選考に落選し、登録を抹消された。彼は傷ついてはいたが、黙って何も言わなかった。嘆き声を上げなかった。愚痴も言わなかった。誰かのせいにもしなかった。彼は、気高い美しさと呼べるほどの制御された優雅さをもって自分の失敗に対処した。「大丈夫か?」と私は何度も聞いた。「大丈夫」と彼は何度もきっぱりと、抑揚のない声で言った。

彼は泣いたか?

わからない。

挫折感を覚えていたか？　困難に負けない忍耐力を信じる気持ちは失われたか？　天井に向かって泣き叫んだか？

わからない。たぶん、少しのあいだは。

「大丈夫か？」と私は毎日、聞き続けた。「大丈夫」と彼は毎日、答えた。

彼は大丈夫ではなかった。

彼の寝室のドアはこれまで以上にしっかりと閉まっていた。食事中も黙っていた。宿題をこなし、裏庭で一人きりでシュートの練習をし、石のような表情でとぼとぼと歩を進めていた。しかし、彼は大丈夫ではなかった。いまでも。


それから六日が過ぎた。ティミーの沈黙に入り込むことは難しいままである。今朝、調子について聞いてみた。彼はこう答えた。「僕は選手として不充分だったんだろうね。だけど、そのことについては話したくない」

「ほんの少しも？」

「うん」と彼は言った。

「オーケー」と私は言った。「でも、話したくなったら、いつでも聞くからな」

「ありがとう」と彼は言った。

ティミーは正しかった。彼は選手としてはおそらく充分ではなかったのだ。九年生の選手のなかの三、四人は優秀で、そのうちの二人はテキサス州内でも抜きん出ている。大勢いる先輩はもちろんティミーより背が高く、強く、速く、経験豊富である。とはいえ、これらの男子は息子の友人でもある——息子と一緒に昼食を食べたり、理科の自由研究をおこなったり、学校の体育館で即席のバスケの試合をしたりしている子たちだ。コーチの決断一つで、十四歳のティミーは帰り道や休み時間に一緒に過ごす仲間から突然引き離された。彼は痛みを抱え、耐え忍んでいる。そして、私が推測するに、ティミーはこの別れが永続的なものだと思っている。彼の仲間は体系的な指導を受けることができるが、ティミーにはその機会は与えられない。彼の仲間は試合経験を積むことができるが、ティミーにはその機会は与えられない。彼の仲間は厳しい指導と長いプレー時間が与えられ、日々上達していくのだろう。ティミーは自力で上達しなければならない。あるいは、まったく上達しないかもしれない。

ここに私にとっては奇妙で、馴染みのない決着のつけ方がある。子どもが代数や生物学や歴史や英語やラテン語や美術のクラスを再履修すらできず、クラスから永久に外されることはあるだろうか？　学校がもう自分たちには関係ないような顔をして、「ほかを当たってください」と言うことはあるだろうか？　おそらく、運動部のチームではそういうことが起きるのだろう。そうだとすると、ティミーは十四歳という年齢で、バスケットボールの夢から落第させられたことになる。

私とメレディスにとって最も辛いのは、無口な息子の頭のなかを駆けめぐっている物事を想像してみるしかできないことだ。私たちは小声で話し、推測する。裏庭で日没まで繰り返しシュート練習をするティミーの姿を窓越しに見ている。彼が反復横飛びを繰り返しおこなっているのを見ている。彼に何と声をかけてやるべきなのかまったくわからない。自分たちの失敗談を話してやるべきなのだろうか？　ただ、口を閉ざしているべきなのだろうか？　詮索すべきなのだろうか？　彼から言葉を絞り出させるべきなのだろうか？　物事がうまくいっていないときに、うまくいっているようなふりをすべきなのだろうか？　一緒にドミノゲームや腕相撲をやらないかと持ちかけるべきなのだろうか？

私たちは途方に暮れていた。見当もつかなかった。子どもは自分で自分の夢を見る。私たちは彼に代わって新しい夢を見ることはできない。

一週間と半分が過ぎた。ティミーの気持ちはほんの少し軽くなったように見える。足取りが軽いというわけではなく、ましてや陽気になったとは言えないが、しかし徐々にそちらの方向に傾いてきた。笑顔も見せるようになった――頻繁にではなく、ときどき。ぽつりぽつりと話もする――バスケの話題はほとんど出てこないが、別の話はする。ティミー以外の私たちは自然に明るい話題を選ぶことで、安全な道を進むようになった。何でも人に話してしまうあのタッドでさえ慎重になり、「バスケットボール」という単語だけでなく、「試合」や「バウンド」という単語すら口にしないようにしてきた。部屋から部屋へボールをドリブルしながら歩くことは確かにしなくはなったが、少なくとも、暗い雰囲気のなかにあっても、ときどき笑いは起こった。

数日前、私はセルティックス対キャバリアーズの試合をテレビで見ないかとティミーに提案してみた。彼は首を横に振って立ち去ったが、三十分後に戻り、カウチにいる私の隣に座り、私にキスをしてこう言った。「うまくなるために努力し続ける。僕にできることはそれだけ。お父さん、僕はあきらめないよ」

「オーケー」と私は言った。

「アイ・ラブ・ユー」と彼は言った。

不用意にも、私は十四歳の息子から「アイ・ラブ・ユー」という言葉を受け取った。息子がチームから外されたことが不思議にも好ましい結果を、褒美のようなものを、私に届けてくれたのだ。私が切望するものは世の中の父親であれば誰しもが切望するものだろうと思うのだが、そう考えるのは間違いなのだろうか？　私が切望するものはバスケットボールにおける卓越でも、攻撃力でも、スピードでも、技術でも、肉体的な妙技でもない。どこからともなく現われる優しいキス、そして堅く閉じられた憂鬱な十代の唇から静かに漏れ出る「アイ・ラブ・ユー」なのではないだろうか？


おとぎ話の世界のなかでは話は別だが、失敗は人間の経験のなかに不変に存在するものの一つである。すべてのフリースローが入るわけではない。すべての子どもがスタンフォード大学に入学できるわけではない。すべての俳優がオスカー像を手にするわけではない。すべての恋愛が結婚式の鐘で締めくくられるわけではないし、すべての結婚式の鐘が生涯にわたって幸福の音色を響かせるわけではない。一例をあげよう。ティミーの年齢の頃、私は百人ほどの地元ＰＴＡの前で十分間のスピーチをするよう頼まれたことがあった。私のスピーチのテーマはアンゴラの内戦。アンゴラのゲリラ軍がポルトガルによる植民地支配に激しく抵抗した出来事だ。私は覚えたばかりの「ケイオス」〔カオス（chaos）、意味は「混乱」〕という単語を使い、スピーチの見栄えを良くした。あとでわかったのだが、その単語の発音は「チャウズ」ではなかった。私は間違った発音でその単語を五、六回読んだ。観衆は私のことをじっと見ていた。数分後、部屋中に失笑が広がり、のちにそれは爆笑となった。私は

『タイム』誌の記事をコピーし、記事からその単語を抜き出して使用したのだ。そんな九年生の私の心には、集まっていた親や教師たちはとても奇妙なユーモアのセンスを持っているように思えた。私自身は、アフリカ南西部の一国で巻き起こり、たいへんな死者を出したその「チャウズ」が可笑しいとはまったく思えなかったのだ。私はスピーチを終えて自分の席に戻り、父の横に腰かけた。父は私の顔を見ずに、「チャウズじゃない、ケイオスだ」と囁いた。

人生は屈辱の経験から学ぶことができる。私は固くそう信じている。私たちは失敗の経験を決して忘れはしない。

ティミーは学校のバスケのチームから外されることによって屈辱を味わっている。同様に、私も誤解を招くような綴(つづ)りの名詞によって、生涯にわたり屈辱を味わうことになった。そうなるのも当然だ。屈辱とは表に出る失敗のことであり、公にさらされる失敗のことであり、死ぬまで、あるいは死んだあとでも、失敗者の精神を蝕(むしば)んでしまうような失敗のことである。屈辱の良い点はその経験が骨まで沁みるほどの深い教訓、あるいは深い知恵にさえなり得るところにある。一方、悪い点はその経験をしてしまうと、人は過度に用心深くなったり、過度にリスクを回避したり、引っ込み思案な性格になってしまう可能性があるということ。ティミーは明らかに孤立と沈黙の世界に逃げこんでいた。彼はかつてのバスケ仲間についてはもはや語らない。学校のバスケの試合はもはや観戦しない。屈辱による恥ずかしさがあるからだ。彼は同情されることを望んではいない。慰めも、陳腐な決まり文句も、心揺さぶる試合前の短い演説も、激励のために背中を叩かれることも、そして言うまでもなく、父親からの助言なども望んではいない。彼に話してやれる自分自身の屈辱的な話なら、私はいくらでも持ち合わせている。しかし、失敗談は失敗をなかったものにはできないし、痛みを消すこともできない。ティミーと私は二人ともそれを理解している。寝室のドアの内側で息子はバスケチームの選考会に参加している自分を再現している。できなかったブロックを今度は成功させ、リングから滑り落ちたフリースローを今度は決め、もう少しでカットできたパスを今度はカットしている。彼はこのような妄想に浸っているはずだ。もちろん、復讐心や自信喪失もあるし、さらには——私はこれを恐れているのだが——自己嫌悪もある。

幾晩か、彼の寝室の灯りが消されたあと、私は寝室のドアのところまで行ってみた。ドアは開けない。ノックもしない。ただ、そこに立ち、耳を澄ますだけ。

彼にはどうしても手に入れたいものがあった。

懸命に取り組んだ。

大きなオレンジ色のボールをリングのなかに入れることにこだわっていた——いまでもこだわっている。なんて、悲しいのだろう。なんて、バカバカしいくらい、人間的なのだろう。

この話には『勝利への旅立ち』〔高校のバスケットボールチームのコーチを主人公とした、実話に基づいたハリウッド映画〕にあるようなベタな結末はない。

しかし、それから二ヶ月が過ぎ、ティミーはいま、ＡＡＵのクラブチームでプレーをしている。選考会はうまくいった——チームへの入団を果すには充分な出来だった。彼はうまくなっている。特に、スリーポイント・シュートは。しかし、スピードと身体の強さと攻撃力には依然として課題がある。ディフェンスでは足を素速くスライドさせずに手だけで相手選手のボールを奪おうとする。オフェンスでは自分で攻めずにチームメートに任せたりする。自分でボールを持ってリング下に入ったり、アクションを起こしたりする代わりに、コートの角に立ち、ただパスが来るのを待っていたりするのだ。ティミーは接触も嫌う。だから、リング下における肉弾戦では勝てない。それでも、リバウンド争いに加わるようにはなってきた。パスもうまくなり、ボールを回すようになり、フリーになった味方選手を探すようにもなった。献身的なチームプレーヤーになったと言える。

全体として見れば、彼の絶え間のない練習は報われたと言える。もしいまの状態を持続できれば、彼はあと六ヶ月のうちに高校二年生のチームに選ばれる可能性は充分にある。そこで先発選手になれるか？　おそらく無理だろう。いつか、全校の代表チームに選ばれるだろうか？　何とも言えない。たぶん――あくまでも、たぶんだが――三年生までには選ばれるかもしれない。だが、それを成し遂げるには過酷で長期的な取り組みが必要だと思う。彼は本来持っている優しさと性格の良さ、そして生まれ持った自発的な攻撃性のなさを克服する――あるいは補う――必要があるだろう。確かにティミーには競争心はあるが、それは猛烈な競争心ではない。ボールを欲しがることは欲しがるが、猛烈に欲しがるわけではない。得点するのは好きなのだが、猛烈に得点したいと思っているわけではない。勝つのは好きだが、猛烈に勝ちたいと思っているわけではない。

息子の幸せを願う父親として、息子にはつらい時期がこれからやってくることはわかっている。より多くの失敗がこの先にある。そして、この先にある彼の失敗を私は防ぐことができない。そう思うと、私はある意味で父親としての限界に行き着く。情けないほど無力である自身を認めざるを得ない。息子の代わりにはなってやれないのだ。バスケのコートにいるティミーを見ていると、私の筋肉も反射的にピクッと動く。しかし私は彼のためにジャンプしたり、走ったり、果敢にリングへ向かっていくことはできない。思いやりのある心穏やかな子のなかに残忍さを注ぎこむことはできない。

この点において、ティミーは私自身を思わせる。いま書いているような文章の創作を含め、私には生まれついた才能はあまりない。ただし、私は我が息子と同様に、とことんやり抜くことはできる。やってはほとんど失敗する。結果はいつも悲運か最悪のどちらかなのだが、この『メイビー・ブック』が述べるべきことをすべて述べるまで、私は書くことをやめない。いかなる奮闘においても努力することと勝利することは別だ、と私はティミーに伝えてきた。努力のない勝利に価値はない。勝利のない努力には価値がある、と。息子の不幸を願っているわけではない。困難を抱えていたとしても、私はティミーの夢が叶う日――たとえそれが一日ではなく一瞬のことであったとしても――が訪れることを願ってやまない。それはバスケットボールでの夢でなくてもいい。科学での夢でも、芸術での夢でも、恋に落ちる夢でもいい。子どもは変わる。子どもは成長する。そしてNBAでのキャリアを得る可能性が低かったとしても、息子の頑固な粘り強さは大人へとドリブルして行くときに、きっと役に立つだろう。

ほんの一時間前、ティミーが私の書斎にやってきた。「僕がまだ小さかった頃、お父さんと一緒にゴルフしたよね。覚えてる？」と彼は言った。

「もちろん」と私は彼に言った。「君はあまり好きじゃなかったよな」

「そう、あまりね」とティミーは言った。「だけど、もう一回、やってみようよ。お父さんと僕とタッドで。もしかしたら僕、うまくなれるかも」

「オーケー」と私は言った。

「だからって、僕がバスケをあきらめるという意味じゃないからね。バスケは大好きだから」

「わかってるよ」

私の心は喜びで弾けた。さて、明日はみんなでゴルフ練習(ティータイム)だ。

# 寿司、寿司、寿司

ティミーの寿司のような愉快なネタ話をもう一つ。これは妻のメレディスによってもたらされたネタ。この出来事についての記憶は私にはまったくないのだが、妻が古いノートを持ってきて二〇〇八年十月のページを指でさし、私に教えてくれた。

昨夜、私はティミーを寝かしつけていた。二人でお話を読んだあと、私は部屋の灯りを消した。するとお父さんを連れてきてほしいとティミーにせがまれた。

「どうして？」と私は訊ねた。

「お父さんはお母さんよりも暖かいんだ」

「えっ？」と私は言った。

「お母さんは柔らかいけど、お父さんは温かい」

なので、私はティムを連れてきた。そしてティムはティミーのベッドに横になり、こう言った。

「『お父さんがお母さんより温かい』って、どういうことだい？」

「お母さんは柔らかいけど、お父さんは温かい」とティミーは言った。

「本当？」とティムは言った。

「お父さん、こういうことなんだよ。お父さんは毛布で、お母さんは枕なんだ」とティミーは言った。


同じく、二〇〇八年十月付けのメレディスのノートからおいしいネタをもう一つ。


今日、タッドが頭の上を飛ぶ飛行機を見ていた。

「お母さん！　飛行機！　飛行機！」とタッドが言った。

「どこに行くのかしら？」と私。

「そうだなぁ、アフリカかな」とタッド。

それで、私は、「みんなはそこに着いたら、何をすると思う？」と訊ねた。

「着陸」とタッドが答えた。


我が家から一ブロックのところに小さな公園がある。メレディスと私はブランコに乗る二人の男の子につき添い、何時間も隣り合ったブランコを押してやった。タッドが四歳だった二〇〇九年のある午後、彼は兄のティミーが最高点に達していたのを見ていた。

「パラシュート！」とティミーが叫んだ。

タッドの視線はティミーにくぎづけになっていた。

ティミーは砂と小石のなかに何度も飛び降りて着地した。「パラシュート！」と彼はタッドに向かって叫び続けた。タッドは隣で自分もあとに続こうと勇気を奮い立たせていた。

だが、結局、タッドは私に押すのをやめてと言い出した。

彼は地面から五十センチほどの高さのブランコに十分間はどじっと座ったあと、つかまっている鎖から両手を放し、とても注意深く砂と小石のなかにごろんと倒れた。

「パラシュート、なーし！」と彼はティミーに向かって叫んだ。


ある朝、ティミーと私が二人でチェッカー〔チェスと同じ盤に駒を並べ、相手の駒を飛び越えて取り合うボードゲーム〕をしていると、ティミーが顔を上げて私にこう言った。彼は五歳だった。「ねえ、ずっと考えてたんだけど。どうしてクマは雲のなかに住んでいるの？」

私は瞬きをした。

「どうしてだろうねぇ」と私は言った。

「調べてみてよ」


次は我々が雇っているベビーシッターが書いた二〇〇七年七月三日付けの日記から。「二歳のタッドは医者へ行った。彼は単語を二十個覚える練習をすることになっている。これまでのタッドの言葉はMomma（ママ）、Da-da（ダーダ）〔ダディー＝お父さん〕、juice（ジュース）、Elmo（エルモ）〔テレビ番組『セサミストリート』のキャラクター〕、please（お願いです）、dog（犬）、mine（自分のもの）、awake（起きている）、Nemo（ニモ）〔映画『ファインディング・ニモ』の主人公〕、bye-bye（バイバイ）、roar（ほえる）、blue（青）、high（高い）、catch

（捕る）、uh-oh（あらまぁ）、shhh（しー！）、yes（はい）、no（いいえ）、choo-choo〔シュッシュッという音〕、そしてau revoir〔フランス語の「さようなら」〕」（暗闇のなか、麦わら製カンカン帽の男〔本書の「物語を信じること」に登場する男のこと〕が「au revoirだと、嘘つきめ」と吐き捨てる）

三、四歳の頃から、ティミーとタッドは我が家の裏庭のプールで水泳の練習をするようになった。主にメレディスが教えていて、私はときどき様子を見ていた。タッドは熱帯魚のグッピーのように水に慣れ親しんだが、ティミーは最初のうちはかなり苦労した（赤ん坊のときでさえ、水をいやがった）。ある日の午後、私はティミーがプールの端に立っているのを見ていた。彼は足をプールの水に浸し、すぐに引っ込めた。「この水、濡れすぎだよ」と彼は言った。

二人は毛布、椅子、枕、本、箱、ほうき、ゴミ箱、カーテンレール、段ボール、テニスラケット、ブラインド、そしてロープを使い、寝室に砦を建てた。ある朝、ティミーが私のところに来てこう言った。「やばい、砦が崩れちゃった」

「何になっちゃった？」と私は訊ねた。

「ガラクタ」と彼は言った。

それからあっという間にティミーは十四歳になり、低い声で「お父さん、怖いよ」と言う。

「何が？」

「成長することが」

# 父のヘミングウェイ3

ここ一ヶ月半ほど、ティミーとタッドと私はアーネスト・ヘミングウェイの戦争物の短篇を読み、それらについて話してきた。息子たちはあまり気に入っていないようだ。

そのうちの一つ、「身を横たえて」を読み終えたあと、タッドが熱を込めて口にしたコメントは「遊びに行っていい?」だった。

ティミーは言った――鋭敏なところを見せたのかもしれないし、そうではないのかもしれない――「退屈だった。でも、退屈な部分のいくつかは面白かった」

「どの退屈な部分だい?」と私は訊ねた。

「思い出せないな」とティミーは言った。「僕は毛虫がどうやって木にのぼっていけるんだろうって考えてた」

息子たちに謝らなければならない。これを味わうにはまだ若すぎる。

私はこう期待したのだ。父親が何十年も前、若くして戦争に行ったとき目撃したことに興味を抱くのではないか、と(彼らはまだ私に一度も質問していない)。ヘミングウェイの登場人物たちの相対的な若さに、彼らが共通点を見出すのではないかとも期待していた。ヘミングウェイ自身は十八歳のとき、オーストリア・イタリア戦線で重傷を負い、ほとんど死にかけた。息子たちよりそれほど年上なわけではない。私がこのことに触れると、ティミーは肩をすくめ、ヘミングウェイはそれについて書くのを忘れていると指摘した。私が課題とした短篇のなかでは、重傷を負って死にかけた話はまったく出てこない。「何も起こらないんだ」とティミーは言った。「怪我した男が病院で寝ていて、いろんなことを考えてるだけ。誰も敵と戦わないじゃない」

ティミーの文学的評価は、厳しいものではあるが、まったく根拠がないわけではない。アーネスト・ヘミングウェイの「戦争物」を読んで、戦闘場面の現実にドラマチックに没入することはほとんどないはずだ――人が人を殺す「いま、この場での」現実が、分刻みで、ゆっくりと、持続的に描かれることはまずない。だいたいにおいて、物語は戦闘のかなり前かかなりあとに繰り広げられる。我々はハロルド・クレブズとジェイク・バーンズに、戦争の恐怖の真っただ中ではなく、そのあとで遭遇する。「身を横たえて」では、我々は「吹き飛ばされた」あとで不眠症に悩むニック・アダムズとともに時間を過ごす。それから同じ短篇のなかで、戦闘にまったく触れない一文によって我々は一気に時間を進み、もう一度怪我(けが)をしたあとのニックと出会う。「ごく短い物語」――これは私が特に称賛する一篇だ――と『われらの時代』の第八章で、我々は怪我をしたあとのニックをさらにかいま見ることになるが、ほとんど例外なく、負傷したときの肉体的経験、その恐怖や苦痛は、舞台裏に追いやられている。「二つの心臓の大きな川」で我々が出会うのはミシガン州の荒野にいるニックだ。彼の戦争が終わったあとの、いつかは定かならぬ時点で釣りをし、キャンプをする彼が描かれる。「スミルナの埠頭にて」では、我々は戦争難民と、戦争による人命の犠牲を目の当たりにするが、戦闘自体はよそで起きたことである。彼の最も感動的で謎めいている短篇の一つ、「異国にて」では、ヘミングウェイはその冒頭の文で単独講和をぶっきらぼうに宣言する。「秋には、戦争は常にそこにあったが、我々はそこにもう行かなかった」。ヘミングウェイとその語り手は自分の言葉に忠実だ。この物語は戦争に行かない。「蝶々と戦車」では、〝チコーテ〟という酒場の文字どおりすぐそこで、スペインの内戦が続いている。物語の出来事は酒場で繰り広げられ、人々がそこで飲み、無駄話をし、噂を交換し合うなか、戦闘が別の場所で——ほとんど「異国にて」——おこなわれている。「最前線」〔高見浩訳のタイトルによる。原題は "A Way You'll Never Be"〕では、自分が参加した「攻撃」についてニックが語っているものの、その攻撃は読者にはまったく提示されず、人殺しも戦闘の醜さも、そして人が他人を殺す肉体的かつ精神的な混沌も、まったく描かれない。ニックの共感は自分自身にのみ向けられており、砲火を浴びた自分の勇気と振る舞いにばかりこだわっていて、死者や障害を負った者たちへはまったく向かないのである。

同様に、『われらの時代』の第三章と第四章で、ニックは庭園の壁をよじのぼろうとしたドイツ兵を「ねらい撃ち（ポッティング）」したと報告している。「ねらい撃ち（ポッティング）」は四十ヤード離れたところからで、ニック自身は砲火を浴びていない。読者なら誰しもそうだろうが、私も小説を読むときに自分の人生をそこに注ぎ込む。そしてティミーとタッドと同様、敵の兵士を四十ヤード離れたところから「ねらい撃ち（ポッティング）」するというのは、とても安全でスリルのない軍事行動だと見なさざるを得ない。私が記憶している戦闘とはものすごい違いだ。私にすれば、「ねらい撃ち（ポッティング）」という言葉は標的を撃つ訓練のように聞こえる。そしてニック・アダムズは、自分の標的が人間であることをまったく——ほんの少しも——気にしていないように見える。

『武器よさらば』のなかで我々が目撃するのは、戦争の準備をしたり、戦争について考えたり、戦争によって傷ついたり、戦争から逃げたり、戦争に取り憑かれたり、戦争にくたびれ果てたりしているフレデリック・ヘンリーだが、戦争に参加しているヘンリーの姿を見るのはほんの数ページにすぎない。そしてそういうときでさえ、彼は戦場のなかというより戦場の外れにいて、大砲のドンッという音を遠くから聞いたり、兵士たちが前線に向かって粛々と歩いていくのを見たりしているだけである。フレデリック・ヘンリーは、生きるか死ぬか、とことん戦い抜く戦闘の残酷さからは離れている。徹底的な殺戮を目指す任務からは免除され、昼や夜を人を殺して過ごすことはない。ときどき危険にさらされることは確かにあるし、重傷を負うのも確かだが、それは目撃者が怪我をするような、運命の気まぐれによる負傷である。パスタのトッピングを買いに行った帰りに、かなりの遠距離から放たれた大砲によって負傷するのだ。

同じように、「戦いの前夜」という短篇では、ヘミングウェイの語り手は読者にこう語る。「戦いは、われわれの下で展開されていた。〔中略〕八百メートルから千メートル離れた地点から眺める戦車は、せかせかと林の中を動きまわって小さな閃光を吐く、泥のこびりついたカブトムシのようにしか見えない。その背後に従う兵士たちは、さながら玩具の兵隊で、それが地面にぴたっと伏せては起きあがって走りだし、また地面に伏せては走りだすのだ」〔高見浩訳、新潮文庫より〕。銃弾が気味悪いほど語り手の近くに飛んでくることもあるものの、彼はかなりの距離を置いて戦争を経験している――戦車がカブトムシのように見え、人間が玩具のように見えるくらい離れている。そして語り手は、自分が目撃している戦闘が「遠すぎてうまく撮影できない」と不平を漏らしている。ここでも、ヘミングウェイの主人公は戦闘に参加していない――戦争を見物している。彼はカメラマンなのだ。

人を殺すというのは彼の仕事ではないし、彼の心にのしかかる重荷でもない。

確かに、この種の「距離を置く」ことに対する顕著な例外が、『誰がために鐘は鳴る』の結末で起きる。このときヘミングウェイの主人公、ロバート・ジョーダンは命がけの戦闘に没頭する。しかしジョーダンは、パルチザンの小集団とともに自分の意志で行動するスペシャリストであり、自己の軍隊からは物理的に離れている。つまり、普通の兵士が毎日繰り返している冷酷な経験とは無縁で、選んで自らに課した規律以外のものに従うことはない。そして若いマリアと恋をすることで夜を――ある程度は昼も――過ごしている。彼は塹壕やたこつぼ壕で眠るのではなく地面で眠り、その地面はときどき動く〔ジョーダンがマリアと愛し合ったあとで「地面が動くのを感じたかい？」と訊ねることから〕。普通の兵士たちにはまずあり得ないほど、前線の厳しい義務、果てしなく恐ろしい義務からは遠く離れている――こういう義務を、フランドル地方やソンム川で戦った何百人もの若者たちは耐えたのだ。私にとって、こうした意識的に作られた状況は、ウォルト・ディズニー版の『アラモ』の物語にも似たジョーダンの最期と相まって、戦争はロマンスだ――字義どおりにも比喩的にも――という印象を作り出している。これはウィルフレッド・オーエン〔第一次世界大戦で戦死したイギリスの詩人〕の言う「お馴染みの嘘」だ。

ヘミングウェイの登場人物たちが、繰り返される戦闘を間近で経験しないように設定されていることは――肉体的にも感情的にも、イメージにおいても時間においても距離があることは――偶然だけでは説明できない。伝記作家は、伝記という形にひたむきに忠実であろうとするあまり、伝記的理由から説明しようとするかもしれない。人間であり作家であるヘミングウェイは、イタリア戦線において、闘いや殺しに参加する者としては戦闘を見ていない。ゆえに、自分がよく知るわけではないものを描写する努力を避けたのかもしれない、と。何人かの批評家は、ヘミングウェイのいわゆる戦争物のいくつかは、「二つの心臓の大きな川」と「身を横たえて」も含め、根本的には戦争物ではまったくないと言う。文学史家のフレデリック・クルーズはこう書いている。「〔ヘミングウェイの〕のちの行動から、彼がイタリアから帰ったときに抑圧された気分であったと示唆するものは何もない。まして、人を殺すことへの嫌悪を抱いたり、戦争の背後にある問題や皮肉をしっかりと理解したりしたようには思えない」。「身を横たえて」についての論考で、伝記作家のケネス・リンもまたヘミングウェイの戦争体験の重要性を退ける――あるいは、少なくとも根本的にその重要性は大きくないとする。「この短篇で最も重要なのはイタリア北部という枠組ではない」とリンは言う。「この枠組のために、多くの読者がこれを戦争の話だと見なすわけだが、ここで重要なのはその枠組のなかの子ども時代の記憶である」

　いずれにせよ、イタリア戦線にいるあいだに、ヘミングウェイは間近に迫る敵を銃で撃ったことはなかった。機関銃の激しい砲火を浴びながら、泥のなかを行軍することもなかった。赤十字での仕事を終えたあと、夜には比較的安全な後方地区に戻り、屋根の下で眠った。水道水や温かい食事の恩恵に与(あずか)り、友人たちと酒を一、二杯飲んだことだろう――普通の歩兵にはあり得ない贅沢だ。ヘミングウェイが軍務を志願したのは確かだし、落ち着いた精神状態で振る舞っていたように見えるものの、前線の歩兵たちは彼を間違いなく――勇敢で、立派であったとしても――非戦闘員としてしか見ない。彼はＲＥＭＦ〔rear echelon mother fucker（後方部隊のクソ野郎）〕だったのだ。

　アーネスト・ヘミングウェイとピアーヴェ川の歩兵たちとの違いは、毎日が相対的に楽だったということだけではない。彼はかなりの自由意志を維持していた。選ぼうと思えば、砲火を浴びたときに退却することもでき、それで特に面目を失うわけでもなかった。自転車に飛び乗り、後方に逃げていくこともできた。ヘミングウェイがそれをしたわけでない。彼がそれを望んでいたとも言わない。しかし、やろうと思えばできた。ヘミングウェイが入ったのはアメリカ赤十字社であり、アメリカ軍ではなかった。だから兵士たちが戦争に縛られていたようには、縛られていなかったのだ。戦闘を前にした普通の歩兵たちは、馴染みのないことを経験する。それは、自己を破棄することだ。意志の働きがほとんど体から抜け落ちる。一見些細に思える点においてさえ、兵士の自由意志はしぼんでいき、自分にはあり得ない幻想へと変わっていく——左を向くか右を向くか、座るか立つか、しゃべるかしゃべらないか、砲火のなかを進むのか進まないのか。若きアーネスト・ヘミングウェイの仕事は救急車の運転と食堂の給仕であった。彼は自分が煙草やチョコレートを配っている兵士たちよりもずっと個人の自由を享受していたのである。

最後に、若きヘミングウェイは当然ながら死を他人にもたらすという重荷から免除されていた。第一次世界大戦で赤十字の仕事をしていたときから、第二次世界大戦時の通信員としての疑わしい（おそらくは誇張された）生活に至るまで、彼は人殺しをせずに済んだだけでなく、人殺しの衝撃が一生つきまとう経験もせずに済んだのだ。その結果、戦時に時代設定された彼の物語には、一貫して奇妙でとても狭量な自己陶酔が感じられる。彼は主人公たちの死への恐怖をしばしば、とてもうまく描いている。そして、戦争という時代と場所における、抑圧的なほど容赦のない死の雰囲気も描いている——あの象徴的な雨だ。しかし、ヘミングウェイは死と向かい合う状況についてはめったに書かないし、あまりうまく書けていない——死と向かい合う状況に対処することについてもそれは言える。彼のいわゆる戦争物には、「他者」の感覚が乏しく、罪悪感はほとんどない。驚愕して茫然とすることもないし、嫌悪感もない。吐き気を伴うようなクラクラする感覚もない。道徳的な疑いは本当にわずかしかなく、道徳的呵責も道徳的責任を問う姿勢もほとんどない。たとえばフレデリック・ヘンリーはカポレットから退却する際、唐突に、はっきりとした理由もなくピストルを抜き、逃亡するイタリア人の軍曹を撃つ。なぜだ？　その男が逃亡しているからか？　そうならば、どうして逃亡しているイタリア軍すべてを撃たない？　どうして逃亡する馬も逃亡する救急車も、一緒に逃亡する者たちもみんな撃たないのだ？　どうして自分自身を撃たないのだ（彼自身も逃亡しているのだから）？　それ以上に驚くべきは――合理性はともかく、正確さはともかく、説明可能かどうかはともかくとして――フレデリック・ヘンリーの撃ち方が、祭りでプラスチックのアヒルを撃つのと同じようなものだということだ。「ぼくはホルスターのふたをひらいた。拳銃を抜きとり、口数の多かったほうの軍曹に狙いを定めて、引き金を引いた。弾丸は的をそれた。二人は走りはじめた。ぼくはたてつづけに三発撃って、一人を倒した《ドロップト》」（「倒した《ドロップト》」という言葉は道徳的に鈍感で、人間的な感情がまったく感じられない）。その少しあとで、ヘンリーの仲間の一人が負傷した兵士を「片づけ」ようとするが、弾丸は発射されない。ヘンリーは「撃鉄を起こすんだよ」と言い、彼の仲間は撃鉄を起こして二度撃つ。これで負傷した兵士はもはや負傷者ではなく、完全な死者となる。ヘンリーは何も考えず、何も言わない。ただし、戦時の死について大まかなことは何度も考え、何度も話す。「軍曹は汚れた長袖の下着姿で横たわっていた。ぼくはピアーニと一緒に乗り込んで出発した。そこから野原を突っ切ってみるつもりだった」〔高見浩訳、新潮文庫より〕

　こういうことではないかと私は疑っている。アーネスト・ヘミングウェイにとって、殺人に関わるエピソードで何より重要なのは文体だったのではないか。戸惑いを感じるほど感情が抜け落ちているのは、私には偽りに思えてしまう。人工的すぎる。これも有名な氷山の一角なのだろうが、これではジェフリー・ダーマー〔一九七八年から九一年にかけて十七人を残虐に殺した連続殺人犯〕の氷山だ。

　それ以上に私は、ヘミングウェイが人間の感情の主観性からできるだけ遠ざかろうとする根源には、大きな（しかし理解はできる）恐怖があると考える。この主観性が彼には、リアリズムの要求と両立しないように思えたのだろう。撃鉄を起こした拳銃が厳然たる現実であるようには、悲しみは厳然たる実体がない。精神状態としての嫌悪感は見えないし、触れることもできない。哀れみは手で握ることのできないものだ。人間の意識の感情的な面はガスのように渦を巻き、膨張したり収縮したり、矛盾する面と混じったりする。作家が川や雨や埃（ほこり）や撃鉄を起こした拳銃を描写するときのような正確さをもって、それを描写することはできない。実際、フレデリック・ヘンリーが自分自身の怪我について考えるときでさえ、その思考からはほぼ完璧に感情が抜け落ちている。ロバート・ジョーダンが『誰がために鐘は鳴る』の結末で自己の死と直面するとき、彼がこの世で最後に考えることは、奇妙なほど気取っていて、大げさなほど堅苦しい。それはまるで、彼が自分の恐怖や疑念を自分自身からも隠そうとしているかのようである。


「じゃあ、どうしてアーネスト・ヘミングウェイのことをこんなに騒ぎ立てるわけ？」とティミーが私に訊ねた。「お父さんだって彼の作品をそれほど好きじゃないみたいだけど」

「嫌いなんだよ」と私は言った。「と同時に大好きなんだ」

「両方？」

「物語に関してはそういうことが起こるんだ。ある部分は大好きだし、ほかの部分は嫌いっていうのがね」

「でも、どうして気にかかるわけ？　どうして僕たちにこういう小説をたくさん読ませるの？」

「それはね、お父さんのことを知ってもらいたいからなんだ」と私は言った。「ヘミングウェイはお父さんが考えることについて考えているんだよ」

「ただし、お父さんは彼に同意しないけどね」

「いつも同意するわけじゃないけど、するときもある」

「どんなとき？」

「そうだな、ニックが夜、横になって、蚕（かいこ）の音を聞いているときとか。世界を永遠に去ることについて考えているときとか」

「死ぬってこと？」

「そうだね」

「そうか」

ヘミングウェイの文学的なグラウンドゼロは——彼の妄念や情熱は——戦争にではなく、死それ自体にある。死の予感、死とのあわやの接触、死についての考察、死とのたわむれ、死の恐怖、死への憎悪、死への嘲り、死に対する諦念、そして闇のなかで蚕たちが容赦なく咀嚼し続けるのをずっと意識していること。私にとって、ヘミングウェイの小説の美しさはここにある。私が彼を信じるのはここだ。

確かに、戦争において人が人を殺している面への病的にも見える鈍感ぶりには嫌悪を感じる。しかし同時に、私はそうした短篇や長篇小説が人間の寿命の限界というテーマを扱うときの繊細さ、優雅さ、直接性、そして敬意に魅了される。ヘミングウェイに主題があるとすれば、これこそがそれだ。戦争ではない。弾丸でも爆弾でも大砲でもない。戦争をめぐる政治でもない。戦争のテクノロジーでも戦争の道義性でもない。アーネスト・ヘミングウェイにとって、戦争は本質的に自然界の拡張だったのだと私は確信している。それ自体の結末へと向かうしかない世界。彼はただ戦争についで書いているのではなく、すべての生物の運命を探究するための手段として戦争を使っているのだ。すべての生物にはあなたも含まれるし、あなたの子どもたちも、罪のある者もない者も陪審員たちも含まれる。「すべての人間の生は同じ形で終わる」とヘミングウェイは書いた。また、こうも書いている。「マダム、すべての物語は、充分に長く続くものなら、死で終わります。そして、それをあなたから隠すような者は物語作家ではありません」。次の『午後の死』のなかの文章はよく知られている。「戦争が終わったので、いま生と死を見られる唯一の場所は――暴力的な死という意味でだが――闘牛場しかない。そこで私はスペインに行き、それについて学びたいと考えた。私は最もシンプルなことから始めて、書き方を学ぼうとしてきた。そして最もシンプルなことの一つ、最も根本的なものは暴力的な死なのである」。この本で彼は、ときには熱狂的なほど詳細に、牛や馬や人の死について語り続ける。そして、自分は死を「たとえば人が父親の死について細かく観察するように」観察したいと書いている。『武器よさらば』では、彼はフレデリック・ヘンリーにアンドルー・マーヴェルの詩の二行連句を朗誦させる――「されど背後に絶えず聞く／翼ある時の戦車の、急ぎ近寄るを」。「死者の博物誌」（このタイトル自体が私の言いたいことと一致している）ではこう書いている。「さればこそ、われわれが死者からいかなる啓示を得られるか、検証してみようではないか」。そのあと、読者は死んだラバや馬や人間に関する詳細な、そして解剖学的に啓発的な解説をたっぷりと聞かされ、そこには次のようなコメントも差しはさまれる。「死者は日毎に膨張し、ときには軍服におさまり切れないくらい膨れあがって、いまにも破裂しそうに見えてくる」。別のところでは次のように書いている。「戦争に行く前は、君は死ぬのは自分ではないといつでも考えている。しかし君は死ぬのだ、兄弟よ、戦争に長いこと行っていれば」。あるいは、「世界は素晴らしい場所で、そのために戦う価値がある。そして私はこの世界から立ち去ることが本当にいやだ」。ピアーヴェ川付近で重傷を負ったあと、彼は友人にこう語った。「僕はあのときに死んだ。自分の魂か何かが僕の体から出ていったように感じた。シルクのハンカチの縁を摑んで、ポケットから引き抜くみたいに。魂はそのあたりを飛び回り、しばらくして戻ってくると、また体のなかに入った。そして僕はもう死んでいなかった」。自分の生についてはこう書いている。「若いときに戦争に行くと、君は自分が絶対に死なないという幻想を抱く。ほかの人たちは殺されるが、自分は殺されない……それから君は初めて重傷を負い、その幻想を失う。それが自分にも起こり得ると知る。十九歳の誕生日の二週間前にひどい傷を負ってから、しばらく僕は苦しんだが、やがてこう考えるようになった。あらゆる人間に起きたことが、僕には起きないなんてことはあり得ない」

私の目はその前の行に戻る。「あらゆる人間」という言葉に。ヘミングウェイは「戦争に行った人間」とは書かなかった。「あらゆる人間」と書いた。彼は戦争を超えた領域にも踏み込んでいたのだ。自分の若さと老齢に踏み込み、あなたの若さと老齢にも踏み込み、あることが絶対に確実であるという衝撃的な事実を改めて発見した。それは、いま存在しているものはいつの日か存在しなくなるということ。我々すべてにとって、灯りは必ずや消え、カフェは必ずやドアを閉じるということである。

我々のほとんどが忘れたいと願っていることを、ヘミングウェイは思い出さずにいられない。

我々のほとんどが押しのけようとすることを、ヘミングウェイはしっかりと心に抱く。

ここにこそ——私にとってだけだとしても——彼の最高の作品を傑作たらしめている理由がある。彼の踏み込み方はすべてを含むのだ——彼の主題はあらゆる人であり、あらゆるものである。地球であり、日没であり、脳腫瘍の少女であり、ウォッカの瓶を見つめている父親であり、闇のなかでむしゃむしゃと葉を食べている蚕である。

この点において、ヘミングウェイのいわゆる戦争物は、彼のほかの作品群と区別できないように私には思える。こうした短篇や長篇小説は、表面上はまったく戦争と関係ないようでいて、容赦ない終局が迫っているという感覚に貫かれている。そのことを常に意識し、取り憑かれているのである。「世界の首都」、「インディアンの村」、「アフリカ物語」、「敗れざる者」、「清潔で、とても明るいところ」、「キリマンジャロの雪」、「殺し屋」、「フランシス・マカンバーの短い幸福な生涯」、「死ぬかと思って」〔高見浩訳のタイトルによる。原題は“A Day's Wait”〕、「ぼくの父」、「一途な雄牛」、「アルプスの牧歌」、「嵐のあとで」、「陳腐なストーリー」、「善良なライオン」、「父と子」、『老人と海』、『河を渡って木立の中へ』、『海流のなかの島々』。こうした短篇や長篇小説のうちのいくつかはほかのものにも増して、そのカチカチと時を刻む感覚において、ヘミングウェイの「戦争物」と軌を一にしている。私たちが知ってはいるけれども、必死に——徒労でありながら——知らないでいようとしていることを思い出させるのである。

その核心において、そして全体を貫く情熱において、ヘミングウェイの小説で本当に戦争についてのものは一つもない。闘牛についてのものも、釣りについてのものも、鳥を撃つことについてのものも、あるいはヴェネチアの運河を舟で下ることについてのものもない。物語がそれ自体以外の何かについてのものであると考えた場合、ヘミングウェイの大きな主題は現実がやがて消えてしまうという奇怪な現実である。これはもちろん大まかなまとめ方であり、華々しい例外はいろいろとあるが、それでもヘミングウェイの執拗なこだわりを説明してくれるかもしれない。それは、彼が戦争の殺す側面にではなく、死ぬ側面にばかりこだわるということだ。

比喩的にも文字どおりにも、アーネスト・ヘミングウェイは早朝、机に向かって書いているとき、そして想像した出来事や人間のバレエへと没入していくとき、しばしばドレスリハーサルにも似たようなことをしていたのだ。私はそう確信している。いずれ訪れる自分自身の死のリハーサル。それを練習していたのである。

# お父さんが去ったら

ティミーが二十二歳、タッドが二十歳になっている二〇二五年の夏、私はもうこの世に存在していないかもしれないので、亡くなった私宛てに息子たちが短い手紙を書いてくれると嬉しいと思う。世界が彼らとどのように接し、彼らが世界とどのように接しているかについて、考えをいくつか書き留めてくれた手紙を。

まったくの妄想だが、タッドならこう書いてくれるかもしれない。彼は大学に入学するのを一年遅らせ、ペルーの農場でお気に入りの動物であるウサギを育てている。もう亡くなった男への手紙のなかで、タッドは彼の農場やそこでの日課やウサギを飼育することの良し悪しについて、私に教えてくれるだろう。悩みを打ち明けてくれるかもしれない。一匹のペットのウサギならまだかわいいが、七百匹のウサギならそうはいかないと言うかもしれない。たとえば、ある夜、彼はアンデス山脈ではよく吹かれているパンフルート〔パンパイプとも呼ばれる、葦や竹などで作られたペルーやボリビア発祥の縦笛〕の音色を聞きながら、マサチューセッツ州の大学寮でクラスメートたちとピザでも食べていればよかったのになどと言うかもしれない。ホームシックになっているかもしれない。孤独感に苛（さいな）まれたり、あるいはウサギがペルーのシチューでは定番食材であることを知ってショックを受けていたりするかもしれない。私にアドバイスを求めるかもしれない。求めないかもしれない。できることなら、もちろんできないとは思うけれども、私は彼に助言するかもしれない。逆境から彼が何を学ぶのかを見極めるために、もうしばらく耐えてみたらどうか、と。そうしながらも同時に、手紙の封筒のなかに彼が行きたい別の場所への航空券を忍ばせてしまうかもしれない（逆境の教訓のなかには、逆境は最低だという教訓が含まれているわけだから）。

とにかく、私自身が自分の亡くなった父親とときどきやっていることを、タッドとティミーにもしてほしいと思う。それは返事をくれないと知りながら、心のなかで父親と小さな手紙のやり取りをすること。私は返事が来るふりをしている。ふりをするのは大事なことだ。いつもは、ほんの一瞬の出来事ではあるのだが、ぼやけた音が私の頭のなかに聞こえてくる。別の部屋で誰かがつぶやいているような音。正確には声とは言えず、音ですらなかったりする。もし愛に話すことができるとするなら、その愛が囁くようなかすかな振動、あるいは夏のロマンチックな夜に感じる愛のざわめきと表現すればよいだろうか。

ティミーとタッド、私は耳では聞こえない音を君たちのためにこれから作り出そうと思う。しかし、もしそれができなかった場合には、目を閉じて、想像してみてほしい。君たちの想像するものがお父さんになる。

もし君たちのどちらかが私の遺灰の壺を保管しているのなら、壺を開けないでくれ。壺のなかには野球帽をかぶった笑顔の男がいるふりをしてくれ。そして〝こげ、こげ〟を歌っているふりをしてくれ。君たちにおやすみのキスをしているふりをしてくれ。私たちが存在するふりをしているものは、いつでも永遠に存在するのだから。

二〇三〇年のある時点で、君たちには自分が育った家を訪ねてみてほしい。私も自分の父親が亡くなってわりとすぐに生まれ育った自宅を再び訪ねてみたのだが、それぞれの部屋のなかでかつて起こったことが思い出として鮮明によみがえり、驚いてしまったものだ。ティミー、かつての君の寝室の閉められたドアの前に立ってみてほしい。タッド、君がかつてやっちゃいけないとわかっておしっこをした小さなゴミ箱に、ちらりと目を向けてみてほしい。そしてどうか、君たち二人でキッチンの隅にあった食卓のところへ行ってみてほしい。お母さんと私が君たちの口元からスパゲッティソースを拭き取ったり、君たちが話してくれた学校での話に笑ったり、クリスマスイブに君たちがロブスターの尻尾にかぶりつくのを見たりしていた場所だ。楽しかったよな？　あの家には幸せがあった。あの家が記憶を呼び起こしてくれるはずだ。

二〇三一年六月二十日、金曜日、その日にはエリザベス・ビショップの詩「一つの術（すべ）」を読んでみてほしい。この詩は声に出して読んでくれると嬉しいな。悲しみの音楽が聞こえてくるはずだ。詩の母音は舌でやさしく包み込み、反対に子音は歯から弾き出すように、それぞれの音節を発音するよう心がけてみよう。音ははっきりと、しかし抑揚をつけずに読む。詩に感情を込めてはいけない。詩が君たちに感情を与えてくれるようにするのだ。私の父親が二〇〇四年に永遠に姿を消したように、私ももう姿を消してしまっているので、ビショップによるヴィラネル〔中世の田園で歌われたバラード〕の最後の激しい韻を、大きな声で口にしてみることを勧めたい。

——あなたを失うときでさえも（冗談を言う声、
愛おしいあの仕草）、私は嘘は言わない。確かに
失う術を習得することはそれほど難しくない
失うことは不幸（文字にしてみて！）のように見えるだろうけど

ある意味、この詩の鑑賞は幼い頃に君たちに与えたホームスクールの課題に似てはいるが、今回の目的はいままでとは異なる。私は教育しようとしているのではない。君たちがいま耐えていることにすでに耐えてきたほかの人々と触れ合うことを、提案しているだけだ。

さて、二〇三三年から三六年にかけて、君たちも年齢が三十代前半になり、仕事と呼ばれるものでの緊張とストレスに満ちた日々を過ごす大人の男になっている（仕事という言葉はいまの君たちには、まだ馴染みのないものだとは思うが）。頭を使う仕事あるいは身体を使う仕事、どんな仕事に就くことになったとしても、君たちがかつて一輪車やフラフープに取り組んだときと同じ自尊心やユーモアや忍耐強さを持って取り組んでほしい。そして、仕事はできるだけ楽しくやってみよう。楽しくなくなったら休息を取ったり、あるいは別の仕事を見つけたりすればいい。

君たちのために書いているこの本も確かに一つの仕事ではあるが、途中でやる気を失ってしまった時期があったことをここで白状しておこう。完全に書くのをやめてしまった時期さえ何度かあっ

た。楽しさが消えたのだ。しかしそのあと……理由は私にもわからないのだが……楽しさが戻ってきた。ティミー、そしてタッド、できることなら、自宅の裏庭でバスケットボールやジップライン〔木々のあいだにワイヤーロープを張り、滑車を使って滑り降りる遊び〕を楽しんでいたときに、君たちが持っていた遊び心や冒険心を忘れないでほしい。自分たちの人生を楽しいものにしてほしい。無謀な勝負をし続けてほしい。新しいこと、まだ試していないこと、予期せぬこと、わからないことすべてに対して、心を開いておく姿勢を決して捨てないでほしい。「そんなこと知ったものか」と言わんばかりの、失敗に臆しない君たちのその姿勢、溢れんばかりのその英気、そしてスイスで木登りをしたり、コネティカット州の波止場から海に飛び込んだりするその熱意を、しっかり持ち続けてほしい。

成果については心配しないこと。成果は遊び心がある場所にもたらされるものなのだから。それに、君たちはもうすでに多くのことを成し遂げてきた。喜びなどもうこの世には存在しないと一度は信じていた男に、喜びを届けてくれたじゃないか。

ティミーとタッド、君たちのために遺したものがある。私が自分の趣味で使っていた車庫いっぱいの手品の道具だ。そのほとんどがマニュアルなしに君たちのものとなった。手品をマスターすることに挑戦すると決めたのなら、大いに楽しんでほしい。ただ、可能性として目に浮かぶのは君たちが車庫にある手品の道具を見て、言葉少なに立ちすくみ、寂しさと不安が入り混じった表情で、そのきらびやかな品々をチェックしている姿だ。どちらかが「これ、どうする？」とようやくつぶやく。そしてもう一人が、「まいったなぁ」と言う。重要なレッスンは次の一瞬に込められている。もし君たちがUホール〔自家用車の後ろにつける荷物運搬車〕をレンタルして、街のゴミ捨て場までの長旅に出ることになったとしても、罪悪感を覚える必要はない――罪悪感を覚えたとしても、少なくとも笑い飛ばしてくれ。お父さんにとって、君たちはいままで充分に魔法のような存在だったのだから。

何かを得ることへの欲求で溢れているこの世界で、君たちには人生の一部をまさに反対のことに捧げてほしいと願っている。つまり、人から何かを得ずして何かを与えること。ティミー、君は幼い頃、十五丁目通りに住むホームレスの男のために、買物袋に贈り物を詰め込んだことがあったね。そして、タッド。自分にとって完璧な日はどんな日かと訊ねられたとき、君はかつてこう答えたね。

「みんなをハッピーにできた日、特にウサギたちを」

たとえば、二〇三八年、時間を作って思い出してみてほしい。君たちが誰かに何かを与えることのできた瞬間が、お父さんの人生で最も幸せで、最も記憶に残る瞬間だったということを。そして同じことをずっと継続してほしい。得ずして与えること。お父さんを輝かせてほしい。

今日は二〇一八年七月二十三日、時刻は午前五時二十二分。いま私たち家族はパリにいる。お母さんと私は朝のコーヒーの最初の一口を飲んでおり、君たちは昨日、ナポレオンの墓への訪問を終え、疲れてまだ睡眠中。ワーテルローの戦いとフランス帝国軍によるモスクワ郊外からの撤退について、君たちはいやというほど学んだ。はるか昔に亡くなった男へのお父さんの強い関心に対して君たちは当惑していたが、しかし全体としては二人ともとても辛抱強かったと思う。ティミー、どのタイミングだったか、君は私が着ていたTシャツを見て何かつぶやいたね。Tシャツには大きな文字で「戦争ではなく、コーヒーを作ろう」というスローガンが書かれていた。私が君に説明しようとしたのは――理解してもらえたかどうかはわからないが――自分が憎むものに対しても興味を抱くことはあり得るという事実だったのだ。

君はこう言った。「うーん。だけど、ナポレオンは人を殺すことについて、お構いなしって感じだったんだね。それなのに、どうして僕たちは教会の日曜学校にでも来ているように振る舞っているのかな？」

私は頷いた。その場所は静粛で、重々しく、紛れもなく敬虔な雰囲気を持っていた。そう、私たちは王室の礼拝堂にいたのだが、そこは人殺したちを祀（まつ）るためのものだった。埋葬されているのはナポレオンだけではなく、フランスのほかの無数の英雄たちもいる。彼らはすべて軍人、しかも主な面々は職業軍人だった。彼らのどの人生を見ても、得体の知れぬ理由で人を殺めることに何の嫌悪も感じていなかったのがわかる。

「少し気分が悪くなったよ」と君は私に囁いた。「どうしてこういう場所をもっといい人たちのために作らないの？」

「いいアイディアだな」と私は言った。「ヒュー・トンプソンのような人のために、とか」

「誰、それ？」と君は言った。

君の質問に対する答えはこれから数年の課題のなかにある。二〇三一年にそのヒュー・トンプソン〔ベトナムのソンミ村におけるアメリカ陸軍兵士の村民への虐殺行為を阻止し、村民を救出したアメリカ陸軍の元兵士〕について読んでほしい。ルイジアナ州ラファイエットにある彼の墓を訪れてみなさい。そこにはささやかな金色の標示板が地面に埋め込まれている。そこで自問してみてほしい。ナポレオン・ボナパルトとヒュー・C・トンプソン・ジュニア、どちらがより偉大な男だろうか？

親愛なる息子たちよ。君たちに会えなくなったら、お父さんはさみしい。いまですら、もうすでにさみしいのだ。そして、はっきりしない未来のはっきりしない時点で、どれほど君たちのことを愛おしく思っているのか、私は知ることさえできなくなってしまう。そうなることがわかっているので、私はいま、私たちに残された数少ない待ち合わせ場所でときどき再会できることを願っている。それは夢のなか、記憶のなか、そしていま書いているこの本のような本のなかだ。最も強力なものはもちろん記憶と夢であり、この二つには何も心配はない。しかしながら、本のなかでの再会には心配なところがある。君たちの父親として、私は読んでもらいたい本の分厚いリストで君たちに負担をかけられないし、そうすべきではないからだ。いままでにもやりすぎるぐらいやってきた。本のなかに君たちを招待し、そこで再会したいとはいっても、それは君たちの個々の好みや熱意次第で変わっていい。もし再会したいと決めたのであれば、約束する。お父さんは「一つの術」という詩のなかの隅っこで、あるいはウィルフレッド・オーウェンの「甘美で名誉あること」という詩のなかの毒ガスと照明弾に紛れて、君たちのことを待っているからね。もしツルゲーネフの『父と子』の本を開き、辛抱強く最後まで読みとおすことができたのなら、君たちの父親として不合格だったのではないかと恐怖を感じていた私の姿を目の当たりにするだろう。同様に、どうしてもというわけではもちろんないのだが、エズラ・パウンドの詩「ヒュー・セルウィン・モーバリー」を静かな雰囲気のなかで一、二時間かけて読んでくれたのなら、私としては嬉しい（優れた辞書とたくさんの参考書が必要だろう）。特に、私のお気に入りの次の数行に注意してほしい。

彼らはともかく戦った、
ある者はともかく祖国のためだと信じて、

ある者は武器をすばやく手に取り、
ある者は冒険を求めて、
ある者は臆病者になることを恐れて、
ある者は周囲からの非難を恐れて、
ある者は殺戮を好み、想像をめぐらしていて、
のちに知ることになる……
ある者は恐怖に駆られながら、殺戮の楽しさを知る

ある者は「祖国のために」死んだ、
しかしそこには「甘美」も、「名誉」もなく……
地獄に目まで浸かって
年寄りの嘘を信じ、そして信じなくなり
故郷に帰ってきた、嘘にまみれた故郷に、
欺瞞（ぎまん）にまみれた故郷に、
古い嘘と新しい汚名にまみれた故郷に、
太古の昔からいる、とんでもない悪徳野郎、

そして公の場で嘘をつく者たちのところへ。

パウンドは第一次世界大戦について書いているのだが、ここに連ねられた空しい怒りの叫びは、君たちの父親の肺のなかから発せられたものなのかもしれない。

残念ながら、それは絶望の叫びだ。

我々は人殺しをする理由に事欠くことは決してない。嘘に事欠くことは決してない。絶対的な確信を持ち、疑いもなく公の場で嘘をつく者たちに事欠くことは決してない。真っ白な頬と美しい身体を持ち、出征したことをのちに後悔する勇ましい信者たちに事欠くことは決してない。そして、軍隊に入隊して——周囲からの非難や嘲笑を恐れたために——戦場で人を殺したり、殺されたり、それが何のためだったのかも覚えていない心優しいティミーやタッドのような若者たちに事欠くことは決してない。すべてはドミノ倒しのような連鎖反応なのか？

絶望的だ。しかしそうではないふりをしよう。

さて、私が書いた本について。私は自分の本について君たちに何を言うべきなのだろう。ティミー、そしてタッド、二人とも、私の本の中身についてはこれまでちっとも関心を示してこなかったな。驚いてはいるが、もし一文字も読まないと決めたとしても、お父さんは傷ついたり、怒ったりはしないから（戸惑うだろうけど）、そのことは知っていてほしい。いずれにしても、私がどれほど物語を愛しているか、そのことだけは君たちに知ってほしい。とりわけ、奇跡が起こる物語をどれほど愛しているか。そして、たとえ何が起ころうとも、いつも一緒にいる父親と二人の息子についての本、もう一冊の『メイビー・ブック』を書く時間があることを私は夢見ている。まあ、無理かもしれない。でも、とっても素敵な話だと思わないか?

# 最後のレッスンプラン

親愛なるティミーとタッド、

二〇四六年の十月一日、お父さんの百歳の誕生日に、私は君たちがゴルフを一ラウンド回ってくれることを願っている。君たち二人だけでだ。ゴルフが嫌いでも、とにかくやってほしい。歩きなさい。カートは使わないで。タッドはゴルフにまつわる冗談を言って興奮するんじゃないかな。ティミーは秋の日ざしとクラブハウスを楽しめるのではないかと思う。二〇四六年のその日、君たちは二人とも中年男になり、こめかみのあたりが白くなっているだろう。どういう人生を過ごしているのかはわかるはずもないが、私は君たちが善良な人間になっていると確信している。いまの若い君たちの姿がそれを約束しているからだ。タッド――君がまだあのいたずらっぽい笑みを浮かべ、世界に対してひねった視線を向ける人であることを願っている。そして、四十一歳になっても、いまだにウサギを可愛がっていてくれるといいと思う（想像のなかでだけでも）。ティミー――頑固なままでいなさい、誠実なままでいなさい、そして君の仲間たちのために泣き続けなさい。

ショットとショットのあいだで少し思い出話をしなさい。親父は逝ったあとでもなお僕たちの人生にお節介をやき続けるんだなって、クスクスと笑ってくれ。

私も一緒にクスクス笑っていると思ってくれ。

思い出せることを思い出してくれ。

想像しがたいけど、二〇四六年には君たちのどちらも父親になっているかもしれない。そうなっていたら、私がいま君たちに対して感じていることを、自分の子どもたちに対して必ずや感じている。それは、くらくらするような愛と悲しみの混ざった感情だ――父親が息子たちとの誕生日のゴルフにずっとつき合えるわけではないと知っている悲しみである。それでも私は、君たちが子どもを躾けている様子を思い浮かべて微笑む――ベッドに時間どおりに入ること、散らかしたものを片づけることを諭している君たち。そしてまた、君たちの日々の生活を想像して微笑む――請求書の支払い、食料品の買い出し、芝刈り、カーペットの掃除、宿題を見てやったりステーキが焼け焦げないように気をつけたり、そういうことで大騒ぎしているのだろう。ピーター・パンが大人になるのを拒否するのも無理はない。二〇四六年、中年期の始まりになると、君たちは自分のことよりも自分の愛する者たちのことを心配するようになっているはずだ。特に子どもたちのことを。そして、その点に関して私がやったように、君たちのどちらも最善を尽くしているだろう。最善というのが、なかなか充分なところまで届かないのだとしても。

二〇四六年の十月一日が月曜日に当たるので、君たちは仕事の休みを取らなければならないかもしれない。かなり早めに休みを取っておきなさい（子どもの頃、君たちはぐずぐずする癖のためによく面倒を起こしたからね）。嬉しいニュースは、月曜日だとゴルフコースをほとんど独占できるということだ。急いでプレーしなければというプレッシャーがない。だから十月の空気と足下の地面の感触を楽しんでほしい。一つや二つ、満足のいくショットもあるだろう。十二番ホールでは、ティーオフの前に、ジョン・ベッチェマン〔一九〇六～八四、イギリスの詩人〕の「シーサイド・ゴルフ」からの数行を思い出してほしい。

なんとまっすぐに飛び、なんと長時間飛んでいたことか、
厄介なコースを一気に通過、
のぼっていき、視界から消えていった。
そしてバンカーの向こうへ――
輝かしいドライバーショット、一直線に進み、それから跳ねる、
私に生きる喜びを感じさせてくれるもの。

君たちのドライバーショットは輝かしくはないかもしれない。それでも、君たちがフェアウェイを進み、林のなかのプレー不能な場所へとボールを追っていくとき、互いにニヤリと笑い合ってくれたらと願っている。

君たちが生きる喜びを感じていることを願っている。

君たちが今日一緒にいることをお父さんは喜んでいる――それはわかってほしい。

君たちは若い日々のことをほとんど忘れてしまうだろうが、そして君たちが私に関して覚えているわずかばかりのことは断片的で生気のないものになるだろうが、私はこの十月のゴルフのラウンドが君たちに何かを思い出させてくれるように願ってもいる。何か力強くて、ほかに還元できない

もの、記憶から独立したもの——愛のにおいのようなもの、静かな部屋で真夜中に本を読んでいる老人の感触のようなものを。

十三番ホールでは、パットする前に、小さな白い球を穴に入れることはパットの趣旨ではないと思い出してほしい。それは、物語を書く趣旨が百万ドルを稼ぐことではないのと同じだ。趣旨は誠実にパットを打つことである。そして、君たちが次の十四番ホールでティーショットを打つとき、その趣旨が完璧さではないし、結果ではないということを覚えていてほしい。それはボールの短い旅をリラックスして見守ることであり、自分たち自身が時間と空間を横断する短い旅を意識することである。実のところ、考えてみれば、ゴルフの趣旨はゴルフをすることではまったくない。人生の趣旨が生きることではないのと同じだ。我々はバクテリアではない。人生の目的が生きることだったら、人類はブタクサに退化して終わってしまえばいいだろう。だから二〇四六年十月一日に向けての私のレッスンプランは、クラブやボールとはほとんど関係ない。重きを置くのは思索であり、物静かでいることであり、この秋の日に兄弟でいることである。したがって、君たちが十四番ホールのグリーンを取り囲む危険な池に近づいていくとき、このことを覚えていてほしい。どれだけ君たちのショットがまずくても、溺れるのはボールだけだ。

楽しんでくれ。君たちの子どもたちについておしゃべりしてくれ。同情しあうといい。君たちにはその素材がたくさんあるはずだ。

中年になった君たちにとって、いろいろと悔やむことが溜まっている可能性は大いにある。次の一つか二つのフェアウェイに向かっていくとき、君たちがこうした悔恨について恐れずに話してくれたらと願っている。私に関しては、もし二〇四六年に一緒にいられたら、父ビル・オブライエンに関わる悲しみや悔恨を口にするはずだ。父のことをもっと知りたかった、もっと質問しておけばよかった、死ぬ前に一度ゴルフの最後のラウンドをすればよかったという悔い。そして、腕を彼に回してしっかり抱きしめ、顔を彼の顔に押しつけて、息子としての大きな愛を彼の筋肉と骨にすり込みたかった。

ゴルフのあとは一緒にビールを飲んでほしい。

何枚かの写真を見てくれ。

赦す必要があるものは赦し、笑う必要があるものは笑いなさい。それから家に帰りなさい。

君たちを愛していたお父さんより

# 訳者あとがき

## ティム・オブライエンという作家

上岡伸雄

ティム・オブライエンはベトナム戦争を描く最高の作家である。

少なくともアメリカの作家に絞ったとき、間違いなくそう言えるだろう。ベトナムでの従軍経験をもとにした『カチアートを追跡して』（一九七八年、生井英考訳／新潮文庫）、『本当の戦争の話をしよう』（一九九〇年、村上春樹訳／文春文庫）、『失踪』（一九九四年、坂口緑訳／学習研究社）などの作品は、ベトナム戦争小説の正典としていまだに読まれ続け、大学の授業などでも取り上げられ続けている。それに匹敵する作家はほかにいない。特にオブライエンという名の登場人物の視点から語られる連作短篇の形を取った『本当の戦争の話をしよう』は最高傑作の誉れ高い。

さらに私は『本当の戦争の話をしよう』が世界の戦争小説のなかでも最高の部類に属すると考えている。それは次のような理由からだ。

帰還兵が体験に基づいて戦争を描こうとするとき、自己の記憶を何らかの形で「解釈」することになる。帰還兵は生き残ったわけだから、「自分は勇敢に戦ったから生き残った」という解釈も可能だ。事実、そういう冒険小説じみたものはたくさんある。しかし、そこに欺瞞を感じないだろうか？　勇敢に戦って死んだ者たちはどうなる？　いや、それ以上に、犠牲になった多くの敵兵や民間人は「殺されて当然」だったのか？　彼らに対する加害責任は感じないのか？

もちろん、戦争の醜い面やつらい面もさまざまに描かれてきた。たとえば、アーネスト・ヘミングウェイだ。第一次世界大戦で負傷したヘミングウェイは『武器よさらば』や数々の短篇小説で、戦争の大義の虚しさや心に負った傷を描いた。オブライエンもヘミングウェイを尊敬し、少年時代から何度も読み返してきたという。そして本書の「父のヘミングウェイ」と名づけられたいくつかの章で、ヘミングウェイの作品との出会いやその優れた点について詳しく語っている。オブライエンの創作に対する姿勢を知る上でも、これらは重要な章だ。

しかし、オブライエンは同時にヘミングウェイに対する不満も述べている。たとえば、「ヘミングウェイは死と向かい合う状況についてはめったに書かない」（二五〇頁）と言う。あるいは、「彼のいわゆる戦争物には、『他者』の感覚が乏しく、罪悪感はほとんどない」（同）とも言う。これは、オブライエンが最前線で戦う歩兵だったのに対し、ヘミングウェイは赤十字の仕事をしていたという事情も関わるだろう。だが、それだけでなく、オブライエンとほかと多くの戦争小説家たちとの根本的な違いを示唆する重要な点でもあるように思われる。

では、どこが根本的に違うのか。それはまず、オブライエンが戦争に行ったことに対して罪悪感を抱いている点だ。徴兵の通知をもらった若きオブライエンは、どうしようかと悩む。この戦争は間違っていると信じているし、自分が選ばれたことに不公平なものも感じている。カナダに逃げようかとも考える。しかし、世間から臆病者と名指しされるのが怖くて、結局ベトナムに行ってしまう。そのため、「戦争に行った自分こそが臆病者だった」という思いが全編に貫かれているのである。『本当の戦争の話をしよう』のなかの「レイニー河で」は、入隊前のオブライエンがカナダとの国境の川でどちらにも行けずにゆらゆら揺れているという形で、そのときの心の葛藤をビジュアルに描いている。

さらに大きな違いは、戦争経験を「解釈」するのは不可能であるという事実に向き合っている点だ。戦場では直視できないようなことが頻発し、どれが本当に起きたのかも曖昧になる。勇敢でも死ぬ者がいれば、臆病でも生き残る者がいる。こうした恐怖と不条理が、記憶のなかでもさまざまに変化する。その記憶のなかで起きたことも含め、戦場で起きたことの（自分にとっての）真実をさまざまな形で（ときには矛盾する形で）伝えようとする。それが彼の戦争小説なのだ。

たとえば、『本当の戦争の話をしよう』には、ノーマン・バウカーという帰還兵が故郷の湖のまわりを車でぐるぐる回っている物語がある。彼はベトナム戦争で戦友のカイオワを救えず、自分のせいで死なせてしまったという思いを克服できずにいる。そして故郷に戻っても何も目標を見出せず、最終的には自殺してしまう。ところが、別の短篇では別の兵士がカイオワの死は自分の軽率な行為によるものだと思い、苦しんでいる。語り手のオブライエン自身、カイオワの死に責任を感じ、彼を追悼するためにベトナムを再訪する。どれが事実かはわからないのだが、それだけに戦争の記憶がいかに人それぞれで違うか、それぞれの兵士がいかに傷を抱えて生きているかが痛切に感じられる。

あるいは、語り手のオブライエン自身が手榴弾で殺してしまったベトナム兵の死体をじっと見つめている短篇がある。オブライエンはその衝撃から立ち直れず、その兵士の人生をさまざまに想像する。ところが別の短篇では、同じ死体を見つめていながら、「私が殺したわけではなかった」という。どちらが本当かはわからない。ただ、実際に殺したかどうかに関係なく、自分には罪があるという思いが伝わってくる。「そこにいあわせたこと自体が充分罪悪なのだ」と彼は書いている。

これらの短篇に貫かれているのは、オブライエンにとっての真実を伝えようとする切実な思いである。彼は戦争のいろいろな側面を描くのだが、それは心のなかで起きたこと、記憶のなかで起きたことまで含まれる。そこまで語らなければ、戦争の真実に近づけないと考えているのだ。作者と同じ名の「信頼性に欠ける」語り手が語るという仕掛けのために、いわゆる「メタフィクション」にも分類される『本当の戦争の話をしよう』だが、それは文学的なテクニックというより、こう書かなければいられないという必然性に因る。それが生々しく感じられるからこそ感動的なのである。

ちなみに、本書『戦争に行った父から、愛する息子たちへ』では、ノーマン・バウカーのモデルとなった人物のことや、彼をめぐる物語の制作過程が明かされている。ほかにも、『本当の戦争の話をしよう』に登場する人物たちがいかに造形されたか、オブライエン自身の体験がどう生かされたかなども語られ、その意味でも興味深い。ぜひ『本当の戦争の話をしよう』と合わせて読んでいただけたらと思う。

ここで簡単に、オブライエンのそれ以外の作品を紹介しておこう。オブライエンは一九六九年から一年間ベトナムで従軍し、帰国後、自らの体験をもとにノンフィクション『僕が戦場で死んだら』（一九七三年、中野圭二訳／白水社）を出版。その後、創作に専念するようになり、『カチアートを追跡して』で一九七九年に全米図書賞を受賞した。この小説はベトナムの戦場からパリに向かって脱走する一兵士の奇想天外な物語と、ベトナムでの兵士たちの物語が並行して語られ、彼が想像力を駆使した小説家として大きく飛躍したことを示している。その後、核戦争へのパラノイアを描く『ニュークリア・エイジ』(一九八五年、村上春樹訳／文春文庫)、ソンミ村の虐殺事件に居合わせた元兵士の政治家を描く『失踪』、三十年ぶりに同窓会で出会うベトナム戦争世代の男女を描く『世界のすべての七月』(二〇〇二年、村上春樹訳／文春文庫)などを発表してきている。この作品以降、本書まで空白期間があるのだが、そのあたりの事情については、続く野村幸輝氏が素晴らしい解説を書いてくださっているので、そちらにおまかせしたい。

なお、翻訳は以下のように分担し、互いの訳を読み合って、磨いていった。

上岡：「こげ、こげ」、「物語を信じること」、「ホームスクール1——二つの頭」、「マジックショー1」、「父のヘミングウェイ1」、「父のヘミングウェイ2——フィクションとノンフィクション」、「戦友たち」、「マジックショー2」、「不謹慎だが真面目な提案」、「戦場からの帰還」、「父のヘミングウェイ3」、「最後のレッスンプラン」

野村：「息子への手紙」、「メイビー・ブック」、「父の幻影」、「寿司」、「父親のプライド1——十五丁目通りの男」、「子どもの幸せ」、「父親のプライド2——母の死とティミーの言葉」、「もしも」、「ホームスクール2——手紙」、「七面鳥世界一の町」、「父親のプライド3——理性の放棄」、「父親の平和主義」、「ホームスクール3——戦争を支持するのなら」、「ティミーの寝室のドア」、「父親のプライド4——十五丁目通りの僕の友だち」、「落選」、「寿司、寿司、寿司」、「お父さんが去ったら」

# オブライエンとの出会い、本書との出会い

野村幸輝

本書はベトナム帰還兵の作家、ティム・オブライエンによるノンフィクション、*Dad's Maybe Book*（二〇一九年）の抄訳である（原書の全六十章中、三十章を訳出した。ページ数にすると、全体のおよそ三分の二である。訳した章のなかでの部分的な削除はおこなっていない）。ここには、二人の息子たちへのメッセージや文学のレッスン、家族の出来事や家族旅行の思い出話、子育てにおける笑い話や苦労話、父親との複雑な関係、小説家ヘミングウェイの作品批評、自身の戦争体験や戦後の苦悩、反戦への思い、そして人生を生き抜く過程で見つけたいくつかのことが織り込まれている。

前作の長編『世界のすべての七月』から、実に十七年ぶりに発表された本書の執筆は、長男ティミー君の誕生（二〇〇三年）がきっかけとなっている。彼が生まれたのはオブライエン氏が五十六歳のとき。二男のタッド君が生まれたのはその二年後のこと。ともすると、息子たちのおじいさんと間違えられそうな年齢の作家は、彼らと過ごせる時間が長くないことを自覚せざるを得ない。そこで二人のために、日々少しずつ、手紙を書くような気持ちでペンを走らせた。できあがったのが愛と思いやりで満ち溢れた、十七年を費やしたこの労作である。

本書の翻訳を手がけることになるまでに三つの幸運が訪れた。一つ目は、私の研究に関係することである。二〇二一年、私はオブライエン氏の人と作品に関する研究書を出版した。執筆中、研究の質を高めるため、私は彼にインタビュー取材を申し出て、幸いにもその願いは二〇一九年にテキサスの彼の自宅で叶えられた。それによって彼のことをより身近に感じられるようになった。また、

短い時間ではあったが、彼のご家族に会うこともできた。帰国後、さっそく彼の回答を著書に引用し、インタビューの全編も同書の巻末に収録した。二つ目は、インタビューをおこなった時期と本書の発売の時期がちょうど重なったために、本書の翻訳の話がスムーズに進んだことである。思いもよらぬ素敵な偶然に出会った。三つ目は、オブライエン研究の仲間で社会派の翻訳家、上岡伸雄氏との共訳が実現できたことだ。職業人としても人としても優れた方との二十三年前の出会いに感謝する。人との邂逅にこそ運命を感じてしまうのは、私だけではあるまい。

さて、インタビューの様子とオブライエン氏の人となり、そして本書の主人公である彼の家族についてお話しする。彼の自宅で過ごしたのは二日間で計七時間。北海道の自宅を出発してテキサス州オースティンのホテルに到着したのは、夜遅くの二十三時間後のことだった。翌日はカメラを持って街を散策し、彼の家を訪れたのはその翌日。ホテルからはタクシーを使った。ケビンという名前の男性が運転するその白のレクサスは、幹線道路から大きな一軒家が立ち並ぶ閑静な住宅地に入ると、スマホのグーグルマップの矢印が示す家の前にゆっくり停車した。

家のドアを開けると、そこには野球帽をかぶり、セーターにジーンズという姿のオブライエン氏が笑顔で立ち、日本式のお辞儀で出迎えてくれた。季節は十二月、家の中はクリスマスの装飾で彩られている。彼はキッチンで作った二人分のコーヒーを手に私を書斎に案内し、私は自己紹介から始めた。渡米前に自分の反戦の立場を彼に伝えておくべきだと考え、アメリカの雑誌に発表した彼の作品論とエッセイをメールで送っておいた。私はまずその点を再び明らかにしたうえで、日本人のほとんどが同じような意見を持っていることを強調した。日本軍がアジアでおこなったことを簡潔に説明してから、「そのあとのことはご存知のとおりです」と述べ、真珠湾攻撃と原爆投下の部分は言わずにおいた。「日本人は身を持って戦争とは何かを知り、戦争をやめることにしたのだと思います」と言うと、彼は私の目を見つめ、小さく何度か頷きながら、「素晴らしい。アメリカ人に聞かせてやりたい」と述べた。

　オブライエン氏は一九四六年にミネソタ州オースティンに生まれ、同州のワージントンで育った。地元の大学で政治学を専攻し、学内では学生会の会長を務めたほか、ベトナム戦争の反戦運動にも参加した。首席で卒業したのち、十三ヶ月のベトナム従軍を経て、ハーヴァード大学大学院博士課程でアメリカ政治を学んだ。従軍以前からリベラル派であることを自認し、国同士の問題を解決するためには武力行使ではなく、粘り強い外交努力による解決を求めていた。ところが、いざ自宅に徴兵通知が舞い込むと、自己の信条は脆くも崩れ去る。本書の「子どもの幸せ」の章でも詳らかにされているが、彼は周囲からの嘲りを恐れて徴兵令に屈し、戦地へ赴いた。間違いだと固く信じていたベトナム戦争に出征した自分自身を、そして好戦的な国家アメリカを糾弾するときの彼の表情は厳しい。「戦友たち」の章をご覧頂きたい。彼はベトナム人に対して人種差別的な発言を繰り返した同じ小隊の戦友たちへの批判も展開している。

　日本を発つ前、私は一年近くかけて質問を練り上げた。用意した質問は六十、実際に使ったのは三十七。彼はすべての質問に真摯に答えてくれた。どうしても核心に触れねばならない質問がそのなかにあった。そんなとき、彼はうつむき、しばらく沈黙した。徴兵を忌避する勇気を持てなかった自分を許すことができないし、ベトナム戦争で亡くなった三百万のベトナム人に対して、語りによるこれまでの自分の贖罪が充分だとは到底思えない、と彼は言葉の一つひとつを嚙みしめるように語った。「まったく不充分だ。あまりに多くの人が亡くなった。そして私はその戦争に手を貸したのだ」。彼にはその贖罪をたった一人で果たそうとしているようなところがある。

インタビューも終わりに近づいてきたところで、私は次のことを口にした。戦争の悲しみが世界一の軍事力を誇るアメリカの作家によって書かれている。日本の読者はその点を愛し、あなたのことを「アメリカの良心」と呼んでいる。私がそう言うと、久々に彼の表情は緩み、語気を強めて言った。「嬉しい！　よく言ってくれた！　私もそう思っている。君のその言葉を聞けて本当に嬉しい」

声に力がある。それは祖国に仕えた者が自分の従軍歴を語るときに発する誉れ高き声ではない。戦争へ行くという犠牲を払い、戦後も罪の意識から目を背けなかった者による哀しみの色を帯びた、しかし揺るぎない声だ。振り返ってみれば、インタビュー全体が長い真実の告白のように思える。彼の声には、自分自身に何かを言い聞かせているような響きがあった。失敗や罪を正直に認めるその潔さと純朴さに、人としての品位の高さを感じる。

ほんの短いあいだではあったが、妻のメレディスさんと二人の息子にもお会いした。本書にも表われているが、長男のティミー君には父親譲りの優しさがあり、二男のタッド君には母親譲りの明朗さがあるように思える。二人とも成績優秀でスポーツ好きなのはご両親から受け継いだものだろう。ビデオゲームや日本のアニメに詳しいところはいかにも今どきのティーンエイジャーらしい。

さて、それから、早いもので三年半。ティミー君は名門シカゴ大学の三年生になるところで、弟のタッド君は大学進学のために奮闘中だと聞いている。

反戦へのオブライエン氏の思いは人の親になってより強くなった。本書の目的の一つは、戦争の記憶を生まれてきた息子たちに手渡すことであった。冒頭の「息子への手紙」の章にこんな一節がある。「遠い戦地で兵士だった時代について、腹を割って、君に話してみたい。私が戦場で目にしたもの、私が戦場でしたことについて。『お父さん、もう大丈夫。すべて終わったことじゃないか』と君が言ってくれるのを聞いてみたい」（七頁）。年齢を重ねるごとに、戦争の記憶を後世に遺したいと思う気持ちが強くなり、二人の息子が生まれると、その気持ちはさらに強くなったのではないだろうか。いつの日か、息子たちも自分のように兵士に取られてしまうことを父親は懸念する。人々を戦地に送らないよう、戦争好きなアメリカに対して警鐘を鳴らす。一九七三年のデビュー以来、五十年間、彼は創作をとおしてこのことに取り組んできた。息子たちのために本書のなかで鳴らされた警鐘が言語や国境を越え、日本の読者にも届くことを訳者たちは願っている。

　ティム・オブライエン氏のなかに二人の人物がいる。一人は作家としての、もう一人は戦争の証言者としての彼である。私は帰還兵作家に関心を抱き、彼らの作品を読んできた。オブライエン氏に会いに行ったのは、戦争とは何かを知る戦争の証言者の話を自分の耳で確かめたいという気持ちからであり、武器を手にした経験のある戦争の証言者としては、オブライエン氏をおいてほかに相応(ふさわ)しい人物がいないからである。彼は戦場のジャーナリストでも、野戦病院へ急ぐ救急車の運転手でもなかった。前線に送られた兵士であり、何をおいても、やむなく出征した徴集兵だったのだ。そしてその人は人殺しに手を染めた者の悲痛な叫びを物語にしてきた。それは切れ目を入れると、そこから真っ赤な血が噴き出すような叫びだ。書くたびに彼は大量の血を流してきた。「父親のプライド3――理性の放棄」の章を読み進めてほしい。そこにあるように、永らく心の奥底にひた隠し、誰にも知られたくなかった叫びをあえて活字にしてしまうのが、作家ティム・オブライエンなのである。戦争をやめさせるのは自分しかいないと思うから、それができるのだ。

「人から何かを得ずして何かを与えること」に「人生の一部を（…）捧げてほしい」（二六三頁）。「お父さんが去ったら」の章にある息子たちへの助言である。どこの馬の骨ともわからない日本人の私を自宅に招き入れることで、彼はこのことを私との出会いのなかでも示した。誠実な振る舞いができる人の文章をじっくり味わってほしい。

本書の出版に当たって、最も感謝したいのもティム・オブライエン氏である。本書を抄訳することを快く許してくださったほか、訳者たちの質問に対して丁寧に答えてくださった。また、原文の不明な箇所について、長年の友人で旭川市立大学の非常勤講師（英語）のマシュー・ネチャコフ氏と議論を重ね、彼から貴重なアドバイスを頂いた。お二人にこの場を借りてお礼を申し上げる。最後に、作品社の青木誠也氏には、企画段階から原稿のチェックまで大変お世話になった。記して感謝の意を表したい。

【著者・訳者略歴】

## ティム・オブライエン（Tim O'Brien）

1946年ミネソタ州生まれ。マカレスター大学政治学部卒業後、1969年から1年間ベトナムで従軍。除隊後ハーヴァード大学大学院博士課程で政治学を学び、1973年に自らの体験をもとにしたノンフィクション『僕が戦場で死んだら』（中野圭二訳、白水社）を出版。『カチアートを追跡して』（生井英考訳、国書刊行会）で1979年に全米図書賞を受賞した。他の著書に、『ニュークリア・エイジ』(1985年)、『本当の戦争の話をしよう』（1990年)、『世界のすべての七月』（2002年、以上村上春樹訳、文春文庫)、『失踪』（1994年、坂口緑訳、学習研究社）などがある。

## 上岡伸雄（かみおか・のぶお）

1958年生まれ。アメリカ文学者、学習院大学教授。訳書に、リチャード・ライト『ネイティヴ・サン　アメリカの息子』、シャーウッド・アンダーソン『ワインズバーグ、オハイオ』（以上新潮文庫)、ヴィエト・タン・ウェン『シンパサイザー』、『革命と献身　シンパサイザーII』（以上早川書房）他多数。著書、編書も多数。

## 野村幸輝（のむら・こうき）

1965年生まれ。アメリカ文学者、旭川市立大学准教授。著書に、『ティム・オブライエン　ベトナム戦争・トラウマ・平和文学』（英宝社）のほか、オブライエンの作品論 "Symbolic Aesthetics in Tim O'Brien's 'The Man I killed' " や彼へのインタビュー "Tim O'Brien: An Interview" がある。

# 戦争に行った父から、愛する息子たちへ

2023年4月25日初版第1刷印刷
2023年4月30日初版第1刷発行

著　者　ティム・オブライエン
訳　者　上岡伸雄、野村幸輝

発行者　青木誠也
発行所　株式会社作品社
〒102-0072 東京都千代田区飯田橋2-7-4
TEL.03-3262-9753　FAX.03-3262-9757
https://www.sakuhinsha.com
振替口座00160-3-27183

装　幀　水崎真奈美（BOTANICA）
本文組版　前田奈々
編集担当　青木誠也
印刷・製本　シナノ印刷株式会社

ISBN978-4-86182-976-5 C0098